Maren Sobottka

Perfekt war ich gestern

Roman

Liebe Ursula,
viel Spaß beim
lesen! Alles Liebe
Ihre Maren

Impressum

Bibliografische Information der Deutschen
Nationalbibliothek:
Die Deutsche Nationalbibliothek verzeichnet diese
Publikation in der Deutschen Nationalbibliografie;
detaillierte bibliografische Daten sind im Internet über
http://dnb.dnb.de abrufbar.

© 2022 Maren Sobottka

Lektorat/Korrektorat: Beate-M. Dapper
Covergestaltung: Désirée Riechert
Bildnachweise: Adobe Stock: Volha Hlinskaya, #300344080,
Ekaterina, #185208757
Herstellung und Verlag: BoD – Books on Demand,
Norderstedt

ISBN: 978-3-7562-2261 2

1.Kapitel

Zufrieden schalte ich meinen Rechner aus und beobachte meinen Bildschirm dabei, wie er immer dunkler wird. Das hätte ich mal wieder geschafft! Morgen muss ich die Bilanz nur noch ausdrucken und sie der Auszubildenden zum Binden und Verschicken geben. Ich hebe meine Arme über den Kopf und strecke mich. Das tut gut. Immer, wenn ich so viele Stunden konzentriert vor dem Bildschirm gesessen habe, fühle ich mich danach völlig erledigt. Aber es ist ein gutes Gefühl – ich habe etwas fertig gestellt, es vollendet. Das macht mich immer unheimlich zufrieden.

Trotzdem zieht es mich jetzt nach Hause. Raus aus dem Kostüm und rein in einen bequemen Hausanzug. Außerdem habe ich Hunger, und ich frage mich, was Anneliese wohl heute gekocht hat. Anneliese ist sozusagen unser Faktotum. Sie kocht, wäscht und putzt für uns. Das ist ja so praktisch. Sowohl mein Lebensgefährte Lukas als auch ich sind beruflich so eingespannt, dass uns für Hausarbeit nun wirklich nicht die geringste Zeit bleibt. Deshalb waren wir sehr glücklich, als wir vor ein paar Jahren Anneliese gefunden hatten.

Ein glücklicher Zufall hatte mich an jenem Tag in die Praxis einer Physiotherapeutin geführt. Also damals war ich nicht besonders erfreut darüber – ich hatte nämlich entsetzliche Rückenschmerzen, und mein Orthopäde stellte mir ein Rezept für manuelle

Therapie aus. An dem Tag war mein erster Termin. Ich saß noch im Wartezimmer und blätterte lustlos in einer Zeitschrift. Anneliese wartete auch und sprach mich an, da sie mich wohl schon öfter gesehen hatte. Wie sich nämlich herausstellte, wohnte sie nur drei Häuser von uns entfernt. Zu meiner Schande muss ich gestehen, dass sie mir bis dahin nie aufgefallen war. Aber das störte Anneliese nicht – sie hatte Redebedarf und innerhalb weniger Minuten erfuhr ich von ihrem ganzen Unglück: Ihr war langweilig! Die Kinder aus dem Haus, der Mann noch nicht in Rente. Ihre Schwester weiterhin im Schwabenland, denn sie wäre ursprünglich aus Albstadt. Sie würde ja so gerne arbeiten. Aber niemand wollte einer Frau in ihrem Alter mehr eine Arbeit geben, besonders da sie immer nur Hausfrau war. Eine sehr gute, aber was nützte ihr das schon?

Ich hörte ihr nur mit halbem Ohr zu, blätterte nebenher in der Zeitschrift und fragte mich, warum sie mich nur so vollquasselte. Verstohlen schaute ich auf die Uhr, meine Anspannung wuchs; schließlich musste ich noch einkaufen und kochen. Lukas kam in zwei Stunden aus der Klinik, bis dahin musste ich fertig sein. Heute war schließlich ich mit Abendessen richten dran, und ich hatte es schon die letzten beiden Male vermasselt, so dass wir etwas bestellen mussten.

Anneliese jammerte weiter, erzählte, dass ihr Mann bei der Stadt als Hausmeister arbeite, und wenn er endlich in Rente sei, wollten sie viel verreisen. Sie hoffte nur, dass die Rente reichte, weil sie ja nie wirklich dazuverdient hatte. Sie würde ja so gerne arbeiten, aber niemand wollte sie haben, dabei war sie eine sehr gute Hausfrau, und so ging ihr Sermon wieder von vorne los. Fast war ich schon versucht, ihr über den Mund zu fahren, ihr Gejammer zerrte an meinen Nerven – doch da machte es plötzlich klick bei mir. Sie war eine gute Hausfrau? Sie suchte einen Job? Uns war der Haushalt zu viel, obwohl wie keine Kinder haben. Das hörte sich doch nach einer perfekten Kombi an!

Ohne nachzudenken, bot ich ihr einen Job als Haushälterin an. Zwei bis drei Stunden täglich, ein bisschen aufräumen und kochen. Zuerst sah sie mich völlig perplex an, doch dann erstrahlte ihr Gesicht, und sie sagte, ohne zu zögern: „Ja."

So kam Anneliese damals zu uns und ich habe es bis zum heutigen Tag nicht bereut. Manchmal redet sie ein bisschen viel, aber ansonsten macht sie einfach einen prima Job. Sie kann wunderbar kochen und ist erstaunlich experimentierfreudig, so dass wir neben ihrer hervorragenden schwäbischen Küche auch in den Genuss vieler internationaler Gerichte kommen. Immer wenn sie ein neues Rezept in einer Zeitschrift sieht, muss sie es ausprobieren, und da ihr Mann eher die bodenständige Küche mag, sind Lukas und ich ihre Versuchskaninchen. Uns ist es recht, wir lieben es, etwas abwechslungsreicher zu essen.

Um kurz nach sieben parke ich mein Cabriolet in unserer Doppelgarage und gehe durch die Verbindungstür von der Garage direkt ins Haus. Wir wohnen in einer alten, aber modern sanierten Stadtvilla in Heidelberg-Neuenheim. Ich liebe unser Haus, auch wenn es eigentlich viel zu groß für zwei Personen ist. Aber immerhin haben wir so auch genug

Platz, um unsere Freunde angemessen zu bewirten. Und einen Caterer brauchen wir auch nicht – wir haben ja Anneliese. Was für ein Glück!

Überhaupt haben wir sehr viel Glück in unserem Leben gehabt, überlege ich, während ich neugierig in den Kühlschrank schaue, was Anneliese für uns gezaubert hat. Dann schenke ich mir ein Glas Weißwein ein und setzte mich noch ein bisschen auf die Terrasse, um den sonnigen Frühsommerabend zu genießen und um über unser glückliches Leben zu sinnieren.

Zum einen haben wir beide gute Jobs und verdienen auch entsprechend. Ich bin Steuerberaterin in einer Steuerberatungsgesellschaft – nur angestellt, kein Partner, aber dennoch mit sehr guten Bezügen – Lukas ist Radiologe an einer Klinik in Heidelberg, auch mit sehr guten Bezügen. Dementsprechend haben wir einen sehr gehobenen Lebensstil. Wir haben ein tolles Haus, leisten uns jedes Jahr mehrere Urlaube und fahren teure Autos. Vor zwei Jahren haben wir uns einen Pool in den Garten bauen lassen, auch wenn wir ihn eigentlich selten benutzen. Aber er verleiht unserem Garten einfach ein schönes Ambiente und bei Partys ist er einfach eine richtig gute Kulisse.

Lukas und ich führen eine glückliche Partnerschaft. Selbst nach 15 Jahren reden wir manchmal noch den ganzen Abend miteinander. Irgendwie gibt es immer was zu erzählen. In vielen Partnerschaften, die ich kenne, ist nach so langer Zeit schon das große Schweigen entstanden. Maximal unterbrochen vom Geschrei der Kinder. Lukas und ich haben uns schon vor Jahren bewusst gegen Kinder entschieden. Kinder passen einfach nicht in unser Leben. Ich kann mir auch gar nicht vorstellen, immer in den Schulferien verreisen zu müssen, wenn es überall so voll ist. Viel lieber nutze ich die Vor- oder Nachsaison. Da hat man mehr Ruhe, und es sind nicht so viele Touristen unterwegs. Außerdem sind Kinder immer so laut, verlangen nach Aufmerksamkeit, wenn man gerade was anderes zu tun hat und neigen überhaupt dazu, ständig zu stören. Ich für meinen Teil kann gut darauf verzichten.

Ich seufze zufrieden auf. Es ist Mai, der Sommer steht vor der Tür und in der Steuerberatung beginnt der ruhigere Teil des Jahres. Die meisten Jahresabschlüsse sind fertig, und erst im Herbst beginnen wir wieder damit, uns auf den anstehenden Jahreswechsel vorzubereiten. Sicher, auch so hat man mit der Mandantenbetreuung zu tun, aber insgesamt ist es einfach entspannter. Pünktlich zur sonnigen Jahreszeit. Ich finde, ich habe mir genau den richtigen Beruf ausgesucht. Im Winter kann man sowieso nicht so viel unternehmen, also kann ich da auch arbeiten. Und im Sommer habe ich dafür ein bisschen mehr Zeit. Wenn das nicht optimal ist!

Ich höre wie sich die Haustür öffnet. „Luk!", rufe ich. „Ich bin im Garten."

Lukas' Kopf erscheint in der Terrassentür. Er sieht mich mit hochgelegten Beinen auf dem Gartenstuhl sitzen und grinst.

„Na, Olivia, du lässt es dir ja gutgehen", meint er. Olivia nennt er mich nur, wenn er mich aufziehen will. Ansonsten bin ich Liv – so wie mich die meisten Leute nennen, die mich gut kennen. Lukas geht in die Küche.

Wahrscheinlich um sich auch ein Glas Wein zu holen. Und um zu schauen, was Anneliese gekocht hat.

„Oh, lecker", höre ich ihn rufen. „Kartoffel-Gratin." Schweigen und Kruschteln. „Und ein Salat dazu. Super." Er kommt mit einem Glas Wein in der Hand auf die Terrasse und setzt sich neben mich.

„Deckst du den Tisch?", fragt er, während er die Beine von sich streckt und irgendwie ganz müde aussieht.

„Wenn's sein muss", gebe ich mich hilfsbereit und stehe auch schon auf. „Essen wir draußen?"

„Ja, gerne", nuschelt Lukas mit geschlossenen Augen.

Ich schiebe das Gratin in den Ofen, trage dann Teller, Besteck und Gläser auf die Terrasse und lege alles auf den Gartentisch. Schließlich stelle ich noch die Salatschüssel und den Wein in einem Kühler dazu. Dann setze ich mich noch mal hin und sehe Lukas an.

„Müde?", frage ich seine geschlossenen Augen.

Er hebt kurz seine Augenlider und meint: "Ja, ziemlich fertig. Es gibt so Tage. Da hast du eine Menge Patienten, denen du nicht helfen kannst und denen du das sagen musst. Das ist immer sehr frustrierend." Er stoppt einen Augenblick. „Und traurig." Kurzes Schweigen. „Positive oder zumindest hoffnungsvolle Nachrichten zu überbringen, ist mir wesentlich lieber."

„Das denke ich mir", meine ich. „Ich finde es toll, dass du das so kannst. Ich glaube, mich würde es überfordern."

„Jeder wächst mit seinen Herausforderungen."

Aha. Jetzt kommt er wieder mit seinen Kalendersprüchen. Vielleicht sollte ich aufhören, ihm jedes Jahr zu Weihnachten einen Tischkalender mit einem Spruch für jede Woche zu schenken. Er wendet sie einfach zu oft an.

Die Ofenuhr piept gerade zum richtigen Zeitpunkt. Ich gehe in die Küche und nehme das heiße Gratin mit zwei Topflappen aus dem Ofen. Dann trage ich es in den Garten und wechsle das Gesprächsthema.

„Ich habe Dominik und Claudia für Samstag zum Essen eingeladen. Wahrscheinlich können wir aber nicht draußen essen, da das Wetter wieder schlechter werden soll."

„Okay", sagt Lukas einsilbig.

Das finde ich doof. Warum nur gibt er sich so zugeknöpft? Genau genommen sind es nämlich *seine* Freunde. Lukas ist mit Dominik zur Schule gegangen, und Claudia ist dessen Frau, die ich zwar sehr mag, aber letzten Endes nur durch Dominik kenne.

„Nur okay?", hake ich nach.

Lukas seufzt genervt. „Ja, Liv. Alles prima. Ich bin heute nur etwas ruhebedürftig."

Puh, wirklich Glück, dass wir keine Kinder haben – wenn ich ihm anscheinend schon zu viel bin. Etwas beleidigt esse ich mein restliches Gratin schweigend. Mir ist bewusst, dass mein Schweigen geradezu provoziert. Ganz so, als wollte ich spitz fragen: Und? Bin ich dir jetzt still genug?

Doch Luk wäre nicht Luk, wenn er sich provozieren ließe. Nach dem Essen lässt er einfach seinen Teller stehen, geht ins Wohnzimmer und schaltet den Fernseher an. Blödmann! Also gut, lang lebe die langmütige Lebenspartnerin! Ich räume also, ohne einen weiteren Kommentar von mir zu geben, den Tisch ab. Danach setze ich mich wieder auf die

Terrasse. Also ich für meinen Teil möchte den heutigen frühsommerlichen Abend genießen und den Tag friedvoll ausklingen lassen. Soll Monsieur sich doch blöd durch die Programme zappen, wenn er meint, dass ihn das mehr entspannt, als ein vernünftiges Gespräch mit mir zu führen – tragische Patientengeschichten hin oder her.

Ich schnappe mein Handy und schreibe ein paar Textnachrichten an mehrere Bekannte. Dazu poste ich noch ein paar Bilder. Nicht vom Essen – da versuche ich mich zu beherrschen. Aber von unserem schönen frühlingshaften Garten. Sorgfältig drapiere ich für ein Bild noch den geschnörkelten Metallstuhl mit einem Kissen malerisch auf dem Rasen. Der Stuhl ist höllisch unbequem, und ich benutze ihn nur für das Wohlfühlambiente unseres Gartens. Oder eben für ein paar Angeberbilder. So nach dem Motto: Schau mal, wie gepflegt und stilvoll es bei uns ist!

Doch dann wird es dunkel und außerdem kalt, und ich gehe zurück ins Haus. Lukas liegt auf dem Sofa und schläft. Der Fernseher läuft immer noch. Ich schalte ihn aus und rüttle Lukas sanft.

„Hey, auf. Ab ins Bett, mein Lieber", ermuntere ich ihn und schaffe es nach einer Weile tatsächlich, dass er sich von mir die Treppe hochschleppen lässt. Immerhin putzt er sich noch die Zähne, dann fällt er auf unser großes King-Size-Doppelbett und ist augenblicklich eingeschlafen.

Ich lasse mir im Bad etwas mehr Zeit, denn ich liebe unser Bad. Es ist groß, mit einer begehbaren Dusche und einer Badewanne direkt vor dem Fenster, so dass man, wenn man im Winter badet, direkt in den

Sternenhimmel schauen kann. Völlig unbeobachtet von irgendeinem Nachbarn, denn das Fenster geht zum Garten raus und an dessen Ende verdecken hohe Büsche und Bäume den Blick.

Doch schließlich strecke auch ich mich wohlig im Bett aus. Ich lausche noch etwas auf Lukas' leises Schnarchen und schlafe darüber schließlich auch ein.

Am nächsten Morgen bin ich etwas später als gewöhnlich in der Kanzlei. Mein lieber Kollege Hauke begrüßt mich, als er mich an der Kaffeemaschine stehen sieht, mit den Worten: „Na, Liv, hat dein Wecker heute nicht geklingelt?"

„Sehr witzig", sage ich und gieße mir noch großzügig Milch in den Kaffee. „Warum soll ich früh kommen, wenn ich abends sowieso lange bleiben muss?"

„Musst du?", fragt Hauke erstaunt. „Also, ich für meinen Teil nutze die Frühlings-Sommer-*Downtime* und gehe am frühen Nachmittag nach Hause."

Gute Frage. Muss ich? Von der Arbeit vielleicht nicht, aber bei Lukas wird es bestimmt wieder spät, und ich habe keine Lust, allein zu Hause zu sitzen. Also kann ich auch gleich bleiben. Außerdem wurde es heute Morgen spät, weil Lukas und ich noch ein bisschen wegen seiner schwierigen Patientengespräche am Vortag geredet haben. Das machen wir oft, wenn ihn sein Job mal wieder mitnimmt. Ich meine, solche Schwierigkeiten darf man nicht mit sich rumschleppen, sonst belasten sie nur den Alltag. Reden hilft – auch wenn ich nebenher immer wieder verstohlen auf die Uhr schaute, um selbst nicht zu spät in die Kanzlei zu kommen. Aber egal, wann ich komme, Hauke ist sowieso schon da. Er ist nämlich ein Frühaufsteher. Ganz im Gegensatz zu mir.

Kaffeetrinkend sitze ich schließlich an meinem Schreibtisch und lese zum Aufwärmen erstmal meine E-Mails. Mandantenanfragen; die beantworte ich mal schnell. Aber dann, oh je, eine Änderung in einem der Jahresabschlüsse. Dabei dachte ich, bis auf ein paar Anhänge und Lageberichte hätte ich den Abschlusskram vom Tisch. Seufzend schaue ich mir die Änderungsdatei näher an und mache mich dann an die Arbeit.

Wie so oft merke ich nicht, wie die Zeit vergeht. Erst wenn ich irgendwann mal auf die Toilette muss, merke ich, dass ich mich schon lange nicht mehr bewegt habe und nur auf meinen Bildschirm gestarrt habe. Doch diesmal ist es Hauke, der im Türrahmen meines Büros steht und mich in die Kantine mitnehmen will.

„Und? Machst du mal wieder ein *Bilänzle* in der Mittagspause?", fragt er scherzend.

Das ist sozusagen ein Running-Gag zwischen uns – wenn wir keine Zeit für eine Pause haben, dann machen wir immer noch schnell ein *Bilänzle*.

„Nein, ich komme mit", antworte ich und schnappe meinen Geldbeutel. Gemeinsam gehen wir ins Dachgeschoß, wo unsere Kantine untergebracht ist. Es ist eine sehr schöne Kantine – hell und freundlich, mit gemütlicher Sitzecke und angeschlossener Dachterrasse mit Blick auf Heidelberg.

Da Anneliese immer für uns vorkocht und wir deshalb abends warm essen, nehme ich mittags meistens nur einen Salat. Doch die Salate unserer Salatbar sind so abwechslungsreich, dass ich mir jeden Tag individuell meinen Salatteller zusammenstellen kann. Auch diesmal ist mein Teller wieder sehr bunt und ich streue zum Schluss noch Kürbiskerne darüber.

Hauke hat sich Schnitzel mit Pommes geholt und schaut feixend auf meinen Salat.

„Gibst du dir heute mal wieder die Gesunddröhnung?", fragt er und fängt sofort an, Pommes in sich reinzuschaufeln.

„Dabei schmeckt ungesundes Essen viel besser", meint er kauend. Ein wenig neidisch schaue ich auf Haukes Teller. Hätte er meine Gene, würde er anders reden. Ich bin zwar schlank, aber dahinter steckt auch eine ganze Menge Arbeit. Hauptsächlich die, auf Schokolade und Fett zu verzichten und regelmäßig Sport zu treiben. Und das ist tatsächlich nicht immer leicht. Aber Hauke scheint seine ungehemmten Fettportionen ohne Gewichtszunahme wegzustecken. Wie er das wohl macht, rätsele ich nicht zum ersten Mal. Meines Erachtens können das nur die Gene sein.

Nach dem Essen setzt sich Hauke noch zu ein paar anderen Kollegen auf die Dachterrasse, und ich laufe meine obligatorische Runde durch das Büroviertel der Weststadt, wo unsere Kanzlei liegt.

Damit habe ich einen Teil meines Bewegungsplans schon erledigt. Das finde ich immer ausgesprochen praktisch, da ich dann nicht so unter Druck stehe, was meine Sporteinheiten angeht. Ich meine, ich mag Sport ja, insbesondere Laufen, aber dafür immer Zeit zu finden, ist nicht ganz leicht. Und es einfach so dazwischen zu quetschen, nimmt einen Großteil des Spaßes – trotzdem mache ich es leider oft genug – und nur, damit ich mich bewegt habe und nicht so sehr aufs Essen achten muss. Denn das mache ich nämlich leider auch sehr gerne. Besonders, wenn Anneliese kocht.

Den Nachmittag verbringe ich weiterhin mit der zu ändernden Bilanz und kotze leise vor mich hin. Da dachte ich gestern, ich hätte es geschafft, doch schon am nächsten Tag liegen wieder Jahresabschluss-arbeiten auf meinem Tisch. War das eigentlich schon immer so? Oder hat es mir früher einfach nicht so viel ausgemacht? Jetzt bin ich einfach nur froh, wenn ich die Jahresabschlusszeit ohne große Zwischenfälle hinter mich gebracht habe. Es ist eben doch immer mit Druck verbunden, und der kann auch sehr belastend sein.

‚Huch? Liv, was ist los? Bist du das, die so denkt?‘

Rasch wechsle ich meine interne Gedanken-CD und sinniere konsequent wieder über was anderes – das ist ein kleiner Trick, wenn ich in die Job-Grübel-Spirale komme. Ich denke einfach an was anders, im besten Falle an was Schönes. Aber die private To-Do-Liste tut es im Notfall auch. So muss ich zum Beispiel, bis am Samstag Dominik und Claudia kommen, noch die schöne, graue Tischdecke waschen, die gerade noch in der 30 Grad-Wäsche liegt. Das sollte ich heute Abend noch machen, sonst trocknet sie bis dahin womöglich nicht mehr. Außerdem muss ich das Menü mit Anneliese besprechen.

Schließlich habe ich es doch geschafft und stelle alle Änderungen ins System ein. Puh, ich hoffe, das war es jetzt jahresabschlusstechnisch. Ich kann Jahresab-schlüsse einfach nicht mehr sehen. Und hey, wir haben

Mai. Da sollte es wirklich vorbei sein. Gut, ein paar Schlaftabletten bei den Mandanten gibt es immer – teilweise sind sie auch Jahre zurück - aber diese Mandanten hat zum Glück hauptsächlich Hauke. Vielleicht ist er deshalb weniger mit Jahresabschlussarbeiten und mehr mit Fristverlängerungen beschäftigt?

Es ist schon ruhig geworden in unserem Büroturm, als ich mein Zimmer verlasse. Wir haben eine ausgesprochen schöne und stilvolle Kanzlei. Modern, aber trotzdem irgendwie altehrwürdig. Vertrauensvoll und seriös. Das ist wichtig für die Mandanten. Ich meine, einer Kanzlei, in der ein flauschiger blauer Teppich liegt und Bilder mit moderner Malerei an der Wand hängen, muss man doch vertrauen können, oder?

Heute bin ich später zu Hause als Lukas. Als ich das Haus betrete, höre ich leise Musik, und der Tisch im Esszimmer ist gedeckt. Lukas hingegen sitzt auf dem Sofa und liest Nachrichten auf seinem Smartphone.

„Hallo, Liv", begrüßt er mich. „Da bist du ja. Dann kann ich das Essen jetzt aufwärmen." Er geht in die Küche und stellt je einen Teller mit Kartoffeln, Steak und Bohnen in die Mikrowelle. „Wie war dein Tag?"

„Ja, ähm, ganz gut. Und deiner?"

„Ja, auch gut." Er lächelt. „Heute hatte ich für eine Patientin eine gute Botschaft. Ihr Tumor hat sich durch die Therapie fast vollständig zurückgebildet. Ihre Prognose ist sehr gut." Er seufzt. „Das sind dann einfach die guten Tage."

Ich freue mich für ihn – und für uns. Da der Abend heute dadurch bestimmt entspannter wird als gestern. Doch irgendwie will sich bei mir einfach keine schöne

Feierabendstimmung einstellen. Zwar denke ich konsequent nicht an die Arbeit, aber der leichte Druck im Magen will an diesem Abend einfach nicht weichen und ich weiß gar nicht warum. Ich kenne dieses Druckgefühl aus der Jahresabschlusszeit, aber die ist ja jetzt vorbei. Und selbst wenn ich an dem einen oder anderen Abschluss noch Änderungen vornehmen muss – das meiste ist erledigt. Warum also dieses Druckgefühl in der Magengegend?

Vielleicht sollte ich deswegen doch mal zum Arzt gehen. Womöglich stimmt etwas bei mir nicht. Ja, genau, ich sollte mich dringend mal wieder durchchecken lassen. Also beschließe ich, den Druck zu ignorieren und mich einem schöneren Thema zu widmen. Zum Beispiel unserem Sommerurlaub. Wir überlegen im September nach Madeira zu fliegen. Die Insel soll sehr malerisch sein, habe ich gehört. Nach Unterkünften haben wir auch schon geschaut und eine große Auswahl an exklusiven Hotels gefunden. Nur gebucht haben wir noch nicht.

Also diskutieren Lukas und ich während des Abendessens noch mal über unser Reiseziel – und beschließen, dass wir beide uns einen Madeira-Aufenthalt vorstellen können. Da wir beide schon Anfang des Jahres unseren Urlaub eingereicht haben, müssen wir nur noch buchen. Ein paar Klicks später ist alles erledigt und ich warte auf das angenehme Gefühl der Vorfreude, das sich bei mir immer nach dem Buchen einer Urlaubsreise immer einstellt - doch diesmal bleibt es aus. Nur ein Gedanke drängt sich mir auf: Wenn wir aus Madeira zurückkommen, ist schon fast Oktober und die Vorbereitung der Abschlüsse beginnt wieder.

Was ist nur mit mir los? So habe ich doch früher nicht gedacht. Da bin ich mir sicher.

Um diesem Gefühl wieder ein Schnippchen zu schlagen, meine ich schließlich noch zu Lukas: „Was meinst du, Luk? Sollten wir nicht auch noch einen Städtetrip planen?"

„Ja, gute Idee", meint er spontan. „Welche Stadt schwebt dir denn vor?"

Gute Frage, denke ich. Eigentlich gar keine. Trotzdem denke ich fieberhaft nach. Doch wir waren schon überall: Rom, Paris, London, Barcelona... Okay, ich weiß, es gibt noch viele andere Städte.

Hm, mal nachdenken: St. Petersburg, Reykjavic, Tallinn – vielleicht auch Edinburgh. In Schottland war ich noch nie. Dort war es mir immer zu kalt.

„Wie wär's mit Kopenhagen?", fragt Lukas in die Stille hinein. „Die Stadt soll schwer im Kommen sein. Und sie soll total idyllisch und bezaubernd sein – für eine Großstadt."

Hm, klingt nicht gerade aufregend.

Aber, hey, warum eigentlich nicht? Mal was anderes. Und was anderes scheine ich gerade irgendwie auch zu brauchen.

Also machen wir uns im Internet ein bisschen über Kopenhagen schlau und buchen letztendlich im Juni Flug und Hotel für drei Tage. Dann warte ich, dass sich der Knoten in meinem Magen löst. Ich schaue noch mal Bilder von Kopenhagen an und tatsächlich beim Anblick der vielen, bunten Häuser am Hafen fühlt sich mein Magen tatsächlich etwas weniger gestresst an. Vielleicht ist Kopenhagen ja doch eine ganz gute Idee!

Es ist Freitag und mir fällt ein, dass ich mit Anneliese noch gar nicht wegen unserer Essenseinladung gesprochen habe. Mist! Zum Glück habe ich wenigstens daran gedacht, die Tischdecke zu waschen. Als ich also aus der Kanzlei komme, laufe ich ein paar Häuser die Straße hinunter und treffe Anneliese in ihrem Vorgarten an, wo sie gerade die Rosen pflegt. Diese Frau ist wirklich unermüdlich!

„Hallo Liv!", begrüßt sie mich. „Wir haben uns ja schon eine Weile nicht mehr gesehen. Ist alles in Ordnung?"

„Hallo Anneliese. Ja, alles in Ordnung. Ich habe nur ein kleines Problem." Ich zögere kurz. Anneliese lässt die Gartenschere, mit der sie dabei ist, die Rosen zu stutzen, sinken und sieht mich erwartungsvoll an. Dabei pustet sie ein paar graue Strähnen aus ihrem leicht verschwitzten Gesicht.

„Wir haben morgen Freunde zum Abendessen da", fange ich schließlich an. Es beschämt mich ein bisschen, Anneliese damit so zu überfallen. Ich könnte auch selber kochen, aber bei Anneliese schmeckt es einfach besser. „Na ja", druckse ich herum. „Ich wollte fragen, ob du morgen deshalb für uns kochen kannst!?"

Anneliese, die Unermüdliche, überlegt kurz und nickt dann. „Etwas kurzfristig, aber es sollte kein Problem sein. Knut und ich sind ab 17 Uhr auf unserem Bingo-Abend. Aber davor habe ich Zeit, etwas vorzubereiten."

Ich bin erleichtert darüber, dass Anneliese so spontan bereit ist, für uns zu kochen. Ihr scheint nie irgendwas zu viel zu werden.

Anneliese hat weiterhin die Gartenschere erhoben und die Stirn in Falten gelegt. Erschrocken frage ich mich, ob sie es sich doch, ebenso spontan, anders überlegt hat, aber dann murmelt sie: „Ich mache Lachsauflauf mit einer Fenchelkruste. Das kann man gut aufwärmen. Du kannst Baguette dazu besorgen." Fragend sieht sie mich an.

„Ja, Baguette besorgen. Das krieg ich hin."

„Fein", sagt Anneliese und wendet sich wieder ihren Rosen zu. „Ich komme dann gegen 14 Uhr."

„Vielen Dank", sage ich und wende mich zum Gehen. Puh! Das hat geklappt. Die gute Anneliese. Was für ein Glück, dass wir sie haben. Jetzt kann Lukas zu dem Lachs einen Weißwein aus unserem Keller aussuchen und ich besorge Baguette. Ein bisschen Tischdeko – und fertig. Klingt für mich nach einem brauchbaren Plan.

Doch natürlich geht es dann am Samstag doch nicht so reibungslos. Die graue Tischdecke hat einen Fleck, der in der Wäsche nicht rausgegangen ist und genau in der Mitte prangt. Nachdem auch alles Reiben nichts genützt hat, stelle ich auf den Fleck einfach einen Kerzenständer und hoffe, dass keiner auf die Idee kommt, den im Laufe des Abends umzustellen. Dann dekoriere und decke ich noch den restlichen Tisch, lege das gute Besteck auf und poliere zu guter Letzt die Weißweingläser, die in der Spülmaschine angelaufen sind. Schließlich wische ich den Boden feucht auf, damit er schön glänzt und räume auf, bis es so steril aussieht wie in einem Möbelhaus.

Das Baguette habe ich zuvor schon am frühen Nachmittag besorgt, gleich nachdem Anneliese zum Kochen angerückt ist. Aber ich musste drei Bäcker ablaufen, bevor ich einen fand, der ein einigermaßen passables Baguette im Angebot hatte.

Schließlich fällt mir noch ein, dass ein Dessert auch nicht schlecht wäre und mixe um 18 Uhr noch schnell eine Dessertcreme aus der Tüte. Mit ein paar Himbeeren als Topping merken die beiden wahrscheinlich sowieso nicht, dass es eine Fertigcreme ist, die sie da essen. Jetzt geht es noch schnell unter die Dusche.

Pünktlich zum Erscheinen unserer Gäste stehe ich lässig gekleidet in eine weite Hose und Bluse mit locker hochgesteckten Haaren im Flur und sehe ihnen lächelnd entgegen.

Ich begrüße Dominik und Claudia mit Küsschen rechts und Küsschen links, Lukas schlägt Dominik zur Begrüßung herzhaft auf den Rücken und nimmt Claudia kurz in den Arm.

„Du siehst mal wieder toll aus", meint Claudia bewundernd. Und ihr Entzücken geht gleich weiter als sie unser auf Hochglanz poliertes, wie aus einem Prospekt entsprungenes Wohn-Esszimmer und den schön gedeckten Esstisch sieht.

„Wie machst du das nur, dass es bei euch immer so toll und aufgeräumt aussieht?", fragt sie. Claudia ist ein Mensch, der ohne Neid aussprechen kann, was er denkt. Das liegt mit Sicherheit auch daran, dass sie es gar nicht nötig hat auf irgendwen neidisch zu sein.

Dominik hat ein eigenes Autohaus, sie wohnen selbst in einem großen Haus in Hanglage und haben eine Haushälterin.

Leider haben sie aber auch zwei halbwüchsige Jungen, die alle Versuche, das Haus sauber und ordentlich zu halten, torpedieren. Überall liegen dreckige Fußballschuhe, Jacken, Hosen und sonstiger Kram – Schulbücher, CDs, Tablets, Smartphones, Fußball-zeitschriften - herum. Keine Ahnung, was ich sonst noch alles bei unseren Besuchen so gesehen habe. Jedenfalls herrscht in ihrem Haus das Chaos. Und zu allem Überfluss behauptet Claudia auch noch steif und fest, dass sie es genauso liebt. Was ich ihr nicht glaube – sonst würde sie ja kaum beim Anblick unseres Hauses jedes Mal in Begeisterungsrufe ausbrechen.

„Bei uns gibt es niemanden, der ständig alles wieder durcheinanderbringt", meine ich schließlich und versuche es möglichst scherzhaft klingen zu lassen.

„Ja, ich weiß", antwortet Claudia. „Unsere beiden sind einfach wild." Aber es klingt stolz. Wie kann man stolz darauf sein, dass man ein paar schlecht erzogene Teenager bei sich wohnen hat, mit denen man zu allem Überfluss auch noch verwandt ist?

Lukas bietet den beiden einen Aperitif an, und ich gehe in unsere offene Küche, um den Lachs in den Ofen zu schieben. Dann geselle ich mich zu den anderen, die an unserem bodentiefen Wohnzimmerfenster stehen und in den regennassen Garten schauen.

„Euer Pool ist wirklich großartig", meint Dominik. „Claudia hätte auch so gerne einen und die Jungs erst… Aber bei unserer Hanglage ist das nicht so einfach. Man müsste erstmal Fläche aufschütten und das kostet." Er macht eine entsprechende Bewegung mit seinen Fingern. „Na mal sehen", dröhnt er weiter. „Wenn die Geschäfte weiterhin so gut laufen… Die Leute kaufen sich ständig neue Autos. Immer größer und schneller muss es sein." Freudig reibt er sich die Hände.

„Und was ist mit dem Umweltschutz?", fragt Lukas. „Elektromobilität?"

„Ach was", winkt Dominik ab. „Da geht es doch nur um das gute Gewissen und um Gesichtswahrung. In Wirklichkeit interessiert es keinen. Sonst gäbe es in Deutschland schon längst ein Tempolimit. Nein, nein, die meisten wollen freie Fahrt. So ist das nun mal. Freie Fahrt für freie Bürger."

„Und Bürgerinnen", werfe ich ein und meine es eigentlich als Scherz. Aber keiner lacht.

„Ja, natürlich gilt das auch für Bürgerinnen", wirft Dominik nur schnell nach.

„In Amerika empfinden sie das Tragen von Waffen als Symbol von Freiheit und würde man den Amerikanern ihre Waffen verbieten, würde das höchstwahrscheinlich einen Bürgerkrieg auslösen" sinniert Lukas. „Bei uns bedeutet Freiheit, ungebremst das Gaspedal durchdrücken zu dürfen. Ich frage mich, ob ein Tempolimit bei uns auch einen Bürgerkrieg auslösen würde."

„Du gibst doch auch gerne Gas", wende ich ein und denke an so manche rasante Autofahrt mit Lukas auf der linken Spur, die Hand an der Lichthupe.

„Ja, schon", gibt er auch unumwunden zu. „Aber ein Bürgerkrieg wäre es mir doch nicht wert."

„Na ja", meine ich abschließend. „Wollen wir einfach hoffen, dass Claudia ihren Pool bekommt."

„Das hoffe ich auch", murmelt Claudia, klingt aber ganz zuversichtlich.

Der piepende Ofen holt uns schließlich alle an den Esstisch. Ich verteile den Lachs auf die Teller und stelle das aufgeschnittene Baguette in einem Korb auf den Tisch. Natürlich lobt Claudia unser Essen über alle Maßen, beneidet uns um Anneliese, obwohl ihre Haushälterin auch eine ganz hervorragende Köchin ist, und langt dementsprechend kräftig zu. Dass sie öfter mal kräftig zulangt, sieht man ihr auch an. Doch das stört sie nicht, sie mag sich trotzdem. Ich bin nicht sicher, ob ich das dämlich finden oder neidisch werden soll, da ich nicht so gelassen mit meinem Äußeren umgehen kann. Es ist in jedem Fall irritierend.

Dennoch ist es ein schöner Abend. Dominik und Claudia sind einfach unterhaltsame Gesprächspartner. Sie reden, wie ihnen der Schnabel gewachsen ist, nehmen kein Blatt vor den Mund und erwarten das auch nicht von anderen. Worte nicht auf die Goldwaage legen zu müssen, bevor man sie ausspricht, kann auch sehr schön sein.

Viele Kollegen in meiner Kanzlei sind da ganz anders. Ständig muss man aufpassen, was man sagt, damit es einem nicht nachteilig ausgelegt werden kann. Hauke ist eigentlich der einzige dort, der eine erfrischende Ausnahme bildet. Ich weiß, dass es Lukas in der Klinik oft ähnlich geht, deshalb genießt auch er den Abend in vollen Zügen. Und damit hat sich der Aufwand dieser Abendeinladung für mich voll gelohnt.

2.Kapitel

Am nächsten Morgen quäle ich mich schon früh aus dem Bett, um mein sonntägliches Lauftraining vor dem Frühstück zu absolvieren. Wirklich Lust habe ich nicht, aber das gestrige Abendessen samt Dessert muss wieder abgearbeitet werden. Die Straßen sind so früh am Sonntagmorgen noch sehr ruhig, und nach einer Weile finde ich meinen typischen Laufrhythmus und fange an, die Bewegung zu genießen.

Es ist noch kühl, aber die Sonne scheint, und bald wird mir richtig warm. Auf dem Rückweg mache ich noch beim Bäcker Halt und nehme Brötchen und Brezeln für das Frühstück mit.

Als ich nach Hause komme, liegt Lukas immer noch im Bett, obwohl es mittlerweile neun Uhr ist. Ich lege Brötchen und Brezeln in unseren Brotkorb und stelle ihn schon mal auf den Tisch. Der Esstisch ist zum Glück schon abgeräumt und die Küche aufgeräumt. Das erledigte ich noch am Abend der Einladung, denn ich kann nichts weniger leiden als morgens in eine unaufgeräumte Küche zu kommen, in der es nach den Resten des Abendessens vom Vortag riecht. Dann decke ich den Tisch, stelle die Marmelade hin und mache Kaffee.

Oben rührt sich nichts. Also gehe ich die Treppe rauf und ziehe Lukas mitleidslos die Decke weg.

„Hey, aufstehen, du Faulpelz", rufe ich und schleudere die Bettdecke auf den Boden. Lukas versucht noch nach ihr zu greifen, aber ich bin schneller – weil wacher.

„Warum muss ich aufstehen?", klagt Lukas und fasst sich stöhnend an den Kopf.

„Weil es gleich halb zehn ist? Du kannst doch nicht den ganzen Tag im Bett liegen."

„Warum nicht? Wir haben keine Kinder, die uns unseren Tagesrhythmus vorschreiben. Zum Glück", fügt er dann noch an.

Ich sage nichts dazu. Warum sollte ich auch? Ich bin ja selber froh, dass wir uns schon vor Jahren gegen Kinder entschieden haben. Kinder machen nur Unordnung, stellen Forderungen und bringen sich selber nicht ein. Was sollte mich also dazu bewegen, mein Haus und mein Leben mit Menschen zu teilen, denen man sowieso nichts recht machen kann, die über alles meckern und außerdem auch noch eine Menge Geld kosten? Richtig! Nichts!

„Das Wetter ist schön", ist dann schließlich meine Antwort. „Ich dachte, wir gehen ein bisschen am Neckar spazieren."

„Warst du nicht schon laufen? Dann hattest du doch deine Bewegung."

„Spazierengehen ist doch keine Bewegung im Sinne von Bewegung."

„Hä?", entfährt es Lukas mit leerem Blick.

„Ach, jetzt steh' schon auf", raunze ich nur noch und wende mich zum Gehen. „Ich fange jetzt jedenfalls mit Frühstücken an."

Ich sitze noch keine fünf Minuten am Tisch, da kommt er runter – völlig verstrubbelt und irgendwie unausgeschlafen aussehend. Er gähnt demonstrativ, geht in die Küche, gießt sich einen Kaffee ein und plumpst dann auf den Stuhl mir gegenüber.

„Warum bist du so müde?", frage ich. „Es war doch gar nicht so lange gestern."

„Ich hatte eben eine anstrengende Woche", antwortet Lukas.

Sofort regt sich der Ärger bei mir, da ich seine Aussage als Ignoranz mir gegenüber empfinde. Denkt er denn, ich hätte keinen Stress?

„Es ist eben nicht jeder so voller Elan wie du", schiebt er zu seinem Glück noch nach, und mein inneres gesträubtes Gefieder glättet sich fast schlagartig wieder – obwohl ich mich gar nicht voller Elan fühle. Genaugenommen fühle ich mich auch müde – wenn auch weniger körperlich, sondern eher geistig. Aber zugeben kann ich das noch nicht mal vor Lukas.

„Ich treffe mich heute Nachmittag noch mit Ute", teile ich Lukas schließlich zwischen zwei Bissen mit.

„Und dann willst du noch mit mir am Neckar spazieren gehen? Liv, wirklich, schalt mal einen Gang runter."

„Ich habe Ute schon seit einigen Wochen nicht mehr gesehen", verteidige ich mich. Allerdings war das nicht meine Schuld, sondern die von meiner alleinerziehenden Freundin. Ihr Sohn war ständig krank. Kaum hatte er den einen Infekt überwunden, rollte schon der nächste an. Ute ist fast durchgedreht, da sie sich immer wieder frei nehmen musste – schließlich sogar unbezahlt. Und das, obwohl sie, da ihr Sohn erst acht ist, sowieso nur Teilzeit arbeiten kann und ihr das Geld deshalb an allen Ecken und Enden fehlt.

„Du sollst dich ja auch mit Ute treffen. Wir lassen einfach unseren Spaziergang am Neckar sausen." Lukas scheint mit dieser Lösung, jedenfalls nach seinem Gesichtsausdruck zu schließen, ausgesprochen zufrieden zu sein

„Du fauler Strick", meine ich nur, aber unrecht ist es mir auch nicht, obwohl der Spaziergang mein Vorschlag war. Denn so kann ich ohne schlechtes Gewissen ein bisschen faul auf dem Sofa liegen.

Ich bin nämlich tatsächlich so gestrickt, dass ich ständig etwas tun muss, da ich sonst denke, dass ich den Tag vergeudet habe. Manchmal kann diese Art zu denken und zu fühlen ganz schön anstrengend sein, denn zur Ruhe komme ich deshalb eigentlich nie wirklich. Natürlich ist ein Spaziergang entspannend, oder auch ein Treffen mit einer Freundin, aber einfach nur liegen und vor sich hindösen, sollte eigentlich auch mal drin sein. Das weiß ich – dennoch habe ich bei dieser Art des Nichtstun gerne das Gefühl von Sinnlosigkeit, und das fühlt sich nicht gut an.

Womöglich liegt diese Einstellung an meiner Erziehung. Meine Eltern waren auch ständig beschäftigt – und haben mich dazu angehalten, mich auch sinnvoll zu beschäftigen.

Was auch immer sinnvoll sein soll. Lukas meint nämlich, auf dem Sofa rumliegen und sich durch das Fernsehprogramm zu zappen, sei durchaus sinnvoll. Aber Lukas rettet in seinem Job auch Menschenleben – da darf man dann auch mal einfach nur rumliegen.

Da das Wetter schön ist und ich deshalb nicht auf dem Sofa liegen möchte, gehe ich mit meinem E-Book-

Reader in den Garten und mache es mir auf unserer Garten-Recamiére gemütlich.

Schon vor Wochen hatte ich mir einen Krimi runtergeladen, bin aber auf Seite 30 hängengeblieben, da Jahresabschlüsse lesen wichtiger war. Mehr als ich zugeben möchte, genieße ich also den ruhigen Sonntagvormittag.

Schließlich wird es Zeit, mich für die Verabredung mit Ute fertig zu machen. Ein leichtes Hungergefühl hat sich mittlerweile bei mir auch eingestellt. Zwar gehe ich mit Ute Kaffee trinken und Kuchen essen, doch um nicht maßlos Kuchen zu vertilgen, esse ich, bevor ich gehe, noch eine Banane, um den Magen schon mal ein wenig zu füllen.

Ich laufe die zwei Kilometer in die Innenstadt. Damit habe ich mich nochmal bewegt (gut so!) und außerdem fände ich sowieso keinen Parkplatz, denn die Heidelberger Innenstadt ist leider gerade an Sonntagen völlig von Touristen überlaufen.

Ich treffe Ute am Bismarckplatz. Gemeinsam schlendern wir durch die Innenstadt und finden schließlich noch einen Platz auf der Terrasse in einem der vielen Cafés.

Ute sieht müde aus, aber sie versucht, diese Tatsache mit einer Menge Munterkeit zu überspielen.

„Mensch, Liv", sagt sie, nachdem wir uns gesetzt haben und die Karte studieren. „Es ist schön, dich mal wieder zu sehen. Es tut immer wieder gut, auch Menschen zu sehen, die nicht von ihren Kindern völlig gestresst daher kommen."

Ich lächle sie an. „Wie geht es Benny denn?"

Ute seufzt. „Körperlich geht es ihm wieder gut. Aber die wochenlange Untätigkeit hat ihn leider völlig unberechenbar gemacht. Ständig dreht er völlig auf, macht seltsame Bewegungen und Geräusche, wackelt mit dem Kopf und rollt die Augen. Was meinst du, ist das noch normal?"

„Keine Ahnung. Ich kenne mich mit Kindern nicht so aus, aber für mich klingt das stark nach einer psychosomatischen Störung. Warst du schon beim Arzt?"

„Oh, Gott. Nur nicht schon wieder zum Arzt. Ich habe ihn heute zu meiner Mutter gebracht. Wenn etwas nicht stimmt, erkennt sie das mit ihrer Erfahrung bestimmt."

Und wieder bin ich so froh, keine Kinder zu haben. Denn bei meinen Eltern abgeben, könnte ich sie schlecht – die haben sich schon vor Jahren an der Costa Blanca zur Ruhe gesetzt. Lukas' Eltern scheiden auch aus – die wohnen in Kiel. Was für ein Glück also, dass ich mich nicht mit solchen Problemen herumschlagen muss. Zumal Ute zu allem Überfluss auch keinen Partner hat, der sie unterstützt. Ihr Leben gleicht einem wahrgewordenem Alltagsalptraum: Ein anstrengendes Kind, wenig Geld und kein Kindsvater weit und breit, der einem hilft.

Mein Gedankenfluss wird durch die Bedienung unterbrochen, die mit ihrem elektronischen Bestellblock an unseren Tisch kommt.

„Ich nehme einen Café au lait und ein Stück von dem gedeckten Apfeltarte", gebe ich meine Bestellung auf.

Ute runzelt noch unschlüssig die Stirn und bestellt dann einen schwarzen Kaffee und ein Stück

Sahnetorte. Dabei schaut sie wie das personifizierte schlechte Gewissen. Das kenne ich nur zu gut. Hätte ich heute noch keinen Sport getrieben, würde es mir sogar bei dem Apfelkuchen so gehen – von einer Sahnetorte ganz zu schweigen.

Ich lege ihr die Hand auf den Arm. „Du hast sie dir verdient", tröste ich sie. Ute nickt; nicht ganz überzeugt. „Wir können ja später noch am Neckar spazieren gehen. Damit baust du wenigstens einen Teil der Kalorien gleich wieder ab."

Diesen Vorschlag nimmt Ute freudig auf und so komme auch ich auf Umwegen doch noch zu meinem Neckarspaziergang.

In den nächsten Wochen schließe ich meine Jahresabschlussarbeiten tatsächlich komplett ab. Dennoch stellt sich bei mir nach wie vor nicht die Ruhe einer Downtime ein. Und das liegt nicht nur daran, dass sich bei einem meiner Mandanten das Finanzamt zu einer Betriebsprüfung angekündigt hat. Ganz generell fühle ich mich unerklärlicherweise verunsichert und prüfe alles, was ich erledige zweimal nach – wenn das reicht.

Ich habe es auch in der Vergangenheit bei Ankündigung einer Betriebsprüfung immer so gehandhabt, dass ich alle außergewöhnlichen Geschäftsvorfälle meines Mandanten im Prüfungszeitraum nochmal durchgegangen bin, um etwaige Unstimmigkeiten schon vor Ankunft des Betriebsprüfers herauszufiltern und proaktiv dem Prüfer zusammen mit Lösungsvorschlägen zu melden.

Doch letztes Jahr hatten wir eine Prüfung bei der dieses Vorgehen nicht geklappt hat. Nur knapp ist der Mandant einer Gefängnisstrafe wegen Steuerhinterziehung entgangen; und wir einem teuren Haftungsfall. Genau genommen war der Vorfall dabei noch nicht einmal unsere Schuld, denn wir hatten den Mandanten auf das Risiko aufmerksam gemacht. Aber wahrscheinlich nicht eindringlich genug. Unter anderem auch deshalb, weil wir selber das Risiko als nicht sehr hoch eingeschätzt hatten. Und das wäre es auch nicht gewesen, wenn der Betriebsprüfer nicht so ein strenger Hund gewesen wäre. Doch der Prüfer war jung und wollte Erfolge vorweisen. Dementsprechend nahm er es sehr genau.

Ich habe nächtelang wach gelegen und völlig sinnlose Überlegungen gewälzt, die alle mit „Hätte ich doch nur…" begannen. Hätte ich doch den Mandanten nur eindringlicher gewarnt. Hätte ich doch nur das Risiko selbst höher eingeschätzt. Hätte ich mich doch nur nicht auf die Kulanz des Betriebsprüfers verlassen.

Sinnlos und kräfteraubend, denn das Kind war ja schon in den Brunnen gefallen. Glücklicherweise konnten wir dann mit viel Energie und guten Worten einen größeren Schaden abwenden. Doch mich hatte das tief getroffen und in meinen Grundfesten erschüttert. Glaubte ich doch bis dahin, nicht nur gute, sondern perfekte Arbeit zu leisten.

Mein Kollege Hauke sah das alles gelassener und winkte nur ab, wenn ich mich mal wieder in unserer gemeinsamen Mittagspause selber zerfleischte. Bei seinem Mandantenstamm waren Betriebsprüfungen mit schlechtem Ausgang sozusagen an der Tagesordnung.

„Wenn ich mir deswegen schlaflose Nächte machen würde, wäre ich mittlerweile zum Zombie mutiert", meinte er und wollte mich damit trösten. Doch ich habe eben nun mal nicht das dicke Fell von Hauke. Deshalb hat er auch die krummen Mandanten und ich die ehrlichen. Weil ich mit Unstimmigkeiten einfach nicht umgehen kann.

Jedenfalls erscheint mir im Nachhinein diese Erfahrung wie ein Wendepunkt. Seitdem hat sich dieser Klumpen in meinem Magen immer weiter verfestigt. Ich habe immer mehr Angst vor Fehlern. Vor Fehlern, die ich nicht mehr ausbügeln kann. Erschwerend kommt in meinem Fall noch dazu, dass ich das Bedürfnis nach Perfektion habe. Alles muss stimmen und passen, sonst habe ich das Gefühl, meine Arbeit nicht richtig erledigt zu haben und fühle mich nicht wohl.

Also bin ich zum Kontrollfreak mutiert – prüfe lieber zu viel als zu wenig. Und das alles fühlt sich wie eine Abwärtsspirale an. Anstatt mich durch meine ständigen Kontrollen wohler zu fühlen – schließlich vermeide ich doch damit Fehler – werde ich immer unsicherer. Denn wenn ich nicht dazu neigen würde, Fehler zu machen, müsste ich mich ja auch nicht ständig kontrollieren. Also zeigt es nur, dass ich mir nicht vertrauen kann und zwecks Fehlervermeidung besser kontrolliere. Dementsprechend überprüfe ich mich noch mehr – wodurch ich noch unsicherer werde. Und so geht es immer weiter. Selbst die Tatsache, dass ich den Mechanismus erkenne, hilft mir nicht, ihn abzustellen. Letzten Endes fühle ich mich immer gestresster und müder und wünsche mir nur noch einfache Aufgaben, die ich ohne viele Kontrollen bewältigen kann.

Irgendwie hatte ich gehofft, dass der jahresabschlussfreie Sommer mir helfen würde, aber das scheint leider nicht der Fall zu sein. Nach außen versuche ich mich aber weiterhin als die selbstsichere und völlig entspannte Olivia zu präsentieren. Mit der Zeit gestaltet sich das aber immer schwieriger. Denn ich muss nicht nur in der Kanzlei das Gesicht wahren, sondern auch bei Lukas. Schließlich geben wir uns doch vor unseren Freunden und Bekannten als das erfolgreiche und zufriedene Paar schlechthin aus. Diese Fassade darf keinesfalls Risse bekommen. Und ein posttraumatisches Belastungssyndrom, ein Burn-out oder was auch immer ich da ausbrüte, wäre so ziemlich das letzte, was ich gebrauchen kann. Wie sollte das denn auch zu unserem perfekten Leben passen?

Also mache ich weiter und hoffe, dass es irgendwann vorüber geht, dass die Angst nachlässt und ich wieder normal funktioniere. Ein paar freie Tage können Wunder wirken – also hoffe ich auf Kopenhagen im Juni. Manchmal hilft es auch, sich das Lebensdesaster anderer vor Augen zu führen und sich selbst zu versichern, wie gut man es doch hat.

Dementsprechend oft denke ich an Claudia und ihr ständig durch Teenager verwüstetes Haus oder an Ute mit ihrem akuten Geldmangel und ihren Problemen als alleinerziehende Mutter. Wie gut habe ich es doch da in unserem aufgeräumten, großen Haus mit Pool!

Doch was, denke ich auch gleich voller Schrecken, passiert, wenn ich einen Steuerstrafbestand bei einem meiner Mandanten übersehen habe und dafür auch ins Gefängnis komme? Was habe ich dann noch von meinem Haus? Und wird Lukas die ganzen Jahre, die ich im Gefängnis verbringen muss, auf mich warten? Also gehe ich sicherheitshalber alles nochmal im Kopf durch. Habe ich wirklich nichts übersehen? Was war das neulich bei diesem Zementunternehmen? Ich rufe mir die Konten im Kopf auf. Da hatten wir doch ein Fristproblem mit einer Umbuchung. Haben wir – oder ich – dieses wirklich rechtzeitig vorgenommen? Oder rutscht der Mandant doch in eine Überziehungszinszahlung? Und kommt man deswegen ins Gefängnis?

‚Schluss Olivia!', rufe ich mich schließlich zur Ordnung. Das macht dich krank. Dennoch merke ich, als ich auf die Uhr sehe, dass ich fast eine Stunde grübelnd auf dem Sofa gesessen habe, ohne es zu merken. Lukas hat heute Nachtschicht, weshalb ich allein im Haus bin und mich niemand vom Grübeln abhalten kann. Wenn auch nur dadurch, dass ich mich gezwungen fühle, eine entspannte Miene aufzusetzen und dies all meine Kraft erfordert.

Ich beschließe, jetzt laufen zu gehen. Mindestens eine Stunde. Danach bin ich so erschöpft, dass ich hoffentlich nicht mehr denken kann.

Mein geistiger und seelischer Zustand wird besser. Zusammen mit einer Schönwetterperiode kehrt bei mir wieder eine gelassenere Stimmung ein. Natürlich liegt das nicht nur am sonnigen Wetter, sondern auch an dem nachlassenden Druck in der Kanzlei. Das einzige, was mir schwer im Magen liegt, ist die anstehende Betriebsprüfung; doch ansonsten habe ich nur Alltagskram bei meinen Mandaten zu erledigen. Selbst in meinem leicht desolaten Zustand bekomme ich das gut hin. Und wie so oft, wenn eine Kette unterbrochen wurde, gelingen mir die Dinge auch wieder besser und ich erobere mir einen Teil meines klaren Kopfes wieder.

Fast beginne ich das Leben wieder zu genießen. Ich freue mich auf Kopenhagen und beschließe mich mental schon mal auf Dänemark vorzubereiten, indem ich mir hyggelige Gedanken mache. Als ich Ute von dem Plan erzähle, schaut sie mich aber nur verständnislos an: „Was ist denn hyggelig?"

„Hygge ist die dänische Bezeichnung für Gemütlichkeit", belehre ich sie.

„Heißt das, die Dänen lieben es bequem?"

Ich überlege. „Ich weiß nicht genau. Bequem mag ich es ja auch. Ich glaube, Hygge ist mehr als bequem. Eher so eine Art Lebenseinstellung."

Ute hat sich an diesem Tag von mir zu einem kleinen Bummel durch verschiedene Einrichtungshäuser überreden lassen, damit ich mich mal umschauen kann, wie wir unser Haus etwas hyggeliger gestalten können.

Allerdings musste sie leider Benny mitnehmen, und mit dem ist unser Ausflug alles andere als hyggelig. Ständig setzt er sich auf die Ausstellungsstücke. Das könnte ich bei Sofas, Sesseln oder anderen Sitzgelegenheiten ja noch tolerieren, aber leider macht er auch vor Küchenarbeitsplatten und diversen Tischen nicht halt, weil er ausprobieren möchte, ob er es schafft, da rauf zu klettern. Ich versuche, ihm zu erklären, dass ein Schreibtisch kein Klettergerüst sei und ein Kleiderschrank sich nicht dazu eigne, um sich reinzusetzen und zu krähen: ‚Macht die Tür zu. Mal gucken, ob ich sie von innen wieder öffnen kann.' Dabei gebe ich mir echt Mühe kühl, beherrscht und überlegen zu wirken. Doch je länger die Shoppingtour dauert, desto weniger gelingt es mir, und meine Stimme wird immer gereizter.

Ute hat von vornherein keine Geduld bewiesen und schreit einfach nur rum. Dadurch wird die Atmosphäre aber auch nicht entspannter. Insbesondere deshalb, weil es Benny nicht im Geringsten zu kümmern scheint, was die ihn begleitenden Erwachsenen so von sich geben. Schließlich platzt mir der Kragen und ich raunze ihn nur noch an.

„Das bringt bei ihm gar nichts", jammert Ute. „Du kannst schreien und schimpfen so viel du willst, das tangiert ihn überhaupt nicht. Das einzige, was hilft, ist Bestechung. Aber das ist keine empfohlene Erziehungsmethode. Deshalb versuche ich das zu vermeiden."

‚Bestechung!, denke ich. ‚Super Idee!'

„Hey, hör zu, Superman", spreche ich Benny an, der unter einem Schreibtisch sitzt und immer wieder mit dem Kopf an die Tischplatte stößt, um zu testen, ob sie sich anheben lässt. „Deine Mama und ich möchten uns eine Stunde hier in Ruhe umschauen. Du störst uns aber in einem fort. Deshalb habe ich folgenden Vorschlag an dich: Wenn du uns jetzt für eine Stunde gucken lässt, spendiere ich dir danach einen riesengroßen Monstereisbecher. Einverstanden?"

Benny wiegt nachdenklich seinen Kopf. Aber unter Umständen interpretiere ich seine vermeintliche Denkanstrengung auch falsch und ihm tut der Kopf einfach nur weh – vom ständigen Andocken an die Tischplatte oder vom Nachdenken, ist dabei schwer zu unterscheiden.

„Okay", meint er schließlich. „Aber ich stoppe die Zeit."

Er stoppt die Zeit!? Ganz so hatte ich mir das ja nicht vorgestellt, aber besser als nichts.

„Es gibt aber für jede Störung deinerseits eine Minute Verlängerung für uns."

Wieder zögert Benny. „Na gut", kommt es aber dann aber doch von ihm.

Meine Güte, was für ein Kind. Zum Glück ist es nicht meins. Sonst hätte ich es schon vor Jahren beim Jugendamt abgegeben.

Aber siehe da. Benny stört tatsächlich nicht mehr, sondern schaut nur still auf die Stoppuhrfunktion seiner Uhr und zählt wohl gedanklich die Zeit runter. Wirklich entspannter wird unser Einkauf trotzdem nicht, da wir uns von der begrenzten Zeit unter Druck gesetzt fühlen. Zumal Benny immer, wenn fünf Minuten vergangen sind, die uns verbleibende Shoppingzeit verkündet.

Dennoch finde ich ein paar schöne, hyggelige Sofakissen und einen kleinen Beistelltisch mit dazu passendem Kerzenständer, der neben unserem Sofa bestimmt auch ganz hyggelig wirkt.

In dem hauseigenen Café des Einrichtungshauses gibt es schließlich für Benny den versprochenen Eisbecher mit extra Sahne und extra Schokosoße und allen möglichen anderen Extras, bis der Eisbecher mehr aus Extras als aus Eis besteht. Doch Benny ist hochzufrieden. Ute jedoch macht ein bekümmertes Gesicht.

„Damit setzt du Maßstäbe", jammert sie mich auch schon an. „Ich kann es mir nicht leisten, Benny immer mit irgendwelchen Belohnungen ruhigzustellen. Außerdem ist das erzieherisch auch gar nicht wertvoll."

‚Pfff', denke ich nur. ‚Mir egal, Hauptsache das Balg hat mal für kurze Zeit seinen Schnabel gehalten.' Doch laut sage ich: „Dann sag ihm halt, Belohnungen für gutes Benehmen gibt es nur bei mir. Und mir tut es um das Geld, das ich für seine Ruhigstellung ausgebe, nicht leid."

„Du weißt nicht, was du dir damit antust", prophezeit mir Ute auch gleich düster. „Um eine Belohnung zu bekommen, wird er dich dann ganz oft sehen wollen."

„Dann kriegt er halt eine Belohnung, wenn er es schafft, mir möglichst oft aus dem Weg zu gehen." Das habe ich völlig ernst gemeint, aber Ute lacht laut heraus.

„Ja, das ist gut", meint sie und lacht wieder. „Pass nur auf, dass er dich damit nicht um dein Einkommen bringt."

‚Na, denke ich, ‚dich hat er ja schon um deins gebracht.' Aber das spreche ich natürlich nicht laut aus, das wäre einfach zu fies. Und irgendwie auch ungerecht. Schließlich wäre es für Ute auch anders, wenn Bennys Vater nicht das Weite gesucht hätte. Und ihr Einkommen verbrauchte sie ja auch eher durch Bennys Anwesenheit und nicht durch seine Abwesenheit.

Wenig später stehen wir vor dem Möbelhaus, wo sich unsere Wege wieder trennen werden. Wir umarmen uns, ich bedanke mich für ihren guten Einrichtungs-Rat und will mich gerade endgültig verabschieden als Utes Blick auf eine Plakatanzeige fällt, die vor dem Möbelhaus angebracht ist.

„Ach, schau mal", meint sie. „Deko-fit! hat eine neue Anzeige. Gefällt mir."

Ich sehe auf das Plakat, das eine Almhütte zeigt, die richtig runtergekommen aussieht und dank deko-fit!-Accessoires dennoch richtig hyggelig wirkt.

Kurz überlege ich, nochmal in das Möbelhaus in die dortige deko-fit!-Filiale zu gehen und mich dort auch umzuschauen. Doch dann entscheide ich mich dagegen, da ich mich zum einen nicht von Werbung beeinflussen lassen möchte und zum anderen nach Hause möchte.

Ich bin froh, als ich mich kurze Zeit später endgültig von den beiden verabschiede. Jetzt kann ich in die Ruhe meines Zuhauses zurückkehren, meine Neuerwerbungen aufstellen und mich dann ganz entspannt auf dem Sofa von Benny erholen.

Auf meinem Handy sind während des Einkaufes mehrere Nachrichten eingegangen. Im Möbelhaus hatte ich wahrscheinlich keinen Empfang oder ich habe das Bimmeln des Posteingangs nicht gehört, weil Benny immer so laut gekrächzt hat. Wie auch immer. Ich schenke mir ein Glas Mineralwasser in der Küche ein und setze mich dann an den Esstisch, um die Nachrichten abzuhören.

Eine ist von Lukas, der für einen kranken Kollegen den Bereitschaftsdienst diese Nacht übernehmen muss und deshalb in der Klinik schläft. ‚Schade', denke ich. ‚Dabei hatte ich vor heute zu kochen.'

Eine weitere Nachricht ist von Claudia, die sozusagen eine Re-Einladung auf unsere Essenseinladung neulich ausspricht. Ich verziehe unwillkürlich das Gesicht. Bei den Einladungen von Claudia sind anfangs immer ihre beiden Söhne dabei und essen mit. Und mein Bedarf an Kindern ist erstmal für die nächsten drei Monate gedeckt worden. Auch wenn Claudias Jungs mehrere Jahre älter sind als Benny, ist ihre Anwesenheit nicht wirklich angenehmer und genauso nervend. Zumal auch deren Lautstärke sich nicht runter regulieren lässt und das Essen damit eher zu einer Zerreißprobe wird als zu einem angenehmen, kultivierten Erlebnis.

Die dritte Nachricht ist von Hauke, der mit mir was trinken gehen will, um über unseren Chef zu lästern. Das finde ich eine sehr gute Idee – also mich mit Hauke zu treffen, nicht unbedingt, um über Herrn Steiner zu lästern. Denn im Gegensatz zu Hauke bin ich bisher immer gut mit ihm klargekommen. Hauke findet ihn zu spießig und angestaubt mit seinen korrekten Krawatten und der steilen Bügelfalte in der Hose. Irgendwie von vorgestern. Ich kann über solche Äußerlichkeiten problemlos hinwegschauen. Hauptsache ich werde fair behandelt und meine Arbeit wird anerkannt.

Und da Lukas heute sowieso nicht da sein wird, ist das doch das perfekte Timing. Also schicke ich sofort eine

Sprachnachricht an Hauke und schlage als Treffpunkt eine gemütliche Eckkneipe mit Biergarten im Heidelberger Westen vor. Hauke antwortet prompt mit jeder Menge jubelnder Emojis. Irgendwie ist er ein großes Kind, aber ich mag ihn trotzdem. Bei ihm lässt sich zumindest die Lautstärke regulieren.

Aufgrund des Wissens, dass Abende mit Hauke gerne feucht-fröhlich mit zu viel Alkohol intus enden, beschließe ich in weiser Voraussicht, zu Fuß in die Weststadt zu laufen, weil ich mein Cabriolet nicht irgendwo auf offener Straße die ganze Nacht stehenlassen möchte, weil ich es nicht mehr nach Hause chauffieren kann. Und rein von der sportlichen Seite betrachtet, ist dieser Entschluss auch mehr als sinnvoll. Etwas weniger sinnvoll ist da mein ursprünglicher Plan zum Abendessen – weil Lukas sowieso nicht kommt – nur einen Salat zu essen. Salat bietet keine Grundlage für die eventuelle Überkonsumierung alkoholhaltiger Getränke und so brate ich mir ein Spiegelei und esse ein paar übrig gebliebene Frikadellen vom Vortag dazu.
Dann mache ich mich auf den Weg. Es ist ein schöner, sonniger Frühsommerabend, und ich genieße den Spaziergang in die Weststadt. Hauke sitzt schon im Biergarten bei einem kühlen Hellen und winkt mir fröhlich zu. An der Theke hole ich mir erstmal eine Weißweinschorle und setze mich dann zu ihm an den Tisch.
Hauke schaut irritiert auf meine Schorle. „Du bist aber vorsichtig. Bist du etwa mit dem Auto da?"

„Nein", lache ich. „Aber ich lass es erstmal langsam angehen. Der Abend ist ja noch jung."

Dieses Argument lässt Hauke gelten, obwohl er sich nicht an solche Vorsichtsmaßnahmen hält und sich lieber gleich noch mal ein frisches Bier holt.

„Stell dir vor", eröffnet Hauke auch gleich die erste Lästerrunde. „Der Steiner hat heute seine Krawatte abgelegt!" Er macht eine dramatische Pause, in der ich seine Aussage sacken lassen kann.

„Wow", sage ich und weiß nicht, was daran spektakulär sein soll.

„Hallo? Das hat er in den letzten fünf Jahren nur achtmal gemacht. Und eigentlich nur dann, wenn es draußen über 40 Grad Celsius im Schatten waren."

„Zählst du mit?", frage ich amüsiert.

„Auf jeden Fall. Ich bin sozusagen Meister im Zählen besonderer Ereignisse."

„Da es heute keine 40 Grad Celsius waren, muss er einen anderen Grund gehabt haben. Weißt du zufällig welchen, oh du mein Meisterdetektiv?", versuche ich Hauke zu foppen.

„Nun ja", meint er zähneknirschend. „Er hat sich Kaffee auf seine Krawatte gekleckert, während wir ein paar offene Punkte auf meiner Mandanten-Offene-Punkte-Liste durchgegangen sind. Also hat er sie gewechselt."

„Und das geht bei dir als ‚er legt seine Krawatte ab' durch?"

Hauke schaut etwas hilflos - er wollte doch nur lästern.

„Er hat in dem Schrank hinter seinem Schreibtisch ein Fach, da liegen lauter frische Krawatten drin. Das ist doch krank."

„Er trägt halt gern Krawatten. Mensch Hauke, das ist doch total nebensächlich. Wenn du dich genauso akribisch um deine Mandanten kümmern würdest wie um die Krawattenmarotte deines Chefs, würdest du bestimmt den einen oder anderen vor der Insolvenz retten."

„Ha, ha", lacht Hauke. „Die sollten mal besser selber akribisch sein. Besonders bei ihren Steuerzahlungen."

Irgendwie verstehe ich Hauke ja. Er hat auffallend oft Meetings mit Herrn Steiner, um die Lage bei seinen Mandanten durchzusprechen. Er hat ja auch nur die lausigen Mandanten. Irgendwann hat Herr Steiner einfach festgestellt, dass Haukes lockere Art bei den B-Mandanten (das sind die, die viel Arbeit machen und wenig bezahlen können) gut ankommt und so sind sie nach und nach alle bei ihm gelandet. Aber auch, wenn Hauke die Meetings – oder wie er es nennt die Morgenappelle – bei Herrn Steiner nerven, ist er doch ganz froh über seinen Sauhaufen, denn von denen kommt mit Sicherheit keiner und will alles noch besser und noch perfekter. Im Gegenteil, die fallen vor lauter Dankbarkeit, dass du ihre unordentliche Belegablage sortierst und GOB*-tauglich machst, vor dir auf die Knie.

„Und?", wechselt Hauke schließlich zumindest ein wenig das Thema. „Was macht deine Mandantschaft so? Außer pünktlich ihre Steuern zahlen?" Er grinst frech. „Dazu habe ich nämlich eine interessante Frage: Wann hast du eigentlich deinen letzten Stundungs-antrag geschrieben?"

Mist, ja, wann war das? Es ist auf jeden Fall schon ewig her. Ich glaube das war bei einem Mandanten, den jetzt Hauke betreut.

„Das verstehst du nicht", belehre ich Hauke. „Mit den Korrekten ist es auch nicht ganz einfach."

„Das verstehe ich wirklich nicht", antwortet er fröhlich. „Es ist einfach schon zu lange her, dass mir einer über den Weg gelaufen ist beziehungsweise auf meinem Schreibtisch lag. Na ja, Hauptsache sie liegen nicht unter ihm." Hauke lacht über seine eigene Zote und ich schiele auf sein Bierglas. Das kann nicht erst sein zweites sein – zotig wird Hauke in der Regel erst nach dem vierten.

„Was passt denn mit deinen Korrekten nicht?", fragt Hauke schließlich wieder ganz vernünftig und einem zweiten Bier durchaus angemessen.

„Keine Ahnung. Man muss halt ständig Paragrafen wälzen. Die Umsatzsteuerdurchführungsverordnung kenne ich mittlerweile auswendig! Es muss alles immer bis ins letzte Detail geprüft werden und stimmen. Da ist so wenig Spielraum", klage ich.

Hauke legt den Kopf schief und sieht mich fragend an. „Klingt für mich nach normaler Steuerberatertätigkeit. Und Spielraum für was? Die großzügige Auslegung des Steuergesetzes endet eben nur zu oft hinter dicken Mauern."

Eben, denke ich und versuche das Gedankenkarussell, das sich fast sofort in Gang setzt, einzufangen.

„Ich meine, Spielraum für Fehler", erläutere ich dann aber doch genauer. „Wer ist schon perfekt?"

„Das sagst ausgerechnet du?", staunt Hauke. „Du bist doch die wandelnde Perfektion. Deshalb liebt Steiner dich doch auch."

Ich nehme einen tiefen Schluck aus meinem Weinglas und seufze: „Perfekt sein, ist so anstrengend." Dann stelle ich fest, dass mein Glas leer ist und ich hole mir noch ein zweites. Später sogar noch ein drittes.

Meine Gedanken habe ich eingefangen – also ich oder der Wein, egal. Jedenfalls geben sie Ruhe und ich schaffe es tatsächlich, den restlichen Abend zu genießen. Genau genommen finde ich ihn sogar ausgesprochen lustig, denn Hauke ist auch einfach ein witziger und ironischer Typ und er haucht der steuerberatenden Tätigkeit doch tatsächlich einen Funken Lebenslustigkeit ein – ganz so als wäre es letztendlich nur ein nicht ernstzunehmender Spaß. Und mein Gott, das tut so gut.

*GOB = Grundsätze ordnungsmäßiger Buchführung

3.Kapitel

Am nächsten Morgen geht es meinem Kopf leider weniger gut. Vielleicht hatte ich dann doch ein Gläschen zu viel. Nach dem Biergarten sind wir nämlich noch in einer Touri-Kneipe gelandet und haben ein paar Ramazzotti getrunken. Das scheint zu viel gewesen zu sein. Ich bin eben auch nicht mehr die Jüngste und stecke solche Abende nicht mehr so leicht weg.

Dennoch stehe ich auf und mache mir einen Kaffee. Am Fenster stehend und meinen Kaffee trinkend, schaue ich dann in den Garten hinaus und denke, wie schön er doch ist. Jedenfalls meine Augen nehmen die Schönheit wahr; aber sie erreicht irgendwie nicht mein Herz.

Der Tag liegt leer vor mir, da Lukas erst heute Abend von seiner Schicht kommt. Ich überlege, ihn mit einem leckeren, tatsächlich von mir gekochten Essen zu überraschen. Doch was mache ich bis dahin? Nach Joggen ist mir nicht, da mir das viel zu anstrengend erscheint, aber ein bisschen an die frische Luft zu gehen, könnte meinem Zustand mit Sicherheit nicht schaden.

Ich beschließe zu Fuß zu Ute zu gehen und ihr einen kleinen Überraschungsbesuch abzustatten – auch wenn wir uns gestern erst gesehen haben und ich mich eigentlich noch von Benny erholen muss.

Ute wohnt draußen in Dossenheim, circa 4 Kilometer von uns entfernt und ein guter Teil des Weges verläuft über freie Felder. Also dusche ich, esse dann noch im Stehen an die Küchentheke gelehnt einen Toast und mache mich dann auf den Weg. Die Sonne scheint weiterhin von einem wunderbar blauen Himmel, und mein Kopf klart sich nach einer Weile auf und ich fange an, meinen Spaziergang zu genießen. Nach etwas mehr als einer Stunde stehe ich vor Utes Haus.

Ute wohnt in einem recht schönen Mehrfamilienhaus im Erdgeschoss, deshalb gehört zu ihrer Wohnung auch ein kleiner Garten, worüber sie wegen Benny sehr glücklich ist. Und genau aus diesem ertönt jetzt lautes Geschrei, so dass ich mir das Klingeln spare und gleich ums Haus herum in den Garten gehe. Dort spielt Benny mit einem Freund. Jedenfalls denke ich, dass sie es als Spiel sehen, sich gegenseitig zu schlagen.

„Hallo", rufe ich den beiden Schlagetots zu. „Was spielt ihr denn?"

„Hallo Tante Liv. Wir spielen ‚Schere, Stein, Schmerz'. Das ist voll lustig."

Etwas ratlos schaue ich eine Weile zu, wie der Gewinner dem Verlierer immer eine runterhaut. In meiner Kindheit gab es dieses Fingerspiel auch schon, aber irgendwie habe ich es anders in Erinnerung. Und was daran lustig sein soll, kann ich auch nicht erkennen, besonders weil Benny immer so fest zuschlägt, dass seinem Freund die Tränen in die Augen schießen.

Ute sitzt auf der Terrasse und schaut den Jungen ungerührt zu. „Das sieht ganz schön rabiat aus", meine ich und setze mich zu ihr.

„Ja", antwortet sie ausdruckslos. „Aber man gewöhnt sich dran. Heutzutage haben die Kinder einfach an anderen Dingen Freude. Hauptsache sie lassen mich in Ruhe."

Sie klingt so entsetzlich müde, dass ich richtig Mitleid mit ihr bekomme. Zu allem Überfluss erscheint auch noch Benny auf der Terrasse und fängt an, uns mit seinem lauten Stimmorgan zuzudröhnen.

„Du Benny", wage ich ihn zu unterbrechen. „Deine Mutter und ich würden uns gerne unterhalten."

„Was kriege ich für eine Belohnung, wenn ich aufhöre?", kommt es da auch sofort wie aus der Pistole geschossen und ich argwöhne, dass er nur nervt, damit ich ihn wieder mit irgendeiner Süßigkeit ruhigstelle.

Ute liegt mit geschlossenen Augen auf ihrer Sonnenliege und sagt in einem Ich-habe-es-dir-doch-gleich-gesagt-Ton zu mir: „Ich habe es dir doch gleich gesagt. Jetzt nervt er dich, wann immer er dich sieht, nur um etwas abzustauben."

Okay, vielleicht hatte Ute gestern recht und ich werde tatsächlich arm bei diesem Deal.

„Hör zu", meine ich dennoch zu der nervtötenden Zukunft unserer Nation. „Hier in Dossenheim gibt es doch eine Eisdiele. Ich gebe dir fünf Euro, und du und dein Freund könnt euch jeder ein Eis kaufen."

Die beiden Jungs jubeln und ich bin gerade zur besten Tante der Welt aufgestiegen. Sie schnappen sich das Geld und laufen los.

„Und lasst euch Zeit", rufe ich noch hinterher.

„Am besten bis nächste Woche", fügt Ute noch scherzend hinzu. Dann streckt sie sich genüsslich auf ihrer Liege aus und blinzelt in die Sonne. „Endlich Ruhe."

Ich setze mich auf einen Stuhl neben der Liege und sehe mich im Garten um. Überall liegen Spielsachen. Ich meine, der Garten ist sowieso winzig – genau genommen wäre schon ein Spielzeug zu viel, aber die Menge an Plastikschaufeln, diversen Sandeimern, Tretbaggern und Bällen würde sogar meinen wesentlich größeren Garten wie eine Müllkippe aussehen lassen.

„Es ist sehr unordentlich", stelle ich fest.

Ute öffnet leicht ein Auge. „Ach das", meint sie wegwerfend. „Ist schon okay. Macht ja keinen Krach. Nur Arbeit, wenn ich es später wieder aufräumen muss."

„Machen das die Jungs nicht selbst?", frage ich etwas fassungslos.

„Machst du Witze?", fragt Ute und sieht mich an. „Ach nein", fügt sie dann hinzu. „Du hast noch Illusionen. Lebst in der heilen Kinder-muss-man-nur-richtig-erziehen-Welt. Passt schon. Du hast ja keine."

Wie meint sie denn das jetzt? Du hast ja keine – sei froh. Oder du hast ja keine – du Arme. Wahrscheinlich kann ich es mir aussuchen. Ute sieht viel zu erschöpft aus, um überhaupt eine Meinung zu haben.

„Warum tust du dir das an?", frage ich dennoch mit Blick auf den verwüsteten Garten als Fortsetzung des Wohnzimmers, das sich auch in keinem aufgeräumteren Zustand befindet. Ganz ehrlich, wie soll Ute hier auch zur Ruhe kommen? Ohne Ordnung im Haus, keine Ordnung in der Seele. Das ist zumindest meine Devise. Allerdings weiß ich aus langjähriger Erfahrung, dass Ute diese Meinung nicht teilt – egal ob mit oder ohne Kind.

„Soll ich ihn wieder in meinen Bauch schieben und dort muss er dann bleiben bis er 18 ist oder wie denkst du dir das?"

„Das meine ich nicht", sage ich und frage mich, ob Ute mich wirklich für so blöd hält, dass ich denke, so was ginge. Ein bisschen Ahnung von Biologie habe ich auch. Auch wenn Steuergesetze die natürlichere Umgebung für mich sind.

„Du könntest einfach strenger sein. Dann wäre Benny bestimmt besser zu ertragen."

„Hä?", macht Ute. „Bist du gerade wieder in einer heilen Erziehungswelt unterwegs? Wirklich Liv, so einfach ist das nicht. Und wenn du's mir nicht glaubst, probiere es halt selber aus."

Oh, Gott, nein danke. Bloß das nicht. Womöglich müsste ich dann Ute auch noch recht geben. Ich wechsle das Thema und frage Ute nach ihrem Job. Doch auch da bekomme ich nur laute Seufzer und Klagen als Antwort.

„Stell dir vor. Da hat mein Chef mir doch neulich glatt mit Lohnkürzung gedroht, als ich früher gehen musste, weil Benny sich auf der Treppe in der Schule den Fuß verknackst hat und ich ihn abholen musste. Gut, später hat sich herausgestellt, dass er nur simuliert hat, weil er keine Lust auf Nachmittagschule hatte. Mein Gott, ich war vielleicht sauer. Aber trotzdem, droht mir mein netter Chef doch glatt mit Lohnkürzung, weil ich zu viele Minusstunden habe. Dabei hatte ich doch erst die Woche davor zwei Minusstunden abgebaut. Lohnkürzung! Als ob ich mir das leisten kann bei meinem Teilzeitgehalt."

Minusstunden? Was ist das? Kenne ich nicht. Ich stemple zwar nicht, aber würde ich das tun, kämen mit Sicherheit genug Stunden zusammen, um drei Jahre früher in Rente gehen zu können.

„Was macht der Job bei dir so?", fragt Ute schließlich, und ich frage mich, ob die Frage eine Art Retourkutsche ist. Aber Ute schaut dabei völlig arglos. „Bei dir beginnt doch gerade die Sommerpause, oder?"

„Ja, wir haben gerade weniger zu tun."

„Das klingt aber nicht gerade erfreut", stellt Ute mit einem Seitenblick auf mich fest.

„Doch", beeile ich mich zu versichern. „Es ist nur – es fühlt sich nicht so an. Also ich meine, theoretisch sollte der Druck nachlassen, aber praktisch fühle ich ihn noch immer. Obwohl gar nichts weiter ansteht." Außer der Betriebsprüfung. Mein Magen fängt sofort an, Knoten zu bilden.

„Oh?", sagt Ute. „So einen Ton kenne ich von dir gar nicht."

„Was heißt denn ‚so einen Ton'", entgegne ich gereizt.

„Na ja, so demotiviert, frustriert, planlos."

Aha, so klinge ich also seit neuestem, wenn ich von meiner Arbeit spreche. Soll mir das irgendwas sagen? Aber was?

„Ich brauche Urlaub", stelle ich auch sofort fest. „Einfach mal ein bisschen Abstand. Zum Glück fliegen Luk und ich übernächste Woche nach Kopenhagen. Ein bisschen Hygge und die Welt sieht sofort wieder anders aus."

„Wenn du meinst." Ute klingt nicht überzeugt.

„Dennoch, falls es nicht besser wird; meine Freundin

Elke ist doch Heilpraktikerin. Die kann dich ja mal durchchecken. Vielleicht fehlen dir ja einfach ein paar Vitamine."

Ausgerechnet zu Elke will sie mich schicken! Wenn ich bei der esoterischen Dampfwalze in Behandlung gehe, brauche ich danach nicht nur Vitamine, sondern auch eine Menge Amphetamine, um mich wieder normal zu fühlen.

„Ich werde bei Bedarf darauf zurück kommen", antworte ich dennoch friedfertig – ohne es aber auch so zu meinen.

Plötzlich wird es wieder laut und unruhig – die Jungs sind zurück. Ihr Eis haben sie auf dem Weg schon gegessen – deutlich an den Flecken auf ihren T-Shirts zu erkennen und Restgeld bekomme ich auch keins. Ich beschließe Ute ihrem Schicksal zu überlassen und mich wieder auf den Heimweg zu machen. Mein Kopf hat sich erholt, ohne die eisholenden Jungs hatte ich ja auch genug Ruhe.

Als ich wieder in meinem Heimatviertel ankomme, habe ich noch genügend Zeit auf einen ausgiebigen Tratsch mit Anneliese, die ich mal wieder buddelnd in ihrem Vorgarten antreffe. Diese Frau ist einfach voller Energie, denke ich und erinnere mich an einen Spruch von Konfuzius: „Wenn du liebst, was du tust, wirst du in deinem Leben nie wieder arbeiten müssen." Anneliese scheint diesen Spruch umgesetzt zu haben – oder ihre schwäbische Mentalität lässt sie nicht zur Ruhe kommen.

Wie auch immer, es scheint mir in jedem Fall, als wäre sie mir weit voraus. Zudem sie trotz aller Umtriebigkeit unheimlich entspannt wirkt.

Nach dem Austausch von Befindlichkeiten, einer wohlwollenden Diskussion über das schöne Wetter, mache ich mich schließlich auf den restlichen Heimweg.

Bis Lukas kommt, habe ich noch Zeit. Dennoch bereite ich zum Abendessen schon mal einen Nudelauflauf zu; den kann ich gut aufwärmen, sobald Lukas da ist.

Es ist draußen noch so angenehm warm, dass ich den Gartentisch für uns decke. Dann setze ich mich noch ein bisschen in eine unserer Gartenliegen und döse in der lauen Luft noch etwas vor mich hin.

Lukas' Schlüssel im Schloss weckt mich, beziehungsweise das laute Geklapper und Gefluche, weil Lukas die Tür nicht aufbekommt, da ich meinen Schlüssel auf der anderen Seite stecken gelassen habe. Ich erlöse ihn also und öffne die Tür.

„Hola", begrüße ich ihn. Er sieht verwuschelt und müde aus – wie immer nach einer 24-Stunden-Schicht.

„Hast du gekocht?", fragt er hoffnungsfroh und sein Gesicht leuchtet auf, als ich nicke. „Ein Glück, ich hatte schon Angst, du wärst gerade mal wieder auf Diät."

„Wieso?", frage ich erschrocken. „Habe ich das wieder nötig?"

„Nein, nein", beeilt sich Lukas mir zu versichern, dass mit meiner Figur alles in Ordnung sei. „Aber du bist ja manchmal auch völlig sinnloserweise auf Diät."

Dann geht er unter die Dusche, während ich den Auflauf aufwärme. Kurze Zeit später sitzen wir zusammen in unserem friedlichen Garten, essen, trinken ein Glas Wein und entspannen uns bei nettem Geplauder.

Wie gruselig anders alles wäre, wenn wir hier nicht alleine säßen, sondern ein oder sogar zwei kleine

Mitesser hätten, die die ganze Zeit nörgeln und sinnlos plappern würden – laut und ungehemmt. Da ist mir unser leiser Plauderton viel lieber. Auch wenn es um verschiedene Tumore und ihre Behandlungsarten geht. Aber das ist nun mal Lukas' Beruf, und er liebt ihn. Und ich liebe Lukas. So schließt sich der Kreis. Außerdem kann man ja auch weghören.

„Freust du dich auf Kopenhagen?", wechselt Lukas endlich das Thema.

„Ja, sehr", antworte ich ehrlich. „Ich habe mir schon ein Buch über Hygge gekauft. Ich muss es nur noch lesen."

„Gut", meint Lukas. „Ich würde gerne den Wachwechsel bei Schloss Amalienborg sehen und die kleine Meerjungfrau natürlich. In Nynhavn soll es tolle Restaurants geben. Im Hafenbecken gibt es ein Freibad. Vielleicht können wir ja dort schwimmen, wenn es warm genug ist. Sonst können wir auch mit einem Boot auf den Kanälen spazieren fahren."

Zu meiner Schande muss ich gestehen, dass ich die Hauptstadt Dänemarks bisher nur mit Hygge in Verbindung gebracht habe, vielleicht weil der Gemütlichkeitsfaktor in meinem Leben zur Zeit einfach fehlt – über touristische Sightseeing-Objekte habe ich mir eher weniger Gedanken gemacht. Und wenn, dann nur in Form von einladenden Restaurants. Aber auf Lukas ist in dieser Hinsicht immer Verlass. Er studiert vor Antritt jeder Reise akribisch, welche Sehenswürdigkeiten und Besonderheiten es am Reiseziel zu sehen gibt.

Langsam wird es kühl, und ich räume den Tisch ab. Lukas schläft derweilen vor dem Fernseher ein, und ich treibe ihn schließlich unter Androhung von Rückenschmerzen, wenn er nicht in seinem Bett schläft, die Treppe in unser Schlafzimmer hinauf. Dort schmeißt er sich aufs Bett und schläft weiter. Ohne Zähne zu putzen. Und so was will Arzt sein.

Es ist die Woche der anstehenden Betriebsprüfung und ich wundere mich, dass ich in der Nacht davor überhaupt schlafen kann. Ich kleide mich noch sorgfältiger als sonst und versuche insgesamt einen kompetenten Eindruck zu machen.

Irgendwie empfinde ich mich gleichzeitig aber auch als lächerlich: Meine Güte, es ist nicht meine erste Prüfung – genau genommen eher meine hundertste. Warum nur fühle ich mich so, als wäre ich ein absoluter Neuling? Unsicher, inkompetent, übernervös.

In der Kanzlei angekommen, hole ich mir erst mal einen Kaffee. Dann überprüfe ich den Raum, in dem der Betriebsprüfer sitzen soll und checke die Bewirtung. Kaffee, Wasser und ein paar Kekse. Das ist in Ordnung, das fällt noch nicht unter den Tatbestand der Bestechung. Als der Prüfer schließlich kommt, bin ich zwar innerlich ein Wrack, bewahre aber nach außen die Fassung, lächle professionell und halte Smalltalk, während ich ihn in den Prüfungsraum bringe. Die Akten liegen bereit, Herr Maier – das ist sein Name – kann sofort beginnen. Zum Glück handelt es sich um einen älteren Prüfer, diese sind nach meiner Erfahrung in der Regel kulanter.

Der Tag zieht sich elend langsam dahin. Am Mittagstisch mit Hauke bekomme ich mein Essen kaum runter. Hauke sieht mich etwas verständnislos, aber nicht ohne Mitgefühl, an und meint dann nur: „Sieh es positiv, so kannst du diesen Tag als Diättag in den Kalender aufnehmen."

Da hat er allerdings recht, aber darüber freuen, auf diese Weise ein paar Kalorien einzusparen, kann ich mich logischerweise nicht. Der Preis erscheint für einen leidlich flachen Bauch einfach zu hoch.

Am Nachmittag sitzt Herr Steiner über eine Stunde bei dem Prüfer, und ich laufe mit einem völlig entleerten, fast schwindeligen Gefühl herum, denn das kann nichts Gutes bedeuten. Warum nur holt Herr Maier mich nicht? Oder warum ruft Herr Steiner mich nicht dazu?

Am späten Nachmittag zieht das Finanzamt Heidelberg, vertreten durch Herrn Maier, schließlich ab und ich sitze zwecks Lagebesprechung vor Herrn Steiners Schreibtisch. Dieser wühlt noch ein wenig in seinen Unterlagen, die hinter ihm auf einem Sideboard liegen, und wendet sich dann endlich mir zu.

„Nun, Frau Westing, die Prüfung ging ja mal wieder durch wie geschnitten Brot", äußert er sich schließlich zufrieden und jovial.

Ich schlucke. „Das heißt, der Prüfer hat nichts gefunden?", hake ich nach, um sicher zu sein, dass ich das auch wirklich richtig verstanden habe.

„Ein paar Kleinigkeiten. Nichts Gravierendes", winkt Herr Steiner ab. „Und er hat die Vorbereitung der Unterlagen gelobt." Freundlich lächelnd sieht er mich an. „Das haben Sie wirklich mal wieder sehr gut gemacht."

Ich bin sicher, wenn ich nicht sitzen würde, würde ich umfallen, so schwach fühlen sich meine Beine plötzlich vor lauter Erleichterung an. Doch ich wahre die Fassade und lächle maliziös, dabei neige ich leicht meinen Kopf. Diese Geste habe ich mir mal bei einer Fernsehmoderatorin abgeschaut, deren Namen ich mittlerweile vergessen habe. Sie wirkt so selbstverständlich und souverän, ganz so, als habe man nichts anderes erwartet, weiß das Lob aber dennoch zu schätzen.

Oh Liv, was bist du nur für eine Lügnerin? Von wegen souverän.

Leichten Schrittes verlasse ich sein Büro. Es ist vorbei! Und es ist nichts geschehen! Keine Katastrophe! Keine übersehenen Fehler! Ich bin erleichtert, fühle mich frei – und hungrig. Mein Magen, der den ganzen Tag wie zugeknotet war, entwirrt und meldet sich. Aber auch durch meine Freude und maßlose Erleichterung hindurch, merke ich, dass ein anderes Gefühl dennoch komplett fehlt und das ist die Genugtuung und Befriedigung darüber, dass ich meine Arbeit gut gemacht habe und sie durch den Prüfer positiv bewertet wurde. Der Gedanke: ‚Mann, was bin ich doch gut! Und so kompetent! Und einfach die beste Steuerberaterin der Welt!' fehlt völlig. Und das kenne ich so gar nicht, wo ich doch eigentlich immer dazu neigte, mich selber zu loben, ja geradezu selber zu beweihräuchern.

Dennoch beschließe ich, mich an diesem Abend zu feiern. Dieses Gefühl der Unbesiegbarkeit, der absoluten Kompetenz und Souveränität muss sich doch wieder einstellen! Also muss Champagner her –

meines Wissens liegt noch einer im Keller – und ein leckeres Essen. Mal sehen, was Anneliese heute gekocht hat.

Lukas ist noch nicht da als ich nach Hause komme. Also decke ich mal wieder allein den Tisch, hole den Champagner aus unserem Weinkühlschrank im Keller und begutachte Annelieses Kochkünste in Form von zwei Portionen mit Hackfleisch gefüllten Cannelloni.

Es wird ein wunderbarer Abend. Lukas hatte auch einen sehr entspannten Tag, was bei ihm bedeutet, dass er vielen Patienten gute Prognosen für ihre Heilung geben konnte oder von vornherein nur leichtere Fälle in seiner Sprechstunde hatte.

Zunächst war er erstaunt und leicht verärgert, dass ich die letzte Flasche des teuren französischen Champagners, den wir vor Jahren mal bei einer Weinprobe in Reims erstanden hatten, aufgemacht hatte. Er fand den Anlass – eine überstandene Betriebsprüfung – nicht gerade angemessen, aber dann hat er ihm doch so gut geschmeckt, dass er bereit war über die Nichtigkeit des Grundes hinwegzusehen. Nur einmal bemerkte er, dass zu dem Essen ein schwerer Rotwein besser gepasst hätte als der leichte fruchtige Champagner – zumal ja auch bald die Spargelzeit beginnen würde. Doch ich meinte nur, dass wir auch noch eine Menge guten Weißwein hätten, und der würde zu Spargel auch sehr gut schmecken. Da konnte Lukas mir nur recht geben – ob aus Überzeugung oder aus Friedfertigkeit, kann ich gar nicht sagen. Ist mir aber auch ehrlich gesagt egal! Ich will einfach nur feiern und dabei vergessen, dass ich eigentlich gar nicht wirklich feiere, sondern nur versuche, meine Angst zu vergessen.

Dennoch werden die nächsten zwei Wochen für meine momentanen Verhältnisse entspannt. Ich gehe jeden Morgen ohne allzu große Bauchschmerzen in die Kanzlei und erledige meine anfallenden Arbeiten, ohne dass mich allzu große Unsicherheiten plagen. Hauke hat eine Woche später als ich eine angekündigte Betriebsprüfung, und die lief nicht ‚wie geschnitten Brot', sondern war eher zäh wie ein zu lange gegrilltes Stück Fleisch. Entsprechend bekam er von Herrn Steiner ein ernstes Vier-Augen-Gespräch reingedrückt. Um ehrlich zu sein, seine Stimmung ist nicht die Beste, als er danach in mein Büro kommt und sich auskotzt.

„Da meint dieser Blödmann doch glatt, ich solle mir von dir mal zeigen lassen wie man eine Prüfung professionell vorbereitet. Hallo, hat der sie nicht alle? Hat der vielleicht schon mal gemerkt, dass meine Mandanten eine andere Kategorie sind als deine? Und dass da auch der beste Steuerberater nichts nützt?" Hauke schäumt und ist ernsthaft sauer, obwohl er doch sonst die Dinge des Lebens, die ihm so passieren, eher auf die leichte Schulter nimmt.

„Kannst du ihm das nicht sagen?", wage ich einzuwenden. „Du musst ihm einfach klarmachen, dass man bei deinen Mandanten andere Maßstäbe ansetzen muss."

„Ach, Liv", meint Hauke resigniert. „Das weiß er doch. Aber sie bringen ihm halt auch Kohle. Wenn schon keine Reputation."

„Dann ist es aber sehr ungerecht, dir die Schuld daran zu geben."

„Blitzmerkerin", meint er mit ironisch-lachendem Unterton, nun wieder der alte Hauke wie ich ihn mag.

Ich bin fast sicher, dass die alte, perfekte Liv, sich getraut hätte zu Herrn Steiner zu gehen, um mit ihm über die Ungerechtigkeit von Haukes Lage zu sprechen, aber der neuen, unsicheren Liv fehlt dazu der Mut. Das frustriert mich und tut mir um Haukes Willen leid. Allerdings hat er es bisher scheinbar immer locker weggesteckt. Steuert er vielleicht auf eine ähnliche innere Krise zu wie ich?

„Na ja", meint er schließlich, als er schon im Türrahmen steht, um mein Büro zu verlassen. „Immerhin weiß ich, dass Herr Steiner weiß, dass er mich braucht. Kein anderer seiner Mitarbeiter wäre so ein Trottel und würde den Scheiß mitmachen. Damit mache ich mich doch irgendwie auch unersetzlich, oder?"

Tja, auch auf diese Weise kann man eine eigentlich unerträgliche Situation betrachten. Wie lange Hauke wohl noch durchhält?

Trotzdem versuche ich die Gedanken abzuschütteln und bereite mich lieber auf meine paar freien Tage in Kopenhagen vor. Ich schaue die Mappe, die ich für unsere Sekretärin vorbereitet habe, nochmal durch. Ein paar Briefe, eventuell anstehende Anrufe von Mandanten. Es ist nicht viel. Das meiste habe ich versucht wegzuarbeiten. Jetzt noch den Abwesenheitsassistenten im E-Mail-Programm eingeben. Voilà, das war's. Ich bin für fünf Tage erlöst. Das sind drei mehr als an einem normalen Wochenende. Reicht das, um sich seelisch und geistig zu regenerieren? Fühle ich mich dann wieder wie früher? Also normal? Oder ist mein jetziger Zustand die neue Normalität?

Zu Hause fange ich sofort mit dem Packen an und überlasse es Lukas, das Abendessen vorzubereiten. Eigentlich wäre ich gerne noch eine Runde laufen gegangen, um mich auf ein paar Tage Mehr-Essen vorzubereiten – und um mein schlechtes Gewissen zu beruhigen. Aber dazu reicht die Zeit nicht mehr. Und wenn ich erst mal gegessen habe, fühle ich mich zu voll, um noch zu laufen. Morgen früh, denke ich. Da laufe ich noch eine Runde. Unser Flieger geht ja erst um 12 Uhr, da habe ich noch genug Zeit.

Oh, sind wir eigentlich schon eingecheckt?

„Luk", rufe ich die Treppe runter. „Sind wir schon eingecheckt?"

Lukas deckt gerade den Esszimmertisch, sieht aber auf und hebt den Daumen. Also alles gut. Ich plane weiter, was ich alles mitnehme, und es liegen schließlich so viele Sachen auf dem Bett, dass mein kleiner Koffer gar nicht für alles reicht. Aber soll ich wirklich den Großen nehmen? Für fünf Tage? Ist das nicht lächerlich? Dementsprechend checke ich nochmal den Wetterbericht – es soll wechselhaft werden. Mist, also brauche ich auf jeden Fall eine wetterfeste Jacke. Aber müssen es gleich zwei sein? Nein. Ich sortiere eine aus. Sechs Hosen? Für abends, aber auch für tagsüber, wenn mal eine nass wird, brauche ich auch was zum Wechseln. Es reichen vier, beschließe ich. So gehe ich alles durch und – dem Himmel sei Dank – es passt schließlich alles in den kleinen Koffer. Tja, es geht halt nichts über ein bisschen organisatorisches Talent.

Auch Lukas hat das Abendessen mittlerweile fertig organisiert. Hätte ich Zeit gehabt, hätte ich mich gefragt, warum er so lange dafür braucht, aber eigentlich war es mir ja gerade recht. Nicht auszudenken, wenn er beim Kofferpacken auch noch Stress gemacht hätte. Das macht er nämlich gerne, denn für ihn ist Kofferpacken, eine saubere Hose und ein T-Shirt aus dem Schrank zu nehmen und einzupacken.

Saubere Unterwäsche wird in diesem Zusammenhang maßlos überschätzt. Übrigens ebenso wie wetterfeste Kleidung. Weil: ‚Hallo, ich bin ein Mann. Wofür brauche ich einen Pullover? Geschweige denn eine Jacke?‘

Ich finde, Lukas kann sich da ganz schön glücklich schätzen, dass ich immer für ihn mit packe. Sonst müsste ich mit einem triefendnassen Schmuddelmonster im Restaurant sitzen. Nicht auszudenken!

4.Kapitel

Wir kommen am frühen Nachmittag pünktlich am Flughafen in Kopenhagen an. Nachdem wir unsere Koffer vom Laufband geholt haben, stehen wir draußen unter dem Vordach und warten auf ein freies Taxi. Der Himmel ist grau, und es nieselt. Frierend und verärgert ziehe ich meine Jacke enger um meinen Körper. Jetzt war wochenlang das schönste Sonnenwetter, und kaum habe ich ein paar Tage frei, ist es kalt und regnet. Es ist so ungerecht!

Ich merke selbst, dass ich schmolle wie ein kleines Kind, aber ich kann nicht anders. Um meinen Frust loszuwerden, raunze ich Lukas an, weil kein freies Taxi kommt – ganz so als ob er was dafür könnte.

Genau genommen ist er zwar nicht schuld am schlechten Wetter, aber schließlich hätten wir ja schon für letztes Wochenende buchen können, da schien noch die Sonne. Die Tatsache, dass auch Lukas unmöglich das Wetter Wochen im Voraus vorhersagen kann, ignoriere ich geflissentlich. Man weiß doch, dass Anfang Juni gerne ein Kälteeinbruch kommt – das ist eine alte Bauernweisheit. Aber klar, ein studierter Mediziner kann sowas nicht mehr wissen, ist gar nicht mehr auf seinem Niveau, schimpfe ich innerlich vor mich hin.

Der Gedanke, dass auch ich ein Veto für Anfang Juni hätte einlegen können, kommt mir nicht in den Sinn. Für die Urlaubsplanung ist schließlich Lukas zuständig und damit auch für das Wetter. Punkt. Da haben wir ganz klare Aufgabenteilung. So wettere ich noch eine ganze Weile innerlich in mich hinein, bis Lukas mich anspricht, dass ich doch bitte in das wartende Taxi steigen soll.

Wenigstens das Hotel hält, was im Internet versprochen wird. Es liegt in einer ruhigen Seitenstraße fußläufig zur Innenstadt und unser Zimmer ist sauber, geräumig, hyggelig und mit Blick auf einen Park.

Wir stellen unser Gepäck ab und Lukas drängt darauf, erst mal in die Stadt zu gehen, bevor wir uns ans Auspacken machen. Ich schaue kurz, was ich anhabe und beschließe, für einen kleinen Stadtbummel bei Regenwetter ist es vollkommen ausreichend.

Wenig später bummeln wir durch die Straßen der Innenstadt; vorbei an Schloss Amalienborg laufen wir in Richtung Hafen. Dort stehen wir jetzt und schauen auf die graue Wasseroberfläche. Meine Wangen sind ganz feucht vom ewigen Nieselregen, und meine Stimmung ist einigermaßen im Keller. Oder besser gesagt, von dort erst gar nicht hochgekommen.

„Lass uns dort drüben einen Kaffee trinken gehen", schlägt Lukas vor und steuert ein gemütlich aussehendes Café mit einer großen Fensterfront an. Drinnen ist es dunstig vom kalten, feuchten Wetter und den nassen Klamotten der Leute, die hier unterschlupfsuchend auch ein warmes Getränk zu sich nehmen. Lukas und ich suchen uns einen freien Tisch. Während ich versuche, mein Haar trocken zu kneten, geht Lukas an die Theke und holt uns eine Latte macchiato mit Karamellsirup. Genüsslich schlürfe ich den süßen Milchschaum, und meine Stimmung hebt sich zumindest so weit, dass ich bereit bin, Lukas eine kleine Entschuldigung für den Flunsch, den ich seit unserer Ankunft ziehe, zukommen zu lassen, indem ich freundlich sage: „Scheußliches Wetter."

Lukas legt den Kopf leicht schief und grinst mich an. „Bessert sich deine Laune endlich?"

„Ein wenig", schniefe ich und nippe an meiner Latte.

„Du musst lernen, dir nicht von Gegebenheiten, die du sowieso nicht ändern kannst, die Laune verhageln zu lassen", belehrt er mich dann und nervt mich damit gewaltig. Das ist mal wieder typisch Lukas – immer diese wohlmeinenden Sprüche, die er entweder aus seinem Sprüchekalender oder sonstwo aufgegabelt hat und bei jeder sich bietenden Gelegenheit zum Besten gibt.

„Kann ja sein, dass ich das Wetter nicht ändern kann", brumme ich wieder etwas missgestimmter. „Aber ärgern darf ich mich darüber trotzdem."

„Verschwendete Energie", meint Lukas nur und widmet sich völlig mit sich und der Welt im Reinen seiner Latte macchiato. Er schlägt den Reiseführer auf und schaut nach interessanten Museen. Wenn man also nicht draußen sein kann, muss man eben nach drinnen. Auch Museen spiegeln eine Stadt, ihre Historie und Atmosphäre wieder; davon ist Lukas überzeugt.

„Wir könnten ins Designmuseum gehen", schlägt er vor. „Die haben eine interessante Dauerausstellung über die Sitzkultur des vergangenen Jahrhunderts."

„Sitzkultur? Du meinst, sie stellen dort Stühle aus?" Ich versuche nicht allzu fassungslos zu klingen.

„Ja, klar. Stühle, aber unter Design-Gesichtspunkten. Du interessierst dich doch fürs Einrichten."

„Sicher, wenn ich in einem Dekoladen stöbern kann. Aber gut, vielleicht gibt der Museumsshop ja was her." Ich gebe mich geschlagen – ich meine bei dem Wetter gibt es sowieso nicht viele Alternativen.

Tatsächlich wird es dann aber noch ein interessanter und unterhaltsamer Nachmittag. Das Museum ist wunderschön und während Lukas die verschiedenen Ausstellungsstücke und ihre Geschichte studiert, sauge ich die Atmosphäre der Räumlichkeiten auf und komme ein bisschen zur Ruhe.

Sicher, ich muss mich aktiv dazu zwingen, nicht an die Arbeit zu denken und mein Gedankenkarussell bewusst auszuschalten, aber es gelingt mir und das ist schon ein Fortschritt, denn bisher ist mir das eher nicht gelungen.

Irgendwann hört es auch auf zu regnen, die dunklen Wolken werden heller und lassen die Sonne dahinter erahnen. Die hohen Räume des Museums werden lichtdurchflutet und geben mir ein Gefühl von Licht am Horizont. Vielleicht wird mit mir ja doch alles wieder gut. Vielleicht schaffe ich es, in mich selbst zurückzukehren, meine Souveränität und dieses Gefühl der unerschöpflichen Kraft wiederzufinden, das ich irgendwann in der letzten Zeit verloren habe. Ich weiß gar nicht genau, wann und warum.

Nach ein paar heiteren Stunden kehren wir schließlich in unser Hotel zurück, duschen und ziehen uns für den Abend um. Danach gehen wir in einem gemütlichen Restaurant in Nyhavn essen. Auch wenn das Lokal im Souterrain liegt, hat es große Fenster, durch die wir sehen, dass es die Sonne schließlich geschafft hat, sich gegen die Regenwolken durchzusetzen. Dank der hellen Jahreszeit können wir so nach dem Essen noch einen Spaziergang durch den Hafen machen und die letzten Sonnenstrahlen genießen. Ja, so wie heute der Tag war, wird es in meinem Leben auch werden, beschließe ich. Ein heller Strahl, der sich langsam durch dunkle Wolken seine Bahn bricht. Ich frage mich nur, woraus dieser helle Strahl in meinem Leben bestehen könnte.

Am nächsten Morgen stehen Lukas und ich früh auf und begeben uns auf eine Besichtigungstour durch Kopenhagen. Im Nachhinein denke ich, dass wir aber auch wirklich nichts ausgelassen haben. Wir haben den Wachwechsel bei Schloss Amalienborg mitgemacht und mit vielen anderen Touristen um das beste Foto der königlichen Leibgarde gekämpft, wir waren am Hafen und sind vom Freiluftschwimmbad bis zur kleinen Meerjungfrau gelaufen – nur um später zu sehen, dass die Strecke durch den Schlosshof wesentlich kürzer gewesen wäre – aber vermutlich nicht so schön.

Am Nachmittag landen wir schließlich noch in der Innenstadt, und trotz meiner reichlich lahmen Beine stürme ich doch noch die eine oder andere Boutique. Ich erstehe einen wunderschönen leichten Strickpullover in Himmelblau und eine passende dunkelblaue Hose dazu. Beides führe ich abends zum Essen auch gleich aus.

Ein anstrengender aber interessanter ausgesprochen sonniger Tag liegt hinter uns und ich fühle mich innerlich so entspannt wie schon lange nicht mehr. Zufrieden nippe ich an meinem Rotwein und sehe auf den Kanal hinaus, der direkt vor dem Restaurant träge in der Sonne glitzert. ‚So muss es bleiben', denke ich. Dieses Gefühl der sanften Ermattung – ohne eine größere Sorge als die, ob ich noch einen weiteren Wein trinke oder es lieber lasse.

Auch am nächsten Tag bleibt es sonnig und wir machen eine kleine Rundfahrt im Öresund und bewundern die Öresundbrücke, die sich beeindruckend in ihrer Größe über die Meerenge zwischen Dänemark und Schweden spannt.

Lukas steht neben mir und hat den Arm um meine Taille gelegt, während er zu der gewaltigen Brücke sieht.

„Ganz schön bemerkenswert, findest du nicht, Liv?"

„Auf jeden Fall", bekräftige ich.

„Hätte ich einen Sohn würde ihn das bestimmt auch interessieren. Manchmal denke ich, dass es auch schade ist, dass wir unsere Erlebnisse nicht weitergeben können."

Hä? Was sind denn das für Töne? Kommen in Lukas plötzlich väterliche Gefühle hoch?

„Obwohl", zerstreut er schließlich meinen Verdacht. „Was ist das ganze Chaos, das Kinder sonst anrichten zu diesen paar schönen Momenten, die sie einem vielleicht mal bereiten? Das ist es dann auch nicht wert. Vielleicht sollten wir uns einfach ab und zu mal ein Kind ausleihen?"

„Zum Abgewöhnen oder zum Teilen schöner Momente?"

„Gute Frage", meint Lukas grinsend. „Eigentlich dachte ich an die schönen Momente. Aber Kinder sind natürlich so unberechenbar, dass man sich nicht darauf verlassen kann, dass es in ihrem Beisein überhaupt zu schönen Momenten kommt."

„Na ja", meine ich. „Kommt wohl auf die Perspektive an. Wenn du Claudia fragst, ist es für sie sogar ein schönes und bereicherndes Familienerlebnis, wenn sie die dreckigen Socken ihrer Söhne wegräumt."

„So hat jeder seins." Lukas küsst mich leicht auf die Nasenspitze. Und wir sind uns mal wieder einig darüber, dass Kinder das Leben schwerer machen, einem Lebensqualität stehlen und somit nur etwas für Menschen sind, die sowieso im Leben nicht so viel zu lachen haben. Ich meine, da können Kinder auch nicht mehr allzu viel Schaden anrichten.

Obwohl wir keine Kinder als Alibi haben, gehen wir am späten Nachmittag noch in den Tivoli – wenn auch nicht um irgendwelche Karussells oder Achterbahnen zu fahren, sondern um uns einen der ältesten Vergnügungspark der Welt anzuschauen und in einem der zahlreichen Restaurants zu essen. Kurz streift mich der Gedanke, dass dieser Besuch ein wahrer Traum für jedes Kind wäre, aber ich spreche ihn nicht aus.

Zudem sind Lukas und ich uns, was gemeinsame Kinder angeht, ja mehr als einig. Wir wollen keine und mittlerweile bin ich sowieso zu alt – ich bin schließlich über 40. Und wenn ich bisher keine Kinder gebraucht habe, brauche ich in Zukunft auch keine mehr. Außerdem habe ich einen Job und damit genug Erfüllung im Leben. Auch wenn es sich im Moment nicht so anfühlt.

Schon am nächsten Tag, als Lukas und ich in der Schlange der Sicherheitskontrolle am Flughafen stehen, holt mich die Realität in Form einer Nachricht von Hauke wieder ein – von wegen erfüllender Job. Nervenaufreibend wäre irgendwie passender.

Nach den üblichen netten Plattitüden von wegen ‚hoffentlich hast du einen schönen Urlaub', lässt er die eigentliche Nachricht vom Stapel. Auf meinem Schreibtisch liegt ein Brief von der Staatsanwaltschaft wegen des Verdachts auf Steuerbetrug bei einem meiner Mandanten. Eigentlich will Hauke witzig sein, so nach dem Motto, warum soll nur mir das mit meinen Mandanten passieren? Aber bei mir löst es das genaue Gegenteil aus. In meinem Bauch liegt erneut ein brennender Feuerball, und in meinem Kopf wirbeln die Gedanken so wild durcheinander, dass es sich anfühlt, als hätte ich einen Tornado im Kopf.

Und so geht auch die ganze Entspannung und die hart erarbeitete gedankliche Ruhe dahin. Mein Job hat mich – nein, meine Ängste haben mich wieder.

„Schlechte Nachrichten?", fragt Lukas mit einem besorgten Blick in mein blasses Gesicht.

„Nein", lächle ich ihn fröhlich an. „Nur eine Begrüßungsnachricht von Hauke. Alles gut."

Aber nichts ist gut. Dennoch versuche ich die Fassade der entspannten Olivia aufrecht zu erhalten. Ich schalte mein Handy aus und packe es weg. Im Kopf gehe ich alle meine Mandanten durch und kann mir gar nicht vorstellen, um welchen meiner Mandanten es sich handeln sollte. Und wie kann ich einen Steuerbetrug nicht bemerkt haben?

Wir kommen am frühen Nachmittag wieder mit dem Zug in Heidelberg an und anstatt nach Hause zu fahren und den Nachklang des Urlaubes zu genießen, fahre ich direkt in die Kanzlei, um mir den vermaledeiten Brief anzuschauen.

„Nanu", wundert sich Herr Steiner, der mir auf der Treppe begegnet. Mist, hätte ich doch nur den Aufzug genommen. „Mit Ihnen habe ich erst morgen wieder gerechnet."

Ich lächle und gebe mich kompetent und pflichtbewusst. „Ich wollte nur schon mal schauen, was in meiner Abwesenheit so los war."

„Nichts, was nicht bis morgen warten könnte", meint Herr Steiner jovial.

Da bin ich mir nicht so sicher – ziemlich sicher bin ich mir allerdings darüber, dass Herr Steiner von dem Brief noch nichts weiß.

Endlich bin ich an meinem Schreibtisch, sehe den Brief und reiße ihn reichlich unkontrolliert auf. Es geht tatsächlich um den Tatverdacht der Steuerhinterziehung bei einem meiner Mandanten. Eine kleinen Schreinerei, deren Mandantschaft ich erst letztes Jahr von einer Kollegin übernommen habe.

Gott sei Dank, was auch immer dort vorgefallen ist – es war mit Sicherheit vor meiner Zeit. Und damit ist zwar nicht die Kanzlei aus dem Schneider, aber ich. Rasch sehe ich das Schreiben durch. Es werden zur Durchsicht und Prüfung verschiedene Unterlagen angefordert, doch das kann ich morgen erledigen.

Etwas beschwingter als ich die Kanzlei betreten habe, verlasse ich sie wieder. Dennoch lässt mich das Thema nicht los. Auch wenn meine persönliche Schuld vermutlich gering ist – wenn überhaupt – frage ich mich, ob ich Versäumnisse bei der Übernahme des Mandanten nicht hätte bemerken müssen.

Dementsprechend liegt mir das Thema auch weiterhin im Magen, und bis auf einen kleinen Salat bekomme ich beim Abendessen nichts runter.

„Bist du wieder auf Diät?" fragt Lukas kauend zwischen zwei Bissen seines Würstchens, die wir uns heute Abend auf die Schnelle gemacht haben.

„Ich habe keinen Hunger", antworte ich. Doch Lukas grinst nur wissend. Klar, für den bin ich auf Diät, wenn ich nichts oder nur wenig esse. Schließlich hat er ja keine Ahnung, was mir eigentlich mit schöner Regelmäßigkeit auf den Magen schlägt. Dabei habe ich doch früher ohne Probleme inneren Abstand von meinem Job und seinen Herausforderungen halten können. Ich bin verzweifelt. Was ist nur passiert? Warum gelingt es mir nicht mehr mich persönlich zu distanzieren?

Diese Frage stelle ich mir in den nächsten paar Tage gefühlt jede Stunde. Nachdem ich die gewünschten Unterlagen an die Staatsanwaltschaft geschickt habe, warte ich bangend auf das Ergebnis der Durchsicht. Es gab zwar ein gemeinsames Telefonat mit Herrn Steiner und dem Geschäftsführer des Holzuniversum Herr Tamm; doch der bestritt alle Vorwürfe.

Während ich meine anderen Mandanten eigentlich nur noch nebenher betreue, versuche ich anhand der Buchhaltung zu ergründen, was sich die Schreinerei eigentlich hat zuschulden kommen lassen. Aber ich kann in den Unterlagen keine Unregelmäßigkeit feststellen. Schließlich entscheide ich, einfach zu dem Mandanten zu fahren und noch mal mit ihm zu sprechen. Irgendwas muss ja dran sein.

Die Schreinerei liegt etwas außerhalb von Heidelberg, und fast genieße ich die Fahrt durch die frühsommerliche Landschaft ein bisschen. Im Betriebshof der Holzuniversum KG angekommen, parke ich mein Auto und schaue mich erst mal um. Das Gelände sieht sauber aus und überall riecht es nach frisch geschnittenem Holz. Auf einem großen Lagerplatz liegen jede Menge gestapelte Bretter. Ich steuere ein Gebäude an, das mir am ehesten nach Büro aussieht, und tatsächlich sitze ich nur ein paar Minuten später Herrn Tamm gegenüber. Dieser begrüßt mich erst mal jovial, ja fast freudig. Was ich ihm nicht abnehme, weil ganz ehrlich: Wer freut sich schon über den Besuch seiner Steuerberaterin, wenn er Dreck am Stecken hat? Dann lässt er es sich nicht nehmen, mich auf dem Schreinereigelände herumzuführen. Neben dem großen Lagerplatz gibt es noch zwei weitere Bereiche, in denen das Holz zu Bodenbelägen weiterverarbeitet wird.

„Unsere Kernkompetenz sind hochwertige Parkettfußböden", informiert mich Herr Tamm. „Aber daneben fertigen wir auch Laminatböden. Das ist sehr lukrativ. Die modernen Menschen mögen glatte Holzflächen und nicht jeder kann sich Parkett leisten. Da bieten Laminatfußböden eine gute Alternative. Auch wenn es nicht so fußwarm ist." Er lacht ein wenig dröhnend als hätte er einen guten Witz gemacht.

Scheinbar interessiert schaue ich mich um. Lukas und ich haben in unserem Haus grauen Steinfußboden und Fußbodenheizung – Holzböden waren mir zu pflegeintensiv. Überhaupt haben wir in unserem Haus eher mit kalten Materialien gearbeitet – Stein, Sichtbeton,

Glas. Wenn ich es mir genau überlege, passt Holz viel besser zu einer hyggeligen Einrichtung. Aber na ja, ich denke nicht, dass Lukas sich zu einem Austausch des Bodenbelags nur ein paar Jahre nach unserer Kernsanierung überreden lassen würde. Und genau genommen – würde mich ein Holzfußboden von meiner inneren Unruhe befreien? Ich bin mir nicht sicher. Darüber muss ich nochmal nachdenken.

„Herr Tamm", wage ich schließlich den Vorstoß. „Ich will mich mit Ihnen auch über die von der Staatsanwaltschaft gestellten Vorwürfe unterhalten."

Herr Tamm – ein eigentlich großer und massiger Typ – wird ganz klein und schaut gar nicht mehr selbstsicher und jovial.

„Da habe ich noch mal überlegt, Frau Westing. Also, ich bin ein ehrlicher Typ, und es stimmt, was ich am Telefon zu Herrn Steiner gesagt habe, dass ich keine Ahnung habe, was das Finanzamt von mir wollen könnte."

„Und dann kam Ihnen doch eine Idee?", hake ich nach.

„Ja, irgendwie schon", druckst er. „Ich habe in meinem Schwager seinem Haus Holzboden legen lassen. Schwarz", schiebt er dann noch hinterher.

‚Schwarzer Holzboden', denke ich. ‚Wie sieht das denn aus?'

„Aber das war doch 'ne Familiensache", verteidigt er sich. „Seine Familie muss man doch unterstützen."

Da dämmert mir, was er mit *schwarz* meint.

„Aber Steuern zahlen muss man auch", werfe ich ein und frage mich nicht zum ersten Mal, warum eigentlich ehrliche Menschen manchmal so naiv sind.

„Aber warum landet es dann gleich bei der Staatsanwaltschaft?", frage ich dann aber doch noch ehrlich erstaunt.

Herr Tamm lässt den Kopf hängen – wirklich und wahrhaftig wie ein kleiner Schuljunge steht er vor mir, sich seiner Schuld mehr als bewusst. „Ich habe die Schreiben vom Finanzamt ignoriert und auch Ihrer Kanzlei nicht gemeldet. Ich dachte, blöde Bürokraten. Das war doch nur der Heinz."

Ich seufze innerlich, aber dennoch fühle ich kurz meine alte Kraft durch mich hindurch strömen. Doch dann befällt mich auch schon wieder meine neue Mutlosigkeit – Bauchkrämpfe inklusive.

„Ich werde das mit Herrn Steiner besprechen", versuche ich Herrn Tamm steuerberatend zur Seite zu stehen. Einen Kaffee, den er mir anbietet, lehne ich ab und verabschiede mich lieber.

Zurück in der Kanzlei steuere ich gleich das Büro von Herrn Steiner an und finde ihn tatsächlich an seinem Schreibtisch sitzend vor, obwohl es ein warmer, sonniger Tag ist und er dann gerne früher geht, um mit seinem Hund am Neckar spazieren zu gehen.

„Ach, Frau Westing", begrüßt er mich. „Gibt es was Neues von unserem Sorgenkind?"

Ich setze mich auf den Besucherstuhl gegenüber seines Schreibtisches, setze ein professionelles Gesicht auf und erzähle ihm, was ich rausgefunden habe.

„Ach, herrje", meint Herr Steiner nur, als ich geendet habe und greift zeitgleich zum Telefon. Ich runzle die Stirn, da ich nicht ganz erfasse, was er vorhat. Am anderen Ende der Leitung geht wohl jemand dran und

Herr Steiner wiederholt die Geschichte, beteuert die Integrität von Herrn Tamm und seine absolut geradlinige Haltung gegenüber dem Finanzamt und der Notwendigkeit Steuern zu bezahlen. Aber er sei halt auch ein hilfsbereiter Familienmensch und habe sich da etwas verkalkuliert, was die Grenze zwischen Familienhilfe und Steuerbetrug anginge. Und könne man das denn nicht auf dem kleinen Dienstweg regeln?

So geht es eine kleine Weile hin und her bis Herr Steiner mit einem zufriedenen Ausdruck auf dem Gesicht schließlich auflegt.

„Alles geregelt", freut er sich und reibt sich doch tatsächlich die Hände. „Setzen Sie ein Schreiben auf. Wir bitten um eine außergerichtliche Regelung. Die Steuer wird selbstredend nachbezahlt."

Er nennt mir den Empfänger des Schreibens und ich bin entlassen. Zitternd und innerlich völlig aufgelöst, stehe ich auf dem Gang. In diesem Moment weiß ich, dass ich meinen Beruf verfehlt habe. Zum einen, weil ich emotional so stark auf diesen Fall reagiert habe und zum anderen, weil die Lösung so einfach ist. Doch für mich schien es ein unüberwindlicher Berg zu sein. Mit meiner Angst stand ich mir selbst im Weg. Ich weiß, dass meine Emotionen total unangebracht und höchst unprofessionell waren; und dennoch wirken sie nach, denn sonst würde ich nicht so zittern.

‚Okay, Olivia', rufe ich mich zur Ordnung. ‚Geh und mach das Schreiben fertig, und dann vergiss die Angelegenheit.'

Wie in Trance fahre ich schließlich nach Hause, schaue mechanisch in den Kühlschrank und nehme das von

Anneliese vorbereitete Essen heraus. Dann decke ich den Tisch. Ich habe keinen Hunger, schenke mir aber ein Glas Wein ein und gehe in der vagen Hoffnung hinaus in den Garten, dass ich dort ein bisschen zur Ruhe komme – und dass der Wein seine Wirkung entfaltet.

Ich setze mich in einen unserer Loungesessel, schaue in den noch blauen, aber durch die Dämmerung schon leicht ergrauenden Himmel und warte auf inneren Frieden – der nicht einkehrt. Also warte ich noch ein bisschen weiter, helfe mit ein paar Schlucken Wein nach, aber meine Nerven beruhigen sich einfach nicht. Während ich da so sitze, wird mir immer deutlicher bewusst, dass ich handeln muss, um diese emotionale Abwärtsspirale zu durchbrechen. Ein paar freie Tage helfen da einfach nicht. Vielleicht sollte ich mir doch vom Arzt ein paar Pillen verschreiben lassen – doch irgendwie widerspricht das meiner Einstellung. Antidepressiva nehmen doch nur ernsthaft psychisch gestörte Menschen und dazu gehöre ich ja wohl kaum. Ich beschließe trotzdem, gleich morgen bei einem Psychologen anzurufen und einen Termin zu vereinbaren. Vielleicht reichen ja auch ein paar Gespräche, um mich wieder in die Spur zu bringen.

Ich höre den Schlüssel im Schloss; Lukas kommt nach Hause. Stöhnend stemme ich mich aus dem Sessel hoch und merke, dass ich leicht schwanke. Ein Glas Wein auf nüchternem Magen ist nicht wirklich ratsam – obwohl, kommt immer auf das Ziel an. In meinem Fall war es innerer Frieden durch Vergessen. Ganz erreicht habe ich es noch nicht, aber ich bin auf einem guten Weg. Ein weiteres Glas wird helfen. Zumindest kurzfristig und mittelfristig setze ich meine Hoffnung auf ein paar psychologische Helfergespräche.

Lukas sieht reichlich mitgenommen aus. Daraus schließe ich, dass er einen anstrengenden Tag hatte. Deshalb bemerkt er zum Glück auch nicht, dass ich schon leicht einen Sitzen habe. Nach dem Essen und einem weiteren Glas Wein kommt so etwas Ähnliches wie innere Ruhe in mir auf – man könnte auch sagen, es ist eine Art innere Betäubung, aber ich betrachte meinen Zustand lieber positiv.

Kurz versetzt Lukas mir noch einen Dämpfer, als er erzählt, dass Dominik ihn angerufen hätte und wir am Samstag bei ihm und Claudia eingeladen sind. Ich wusste, dass die Re-Einladung irgendwann kommen musste, aber jetzt schon? Irgendwie passt mir das gar nicht. Ich habe mit mir selbst genug zu tun und kann es gar nicht gebrauchen, Claudias chaotischen Haushalt auszuhalten.

Aber gut, deswegen einen Streit mit Lukas anzuzetteln, wäre gerade noch schwerer zu ertragen. Also beiße ich halt in den sauren Apfel. Vielleicht habe ich bis dahin schon meine erste psychiatrische Therapiesitzung gehabt, vielleicht doch ein paar Pillen verschrieben bekommen und kann der Sache mit dieser Unter- stützung dann doch ganz entspannt entgegensehen. Man darf die Hoffnung einfach nie aufgeben.

5. Kapitel

Ein Blick in das Branchenbuch im Internet reiht mir eine lange Liste möglicher psychologischer Helfer auf. Ich suche mir einen heraus, der ganz in unserer der Nähe ist und dessen Name nett und kompetent wirkt – Dr. Claus Gärtner. Das klingt irgendwie nach Onkel, aber durch das „C" bei Claus auch nach einem gutbürgerlichen Hintergrund und damit verbundener Kompetenz. Und das „Gärtner" erinnert mich an Anneliese, die ist ja auch Gärtnerin. Also gut, das scheint der richtige Mann zu sein.

Ich wähle die angegebene Nummer.

„Dr. Gärtner, Psychologische Praxis. Mein Name ist Lolita Richter."

Beinahe wäre mir der Hörer aus der Hand gefallen. Lolita? Das klingt irgendwie gar nicht gutbürgerlich. Das klingt nach sehr jung, unreif und männermordend. ‚Liv', ermahne ich mich. ‚Keine Vorurteile. Was kann das arme Mädchen schon für seinen Namen.'

„Olivia Westing", melde ich mich mit meiner Steuerberaterinnenstimme. „Ich hätte gerne zeitnah einen Termin bei Dr. Gärtner."

„Worum geht es?", tönt es gelangweilt zurück.

Himmel, was geht die das an?

„Um einen Termin", antworte ich deshalb möglichst geduldig.

„Warum möchten Sie den Termin?" Die Stimme klingt schon etwas weniger gelangweilt, sondern eher genervt.

„Um mit ihm zu sprechen."

„Worüber?", fragt Lolita – jetzt deutlich genervt.

„Über mein Problem." Glaubt dieses junge Ding wirklich ich erzähle ihr meine Probleme?

„Okay", lenkt sie schließlich ein. „Morgen Nachmittag hat jemand abgesagt. Der 15-Uhr-Termin wäre frei."

Morgen ist Donnerstag. Da ist 15:00 Uhr extrem früh.

„Später geht es nicht?", hake ich nach.

„Den nächsten freien Termin hat Dr. Gärtner erst am Montag in der Folgewoche frei. Um 11:00 Uhr."

Oh, mein Gott. Das ist ja noch schlimmer. „Gibt es keine Abendtermine?", gebe ich trotzdem nicht auf.

„Doch auch. Aber es sind keine mehr frei. Erst in drei Wochen wieder." Lolita scheint nebenher weiter-zuarbeiten, denn ich höre die Tastatur klappern. Das ärgert mich, da ich mich dadurch nicht ernst genommen fühle – unsinnigerweise eigentlich, denn ich mache das bei Mandantengesprächen auch öfter so. Manchmal habe ich so viel Arbeit, da geht es einfach nicht anders.

„Also gut", gebe ich mich geschlagen. „Ich nehme den morgigen Termin um 15:00 Uhr."

„Ich trage Sie ein", verspricht Lolita. „Wie war nochmal Ihr Name?"

Hallo? Den konnte sie sich nicht merken? Ich habe mir ihren doch auch gemerkt.

„Olivia Westing", buchstabiere ich ihr dennoch brav ins Telefon.

Nach dem Telefonat sitze ich noch eine Weile an unserem Esstisch und überlege, was ich meinen Kollegen nur sage, warum ich so früh gehe. Das ist einfach so untypisch für mich. Dass ich mal Lust habe, früher Feierabend zu machen, glaubt mir keiner. Eigentlich traurig, denn ich habe oft Lust, früher zu gehen. Aber gut, warum nicht die halbe Wahrheit? Ich habe einen Arzttermin, und das ist ja noch nicht einmal gelogen.

Schließlich ziehe ich mich an und fahre den kurzen Weg in die Kanzlei. Mit forschem Schritt, geradem Rücken und meine Tasche steif tragend marschiere ich keine halbe Stunde später in unsere Halle. Es ist schon fast zehn, aber das stört mich kurioserweise nicht. Denn: Wer abends lange bleibt, kann auch morgens spät kommen. Das ist meine Devise.

Das Getuschel der beiden Sekretärinnen am Empfang überhöre ich geflissentlich. Ich bin die Steuerberaterin, ich bin die, die wichtige Termine hat. Ich bin die, die ihre Termine selbst bestimmt. Ach, Mensch, warum klappt dieser Gedankengang morgens, aber nicht nachmittags? Wie viel entspannter wäre das denn?

Der Arbeitstag verläuft im Grunde friedlich. Das Schreiben an die Finanzbehörde im Fall „Holzuniversum" ist geschrieben und alle Jahresabschlüsse erstellt. Es gibt nichts weiter zu tun als Alltagskram. Ein bisschen Konten durchschauen, die Buchhaltungen überprüfen, ein paar Mandanten abtelefonieren. Wenn der Tag morgen auch so verläuft, habe ich rein zeitlich betrachtet keine Schwierigkeiten, um kurz vor drei zu gehen.

Alles klappt am nächsten Tag, ich kann pünktlich gehen, ohne dass mir von irgendeiner Seite Fragen gestellt werden. Um nicht an den beiden Empfangsdamen in der Eingangshalle vorbei zu müssen, nehme ich den Hinterausgang.

Um kurz nach drei stehe ich Lolita am Tresen der Praxis Dr. Gärtner gegenüber. Also zumindest sagt das Namensschild auf ihrer Brust, dass es sich um Lolita Richter handelt – sonst hätte ich es nicht geglaubt. Denn Lolita ist mit Sicherheit fast 50, pummelig und mit unvorteilhaftem Haarschnitt. Das genaue Gegenteil einer jugendlichen Femme Fatale. Daran sieht man mal wieder, was Vorurteile wert sind. Nämlich nichts.

Aber ich überlege – während ich warte, dass die Patientin vor mir abgefertigt wird – ob Lolitas Mutter eigentlich niemand gesagt hatte, dass auch Lolita einmal 50 wird und der Name dann vielleicht nicht mehr so passend sein könnte? Und dass der Name außerdem nicht vor Pummeligkeit schützt?

Schließlich bin ich an der Reihe. Lolita sieht mich intensiv an, als versuche sie zu ergründen, warum ich wohl Dr. Gärtner sehen muss, möchte dann aber nur meine Versichertenkarte und bittet mich im Wartezimmer Platz zu nehmen.

Lustlos nehme ich ein Klatschblatt und überfliege die kurzen mit vielen Bildern geschmückten Beiträge. Ich bin aufgeregt. Kein Wunder, schließlich habe ich schon lange niemanden mehr auf den Grund meiner Seele blicken lassen. Genaugenommen noch nicht einmal Lukas.

Und genau das, sagt Dr. Gärtner wenig später zu mir, als ich ihm gegenüber sitze und ihm meinen Zustand möglichst nüchtern und präzise beschreibe.

„Wann haben Sie das letzte Mal mit jemanden über ihre wahren Gefühle gesprochen?" Über den Rand seiner Brille sieht er mich aufmerksam an. Ganz im Gegensatz zu meinem Vorurteil ist Dr. Gärtner keineswegs der nette, mitfühlende Onkel in mittleren Jahren, sondern noch relativ jung und statt mitfühlend eher streng fordernd.

Ganz nach dem Motto: Nur du kannst was ändern! Sonst niemand. Und es ist an deiner seelischen Unausgeglichenheit auch kein anderer Schuld.

Schade eigentlich! Irgendwie hatte ich auf eine leichte und schnelle Lösung gehofft. Doch nicht mit Dr. Gärtner. Dessen Diagnose steht jedenfalls nach kurzer Zeit fest: Beginnendes Burnout aufgrund jahrelanger Missachtung meiner eigenen, grundlegenden Bedürfnisse.

„Wer ständig meint, seine inneren Grenzen überwinden zu müssen, darf sich nicht wundern, wenn die Seele irgendwann streikt. Besonders dann, wenn man mit niemandem darüber spricht. Gerade auf Perfektion getrimmte Menschen, die nach außen hin das Bild wahren möchten, sind betroffen. Irgendwann gerät das Innere und Äußere ins Ungleichgewicht."

„Gut. Und was mache ich jetzt?" Ich hoffe noch immer auf eine unkomplizierte Lösung.

„Ihr Leben ändern", meint Dr. Gärtner und legt seine Fingerspitzen aneinander, vielleicht um nachdenklicher zu wirken. „Erst mal müssen Sie die Fallstricke analysieren und die dann nach und nach eliminieren und ändern. Sie können nicht weitermachen wie bisher und hoffen, dass sich alles von allein löst. Ihre Lösung ist Veränderung. Innerlich natürlich durch die Gewinnung einer anderen Haltung, einer anderen Einstellung zu den Dingen, aber auch äußerlich.

Vielleicht sollten Sie in Ihrem Beruf kürzer treten und Aufgaben abgeben. Ihre Angstzustände kommen ja aus dem beruflichen Kontext heraus, also müssen Sie auch hier ansetzen."

Supertolle Lösung! Hat der Kerl noch alle Latten am Zaun? Ich kann nicht kürzertreten, genau das ist doch das Problem. Was soll ich Herrn Steiner sagen? Herr Steiner, mein Psychiater hat mir geraten nicht mehr so viel zu arbeiten, weil ich meinen Aufgaben nicht mehr gewachsen sei. Na schönen Dank auch.

„Ich kann nicht kürzer treten", antworte ich ihm – deutlich und mit Nachdruck.

„Natürlich können Sie."

„Nein, ich werde gebraucht. Ich bin diejenige, die den Laden am Laufen hält. Die Mandanten vertrauen auf mich. Mein Chef vertraut auf mich."

Dr. Gärtner sieht mich nur an – lange und intensiv. „Viele Menschen halten sich für unersetzlich", meint er schließlich. „Aber letzten Endes muss die Entscheidung auf Veränderung von Ihnen ausgehen, sonst ist sie wirkungslos." Er sieht aus als wäre das Gespräch für ihn damit abgeschlossen.

„Gibt es keine andere Lösung?", frage ich hilflos.

„Vielleicht ein Medikament. Irgendwelche Pillen?" Zur Not nehme ich halt doch was. Besser als Herrn Steiner mein Versagen zu gestehen.

Dr. Gärtner schüttelt bedächtig den Kopf. „Das mag kurzfristig helfen. Langfristig stecken Sie dadurch noch tiefer in ihrem seelischen Schlamassel fest. Hören Sie, Sie stehen noch am Anfang, Sie haben erst seit wenigen Wochen Symptome. Noch können Sie das Ruder herumreißen. Viele Menschen mit einem

Burnout finden erst viel zu spät den Weg in meine Praxis, oft ist der Weg zurück ins normale Leben dann ein ausgesprochen langer und schmerzhafter. Bei Ihnen sehe ich eine gute Prognose dafür, dass ein paar Stellschrauben reichen, um Sie wieder ins Gleichgewicht zu bringen."

„Ein längerer Urlaub?", frage ich hoffnungsvoll.

„Veränderung, und zwar dauerhaft", mahnt der junge Mann, der sich Psychologe und Arzt nennt, aber bestimmt keine Ahnung hat.

„Überlegen Sie es sich. Gerne können wir weitere Termine vereinbaren und gemeinsam an ihrem neuen Leben arbeiten. Ich unterstütze Sie. Es ist wirklich nicht so schwer, wenn man die ersten Schritte erst mal gegangen ist."

Ich nicke, damit bin ich für heute wohl entlassen. Mutlos verlasse ich die Praxis. Das war weniger ergiebig als ich hoffte. Burnout! So was aber auch. Lukas hat doch bestimmt einen wesentlich anstrengenderen Job als ich. Warum hat der kein Burnout? Oder hat er einen und weiß es nicht?

Ich habe keine neuen Termine mit Dr. Gärtner vereinbart. Erst mal muss ich überlegen, ob er überhaupt recht hat. Womöglich wäre es besser, mir bei einem anderen Psychologen eine Zweitmeinung zu holen.

Doch dann denke ich, dass eine Freundin auch ein guter Psychologe ist und beschließe Ute anzurufen. Kaum bin ich wieder zu Hause angekommen, suche ich mir ein lauschiges Plätzchen im Garten mit Blick auf unseren Pool und wähle Utes Nummer. Hoffentlich ist sie noch in der Bank, denke ich. Dort hat sie auf jeden

Fall mehr Muße für ein Telefongespräch als zu Hause –
mit Benny als ständiger Nervensäge im Hintergrund.

Ich habe richtig Glück. Ute hat gerade die Bank
verlassen und ist auf dem Weg zu ihrem Auto; damit
haben wir eine ganze Autofahrt zum Telefonieren.
Leider hat Ute keine Freisprechanlage, und so legt sie
ihr Handy nach Einschaltung der Lautsprecherfunktion
auf den Beifahrersitz, um mir zuzuhören.

Also erzähle ich ihr alles, ohne Ausschmückung
unwesentlicher Details; kurz und präzise – ganz wie es
meine Art ist. Ute sagt nichts. Ich rede weiter, sie
schweigt weiterhin.

„Ute?", frage ich schließlich unsicher ins Telefon.

„Ich bin platt", antwortet sie schließlich völlig irritiert
und anscheinend nach Worten ringend, da sie danach
nichts mehr sagt.

„Nun ja, und was meinst du? Klingt es plausibel, was
Dr. Gärtner sagt?"

„Oh, Liv. Ich wusste nicht, dass du dich so hilflos und
ängstlich fühlst. Dass dein Job so eine Qual für dich ist.
Ich dachte, du wärst glücklich."

„Also, hältst du es auch für Quatsch, was der Gärtner
so von sich gibt, oder?"

„Ja, aber du fühlst dich doch nicht wohl. Irgendwie
unausgeglichen. Da musst du schon was tun. Der
Doktor hat schon recht – je länger du wartest, desto
schlimmer wird es."

Das wollte ich so eigentlich nicht hören. Ich wollte
eher hören: ‚Ach, Liv. Du bist einfach urlaubsreif.
Spann mal drei Wochen so richtig aus, dann wird das
schon wieder.'

„Was soll ich jetzt also tun?", frage ich hilflos und beobachte ein Blatt wie es langsam in den Pool fällt und auf der Wasseroberfläche liegenbleibt. „Man kann doch sein Leben nicht einfach so ändern."

„Nein", gibt Ute zu. „Einfach so geht nicht. Es ist ein längerer Prozess, aber irgendwo muss man anfangen. Pass auf. Ich komme heute Abend bei dir vorbei. Ab 9 schläft Benny normalerweise und meine Nachbarin nimmt bestimmt das Babyfon. Ich bin um halb zehn bei dir. Dann sprechen wir alles mal durch."

„Okay, klingt nach einem Plan", antworte ich und bin erst mal froh, dass ich von Ute unterstützt werde. Somit muss ich es Lukas vorläufig nicht erzählen.

Lukas ist alles andere als begeistert, als er aus der Klinik kommt und erfährt, dass Ute am Abend auf ein Glas Wein vorbei kommt.

„Ich wollte heute Abend in Ruhe einen Film schauen und mich entspannen", murrt er schlecht gelaunt. „Und warum erst um halb zehn? Da gehen andere Leute schon ins Bett."

Andere Leute vielleicht schon, aber nicht Lukas. Also was redet er da?

„Wir setzen uns raus", sage ich friedfertig. „Wir nehmen uns zwei Stühle und setzen uns ganz hinten in den Garten. Da stören wir dich bestimmt nicht." ‚Und du kannst uns nicht zufällig belauschen, füge ich dann noch gedanklich für mich hinzu.

Und genau so machen wir es auch, als Ute schließlich etwas abgehetzt ankommt.

„Benny wollte heute partout nicht schlafen. Ich glaube, er hat einen geheimen Sensor. Immer, wenn ich etwas vorhabe, macht er beim Ins-Bett-Gehen Theater. Ganz so, als wollte er sagen: Hey, aber dir verderbe ich deinen freien Abend." Sie seufzt, nimmt das Weinglas, das ich ihr reiche und trinkt es in einem Zug zur Hälfte leer. Ich schnappe die Flasche, ein weiteres Glas, und gemeinsam gehen wir in den hintersten Winkel des Gartens und setzen uns auf die Stühle unter den tiefhängenden Zweigen unserer Weide.

„Und jetzt?", fragt Ute und nimmt nochmals einen tiefen Schluck aus ihrem Weinglas.

„Ich weiß nicht weiter", gestehe ich. „Mein Beruf hat mir immer Spaß gemacht – meistens jedenfalls. Aber jetzt habe ich so oft Angst, Fehler zu machen. Ständig habe ich das Bedürfnis alles zehnmal durchzugehen. Ich drehe noch durch."

„Das klingt so gar nicht nach dir. Ich meine, du hast immer viel Wert auf Genauigkeit gelegt, manchmal vielleicht auch zu viel. Aber du wirktest dabei immer sicher; ganz so, als wüsstest du genau was du tust."

„Das wusste ich ja auch – immer schon. Egal worum es ging." Ich runzele die Stirn. „Ist vielleicht das das Problem? Ich kann alles, weiß alles und jetzt wird mir klar, ich weiß doch nicht alles, und das macht mir Angst?"

„Vielleicht", meint Ute. „Macht Lukas dir Druck?"

„Lukas?", frage ich leicht irritiert. „Was hat der denn damit zu tun?"

„Also nicht. Hätte ja sein können. So nach dem Motto, sei ebenso wichtig wie ich, schaffe genügend Geld ran, ich kann ja nicht für alles zuständig sein und so weiter. Was Männer halt so von sich geben."

„Nein, gar nicht. Geld ist kein Thema bei uns."

„Hast du es gut. Geld ist bei mir ständig Thema, beziehungsweise seine Abwesenheit." Ute versucht es scherzhaft klingen zu lassen, doch das misslingt ihr. Letzten Endes frage ich mich, ob mein Problem vielleicht doch gar kein ernstzunehmendes Problem ist, sondern nur die Befindlichkeitsstörung innerhalb eines Wohlstandslebens.

„Nichtsdestotrotz", zerschlägt Ute meine Hoffnung. „Deine Ängste muss man ernst nehmen. Daraus kann eine richtige Depression entstehen. Deswegen ist es nur gut, das frühzeitig anzugehen. Das Beste wäre, deine Arbeitszeit zu reduzieren und kürzer zu treten. Herr Steiner wird das bestimmt verstehen."

Ich knabbere an meiner Lippe bis es weh tut. Ja, Herr Steiner würde es sicher verstehen. Aber ich würde eben auch als nicht mehr belastbar gelten. Statt als kompetente Kollegin wahrgenommen zu werden, wäre ich nur noch Frau Westing, die man besser zufriedenlässt, um sie nicht zu überfordern. Meine Kollegen würden mir mitleidige Blicke zuwerfen und hinter meinem Rücken flüstern. Nach und nach würden mir wirklich wichtige Aufgaben entzogen werden, mein Ansehen wäre drastisch im Sinkflug – und so stellt sich die Frage, ob ich langfristig nicht besser mit der Angst leben könnte als mit einem Ansehensverlust.

„Ich kann nicht, Ute. Für mich bedeutet das den Verlust meiner perfekten Außenansicht. Gesichtsverlust – geht gar nicht."

Obwohl Ute sich bemüht nachdenklich zu schauen, um eine weitere Lösung zu präsentieren, merke ich ihr an, dass sie mehr als irritiert von meiner Sicht der Dinge ist. Für Geld zu arbeiten, versteht sie, denn das braucht man zum Bestreiten seines Lebensunterhaltes, aber nur für das Image zu arbeiten, geht über ihren Verstand hinaus. Schließlich kann man sich davon nichts kaufen.

„Nun, vielleicht solltest du mal einen Termin mit Elke machen", schlägt sie schließlich vor, und an der Absurdität dieses Vorschlages sehe ich wie verzweifelt sie bemüht ist, mir zu helfen. Dafür könnte ich sie umarmen und drücken. Aber die Idee an sich muss ich dennoch ablehnen. Elke ist Heilpraktikerin und glaubt an Homöopathie. Niemand mit praktischem Verstand kann das ernst nehmen.

„Wieso?", fragt Ute. „Elke geht eben andere Wege. Und Bachblüten- und Klangschalentherapie sind so absurd jetzt auch nicht. Ich kenne einige, die dadurch ihr seelisches Gleichgewicht wiedergefunden haben - zumindest aus Elkes Erzählungen."

Ah, ja. Elke muss natürlich ihre Therapien preisen, sonst würde sie ja niemand in Anspruch nehmen. Aber so verzweifelt, dass ich Briefe ans Universum schreibe, bin ich dann doch noch nicht.

„Na ja, wenn du weiterhin zu Dr. Gärtner gehst, musst du was ändern. Wenn du zu Elke gehst, hilft dir vielleicht eine höhere Macht aus deinem Tief, ohne was ändern zu müssen."

Nichts ändern zu müssen, klingt erst mal gut. Vielleicht sollte ich es doch mit Elke und ihren höheren Mächten probieren. Zur Not schreibe ich halt auch einen Brief. Schaden kann es auf jeden Fall nicht!

„Ich überlege es mir", verspreche ich der erleichterten Ute. Dann trinken wir beide noch ein weiteres Glas Wein, und schließlich rufe ich Ute ein Taxi.

„Morgen werde ich das büßen müssen", klagt sie, sieht aber ein, dass sie in ihrem Zustand unmöglich mehr fahren kann.

„Ich hole dich morgen früh ab", verspreche ich ihr, um ihr die Kosten für ein weiteres Taxi zu ersparen, da sie sich rundweg weigert, es sich von mir bezahlen zu lassen. "Wann musst du los?"

„Um sieben. Dann habe ich noch genug Zeit, Benny in die Schule zu fahren."

Ich lasse mir meinen Schreck angesichts dieser frühen Uhrzeit nicht anmerken. Kann Benny nicht den Bus nehmen wie andere Kinder auch?

„Okay", sage ich nur. „Ich werde pünktlich sein." Und sehr müde, denn wir haben es jetzt schon nach zwölf und das bedeutet nicht mal mehr 6 Stunden Schlaf.

Das kann Lukas nicht passieren, der mal wieder selig schlummernd auf dem Sofa liegt, während der Fernseher noch vor sich hin dudelt. Ich schalte das Gerät aus, wecke Lukas aber nicht, da ich mich nicht mehr in der Lage fühle, ihn noch die Treppe hochzutreiben. Soll er doch auf dem Sofa schlafen. Schließlich ist er erwachsen und selbst für seinen erholsamen Schlaf verantwortlich.

Am nächsten Morgen bin ich tatsächlich verschlafen und Lukas wegen seinen Rückenschmerzen, hervorgerufen durch eine Nacht auf dem Sofa, ausgesprochen schlecht gelaunt.

„Konntest du mich nicht wecken?", klagt er mich an, während er vor der Kaffeemaschine steht und auf seinen Kaffee wartet.

„Warum findest du nicht von allein ins Bett?", kontere ich müde zurück. „Ich bin doch nicht deine Mutter."

„Dir sollte mein Wohlergehen auch am Herzen liegen. Aber du denkst nur an dich und deinen Abend mit deiner Freundin. Und dann seid ihr so betrunken, dass du gerade noch selbst ins Bett findest und mich einfach liegenlässt." Er wehklagt wie ein altes Waschweib. Und so was will Radiologe sein. Wenn seine Patienten ihn jetzt hören könnten. Unwillkürlich muss ich kichern.

„Was gibt es da zu lachen?", braust Lukas auf. „Hast du noch Restalkohol?"

Ich gebe ihm keine Antwort darauf. „Ich muss mich beeilen", nuschele ich nur, verschwinde im Bad und lasse einen aufgebrachten Lukas mit seinem Kaffee allein in der Küche zurück.

Dennoch ist Lukas' Stimmung kein Vergleich zu Bennys, als ich eine halbe Stunde später vor Utes Haustür ankomme. Lauthals murrend und schreiend lässt er sich von Ute auf meinen Rücksitz verfrachten. Zugegeben, es ist eng bei mir hinten, das liegt am Fahrzeugtyp, aber man muss deshalb trotzdem keine Angst haben, dass man zerquetscht wird, besonders dann nicht, wenn man noch keine 1,40 Meter groß ist. Mit der Größe passt man noch locker auf meine Rückbank – sogar ohne die Beine anziehen zu müssen.

Doch nach Bennys Geschrei zu urteilen, ist er dem Tode nahe. Erstickt, zerquetscht oder was auch immer.

Ute setzt sich blass und völlig gestresst auf den Beifahrersitz.

„Ist der morgens immer so?", frage ich und zeige mit dem Daumen nach hinten zu dem mittlerweile rot angelaufenem Benny.

„Leider zu oft", antwortet Ute. „Ignoriere ihn einfach und fahr."

Zum Glück sind es mit dem Auto keine zehn Minuten zurück zu unserem Haus. Dort schiebt Ute den immer noch schreienden Benny in ihr eigenes Auto, bedankt sich bei mir für den Fahrdienst und fährt schließlich leicht ruckelnd davon. Es ist so ruhig in meinem Auto, dass ich fast anfangen könnte zu meditieren, wenn ich nur wüsste wie das geht.

Aber, denke ich dann, das wird Elke mir auch beibringen können. Vielleicht hilft das ja auch schon. Ich habe mal irgendwo gelesen, das einem Meditieren zu innerer Stärke verhilft. Klingt gut – ja tatsächlich halte ich das jetzt für eine sehr gute, erfolgversprechende Idee. Da war der tobende Benny sogar mal ein richtiger Ideengeber!

Ich bin pünktlich in der Kanzlei. In meinem üblichen Business-Schritt, mit meinem üblichen, leicht blasierten Gesichtsausdruck betrete ich die Empfangshalle, grüße mit einem knappen Knopfnicken die beiden Schnepfen dort und fahre mit dem Aufzug nach oben. Natürlich tuschelt es wieder hinter mir und ich höre Fetzen wie „eingebildete Kuh" und „arrogante Sumpfdotter". Fast muss ich lächeln. Zum einen über deren Einfallsreichtum – Sumpfdotter. Erstens: Was ist das? (ich glaube, eine Blume, bin mir aber nicht sicher). Zweitens: Klingt gar nicht so gemein, ich wäre gerne eine Blume. Zum anderen, über die Tatsache, dass sie so völlig daneben liegen. Aber die Fassade funktioniert anscheinend noch. Sorgen muss ich mir wohl erst machen, wenn es hinter mir tuschelt: Die Arme, sie sieht so blass aus. Ja, und so normal. Guck mal, sogar ihr Rocksaum hängt schief.

In meinem Büro angekommen, schalte ich meinen Rechner an, schiebe ein paar Unterlagen von links nach rechts und rufe dann erst mal Elke an. Die ist zuerst irritiert, als sie ausgerechnet meine Stimme hört, aber als sie hört, dass ich einen Termin ausmachen möchte, wird sie ganz zugänglich.

„Wann passt es dir denn am besten?", fragt sie.

„Na ja. Heute Nachmittag?"

Elke lacht etwas nervös. „Nein. Also vor Montag geht gar nichts."

„Hm", sage ich und ärgere mich, da ich ziemlich sicher bin, dass in Elkes Praxis gähnende Leere herrscht. Wer geht schon schließlich freiwillig und ohne Not zu der?

„Früher geht nicht?", hake ich nach und versuche, mir meinen Unglauben nicht anmerken zu lassen.

„Nein, beim besten Willen nicht", antwortet Elke in komplett neutraler Tonlage. „Sogar meine Abendtermine sind vergeben. Und auch der freie Termin am Montag wäre am späten Vormittag. Den nächsten freien Abendtermin habe ich erst in zwei Wochen."

Um ehrlich zu sein, das klingt echt. Absolut ehrlich. Es ist wohl tatsächlich so. Montagvormittag. Nicht gerade ein Zeitpunkt, den ich optimal nennen würde, aber gut. Zum Arzt muss ja jeder mal und schließlich hat das ja schon mal geklappt.

„Okay. Ich nehme den Termin am Montag. Um wie viel Uhr genau?"

„11:20 Uhr", höre ich Elke antworten; nebenher scheint sie die Zeit in ihrem Terminkalender zu notieren. „Worum geht es denn eigentlich Olivia? Mit dir hätte ich irgendwie so gar nicht gerechnet."

„Ich erzähle dir das lieber am Montag", weiche ich aus.

„Okay, mal schauen, ob ich helfen kann."

Elke klingt zuversichtlich. Bestimmt geht sie schon all ihre Therapieangebote durch von Meditation, über Klangschale bis hin zu Globuli. Irgendwie glaube ich nicht, dass sie mir wirklich eine Unterstützung sein wird, um aus meinem seelischen Angsttief herauszukommen, aber wenn ich gar nichts mache, ist es mit Sicherheit auch nicht besser.

Seltsamerweise geht mir die Arbeit heute besser von der Hand. Ich fühle mich wieder sicherer und kompetenter, bemerke die kleinen Fehlerteufel, die alle anderen gerne übersehen und fühle mich fast wieder wie mein altes Selbst. Es scheint, als würde schon allein der Entschluss das Problem anzugehen, zu einer Verbesserung meines Zustandes führen. Das bedeutet, ich bin auf dem richtigen Weg. Irgendwie motiviert mich das insgeheim sehr. Und das trotz der Flasche Wein gestern – oder vielleicht gerade deswegen? Okay, diesen Gedanken denke ich mal lieber nicht zu Ende. Soweit ich weiß, war Alkohol noch nie die Lösung.

6. Kapitel

Die Woche klingt für mich endlich mal wieder entspannt aus. Es gibt keine Arbeitskatastrophen zu bestehen, und meine Gedanken sind immerhin so frei von Angst, dass ich auch keine kreiere.

Hauke schwärmt mir beim Mittagessen von seiner neuen Freundin vor und das klingt alles so glücklich, dass es mich richtig ansteckt und irgendwie auch beflügelt – obwohl ich ja gar nicht betroffen bin. Aber Hauke ist eben mein Lieblingskollege und seine letzte feste Freundin hatte er vor Jahren. Danach hat es mit keiner mehr richtig geklappt, was mich eigentlich nicht wundert, denn das waren alles Mädchen mit Modelmaßen, aber geistige Flachpfeifen. Vielleicht ist seine Neue ja tatsächlich anders.

„Wie heißt sie denn?", frage ich, nachdem er mir lange genug von ihr vorgeschwärmt hat, ohne ihren Namen zu erwähnen.

„Annette", antwortet er und schon allein, wie er ihren Namen ausspricht, sagt mir viel über seine Gefühlswelt.

‚Ach', denke ich. ‚Wenn ich Lukas' Namen ausspreche, klingt das mit Sicherheit nicht mehr so.' Denn bei ihm denke ich jetzt eher an Alltagsbewältigung statt an schöne Augen und verführerische Gesten. Was nicht heißt, dass ich mit Lukas nicht glücklich bin, aber manche Äußerlichkeiten verlieren im Laufe des Zusammenlebens einfach an Bedeutung. Und ganz ehrlich, was habe ich von schönen Augen, wenn die

Spülmaschine nicht ausgeräumt ist oder seine Jacke schon wieder zusammengeknüllt auf dem Sofa liegt statt an der Garderobe zu hängen?

Eben.

„Und was habt ihr so am Wochenende vor?", fragt Hauke, nachdem er mir ausführlich erzählt hat, dass Annette und er geplant haben, in die Weinberge zu fahren.

„Wir sind eingeladen", antworte ich und ich höre selber, dass es nicht besonders begeistert klingt.

„Oh, das klingt nicht gerade erfreut", stellt auch Hauke fest, obwohl er sonst eher zu denen gehört, die Untertöne überhören. Aber vielleicht hat seine neue Liebe auch seine Wahrnehmung geschärft.

„Oh, doch. Es sind langjährige Freunde von uns. Sie sind auch sehr nett, aber sie haben zwei Jungs im Teenager-Alter, das nimmt den Abenden bei ihnen regelmäßig den Entspannungscharakter."

Hauke lacht. „Du solltest dich mehr auf Kinder einlassen, Liv. So schlimm sind sie gar nicht. Annette hätte gern Kinder." Wieder bekommt sein Gesicht einen schwärmerischen Ausdruck.

Na ja, da kann ich für Annette nur hoffen, dass sie nicht solche Exemplare wie Benny oder auch Maximilian und Maurice, die Jungs von Claudia und Dominik, bekommt. Wäre für ihre positive Einstellung Kindern gegenüber mit Sicherheit von Vorteil.

„Ich bin mittlerweile sowieso zu alt für Kinder", versuche ich das Thema abzuschließen.

„Viele Frauen bekommen in deinem Alter noch Kinder", lässt Hauke nicht locker. „Ich meine, 40 ist die neue 30."

„Ich möchte aber keine", gebe ich mich bockig. Meine Güte, wann hat denn Hauke nur sein Herz für Kinder entdeckt? So viel jünger als ich ist er schließlich auch nicht. Und bisher kam er auch ganz gut ohne klar. Also, Annette scheint es echt in sich zu haben.

Schließlich sitze ich wieder an meinem Arbeitsplatz und erledige die restlichen Aufgaben vor dem Wochenende. Dann packe ich zusammen und verlasse die Kanzlei am frühen Nachmittag ganz erstaunt darüber, dass ich dazu in der Lage bin. Normalerweise bin ich immer eine der Letzten, die sich ins Wochenende verabschiedet.

Aber, hey, vielleicht ist das eine der Lebensveränderungen zu denen mir Dr. Gärtner geraten hat. Reicht das schon? Regelmäßig am Freitag pünktlich gehen? Das könnte ich fast schaffen, zumindest im Sommer.

Kurze Zeit später fahre ich mit meinem Cabriolet in unsere Garage und betrete durch die Verbindungstür unser Haus. Dort treffe ich noch Anneliese an, die mit dem Staubsauger in der Hand unseren Böden auch noch das letzte Staubkorn entreißt.

„Hallo Anneliese", rufe ich zur Begrüßung. „Wir haben uns ja auch schon eine Weile nicht mehr gesehen."

„Hallo Olivia", antwortet sie und saugt dabei gründlich eine Ecke aus. Dann sieht sie auf. „Du siehst gut aus. Weniger angespannt und blass als das letzte Mal, als wir uns sahen."

Über diese Bemerkung von ihr freue ich mich sehr; zeigt sie mir doch, dass man mir schon ansieht, dass ich vorhabe mein seelisches Gleichgewicht wiederzufinden.

Ich gehe nach oben, ziehe mein Business-Kostüm aus und einen bequemen Hausanzug an. Als ich wieder runterkomme, hat Anneliese fertig gesaugt und steht abmarschbereit im Hausflur.

„Also Olivia, schönes Wochenende. Ich bin dann am Montag wieder da", verabschiedet sie sich und macht sich auf den Heimweg.

Ich spickele in den Kühlschrank und schaue, was sie uns wohl zu essen gemacht hat. Feldsalat und überbackene Forelle. Sieht mal wieder sehr lecker aus. Ich decke den Tisch und erfreue mich an dem sauberen Haus, den Blick in den grünen Garten und einem sehr hyggeligen Wohnzimmer. Uns geht es schon sehr gut, denke ich. Andere würden sich glücklich schätzen, so zu wohnen. Warum nur spüre ich das nicht öfter? Warum erscheint mir manchmal dennoch alles wie eine Last?

Lukas sieht angespannt und abgearbeitet aus, als er nach Hause kommt.

„Scheiß Tag", murmelt er nur und verschwindet unter der Dusche. Wahrscheinlich bedeutet das, dass mal wieder jemand gestorben ist oder dass er einem eigentlich noch gesunden, jungem Menschen eine negative Prognose mitteilen musste.

Nicht zum ersten Mal denke ich, dass mein Job doch eigentlich der leichtere ist und dass ich gar kein recht dazu habe, mich so ausgelaugt und demotiviert zu fühlen. Na ja, es ist ja gerade etwas besser. Vielleicht habe ich die Talsohle ja doch schon durchschritten.

Lukas kommt frisch geduscht wieder runter und setzt sich mit einem Seufzen an den gedeckten Tisch.

„Das sieht ja lecker aus", kommentiert er die Forelle. „Aber ich brauche erstmal einen Schluck Wein."

„Was ist los?", frage ich und hoffe, dass die Geschichte nicht allzu schlimm wird.

Er zuckt mit den Achseln. „Ein junges Mädchen mit einem Riesentumor und extrem negativer Prognose." Er seufzt noch mal; resigniert und traurig. „Ein zu kurzes Leben, das ist los. Und andere Menschen meckern über Nichtigkeiten, anstatt einfach glücklich darüber zu sein, dass sie am Leben sind."

„Wenn man gesund ist, erscheint einem das eben als der Normalzustand. Erst, wenn man krank ist, merkt man, wie zerbrechlich das Gut Gesundheit eigentlich ist und wie essenziell für ein glückliches Leben."

„Da hast du recht, Liv. Du hast es genau auf den Punkt gebracht. Also, lass uns auf unsere Gesundheit trinken."

Er hebt sein Glas. Dann trinkt er einen großen Schluck, sieht schon etwas ruhiger aus und nimmt sich ein großes Stück von der Forelle.

Ich bleibe nachdenklich. Ein junges Mädchen; und schon am Ende ihres Lebens. Und dann wir – sitzen in unserem Wohlstandskokon. Und beschweren uns trotzdem. Irgendwie erscheint mir das Leben oftmals nicht gerecht – und das obwohl ich in diesem Fall ja auf der Sonnenseite bin.

Am nächsten Morgen nach dem Frühstück gehe ich zwei Stunden joggen, da ich davon ausgehen kann, dass der Abend bei Claudia und Dominik mal wieder in eine richtige Schlemmerei ausartet. Ich hoffe, damit der zusätzlichen Kalorienzufuhr entgegenzuwirken.

Danach entspanne ich mich am Nachmittag noch eine weitere Stunde in der Badewanne. Eigentlich wäre ich jetzt bereit, für einen wunderschönen hyggeligen Abend auf unserem Sofa, aber stattdessen stehe ich vor meinem Kleiderschrank und überlege, was ich anziehe. Leger, aber nicht zu gewöhnlich. Lässig und trotzdem schick; aber ohne dass irgendjemand vermutet, ich hätte mich extra aufgetakelt. Ich liebe den Look „lässige Naturschönheit", leider ist er für mich aufwendig zu realisieren. Und genau genommen wirkt ein strenger Dutt und ein Businesskostüm viel natürlicher an mir.

Irgendwie finde ich das fragwürdig, und es passt auch nicht mehr zu meiner Suche nach Veränderung. Aber gut. Ich halte es trotzdem klassisch und ziehe eine schwarze Hose und eine cremefarbene Bluse dazu an. Der Dutt bleibt. Ich fühle mich okay. Zumal Claudia mich immer mit Komplimenten überschüttet; ziemlich egal wie ich aussehe – und sie meint es trotzdem immer ernst. Eigentlich ein ziemlich bewundernswerter Charakterzug.

Kaum ist also die freudige Begrüßung bei der Ankunft vorüber, sagt Claudia auch schon: „Mensch, Liv. Du siehst wirklich gut aus. Diese Bluse ist sehr schick und passt wunderbar zu deiner Frisur. Und wo hast du den tollen Ring her? Der passt hervorragend zu dem schlichten Outfit. Ein richtiger Hingucker!"

Liebe Claudia, ihr würde noch was Positives einfallen, wenn ich in einem alten Kartoffelsack erscheinen würde. Ich krame nun selbst nach einem Kompliment. Auch wenn Claudia keine Komplimente macht, um dann selbst welche zu bekommen, finde ich es höflich, auch irgendetwas Nettes zu sagen.

„Bei euch sieht es so sauber aus", fange ich schließlich an. „Haben deine Jungs aufgeräumt?", schiebe ich noch nach, da auffallend wenig Fußballschuhe, Bälle und Sportklamotten herumliegen.

Eigentlich hätte ich mich für diese Bemerkungen sofort selber ohrfeigen können. Was sollte das denn? Sowas soll aufbauend sein?

Doch Claudia strahlt mich an. „Ja, tatsächlich habe ich sie heute Mittag aufgefordert aufzuräumen, und sie haben es auch gemacht." Claudia sieht so zufrieden aus, dass ich ganz erstaunt bin. Ist das so ungewöhnlich, dass Kinder tun, wozu man sie auffordert – nämlich ihren eigenen Dreck wegräumen? Anscheinend – zumindest bei Claudias Jungs.

Weiterhin strahlend leitet Claudia uns ins Esszimmer. Dominik bietet uns einen Aperitif an und Claudia verschwindet wieder in der Küche, um letzte Hand an das Essen zu legen. Während ich gerade anfange, zufrieden meinen Martini schlürfend, ein bisschen zu entspannen, kommen reichlich laut und polternd die beiden Jungs ins Zimmer getrampelt. Sofort ist der Raum von ihrer unruhigen Gegenwart erfüllt, sie sind groß, haben Ellenbogen und brauchen Platz – das ist mein Eindruck. Dennoch begrüßen sie Lukas und mich recht wohlerzogen; allerdings nicht ohne sich gegenseitig feixende Blicke zuzuwerfen.

Dominik mixt ihnen einen alkoholfreien Cocktail und die beiden setzen sich am Esstisch einander gegenüber und fangen an, sich unter dem Tisch gegenseitig zu treten. Das scheint ihnen Spaß zu machen, obwohl ihr

Geschrei auch auf das Gegenteil schließen lassen könnte. Dominik ruft sie zur Ordnung, aber sie reagieren nicht.

Lukas und ich tauschen einen vielsagenden Blick. Oh, mein Gott, wie gut, dass wir uns damit nicht rumplagen müssen.

Wenig später erscheint Claudia mit einer Suppe als Vorspeise, Dominik schenkt uns ein Glas Wein ein und Maurice (oder Maximilian; es fällt mir schwer, die beiden auseinanderzuhalten) taucht seinen Löffel in die Suppe und meckert unvermittelt los.

„Was ist denn das? Da schwimmt was Grünes. Du weißt doch, dass ich das nicht mag."

Claudia schaut etwas schuldbewusst in seinen Suppenteller und antwortet: „Ich habe versucht, bei dir die Petersilie rauszufischen, aber anscheinend habe ich ein paar Blätter übersehen."

„Du wirst nicht daran sterben, Maurice", ist sich Dominik ziemlich sicher.

„Das esse ich nicht", antwortet Maurice und schiebt den Teller angewidert weg. „Was hast du sonst noch gekocht? Ich habe Hunger."

Dominik schaut reichlich genervt. „Du wartest gefälligst bis wir anderen mit der Suppe fertig sind. Dann gibt es den Hauptgang."

Maurice zieht eine Flappe, sagt aber in Anbetracht unserer Anwesenheit nichts mehr, sondern verschränkt nur seine Arme vor der Brust und schmollt. Maximilian isst seine Suppe mit Genuss und versichert Claudia, sie sei sehr lecker. Das scheint Claudia wieder zu versöhnen, jedenfalls schaut sie zufrieden. Maurice tritt Maximilian und raunt: „Verräter!" Maximilian grinst.

Verlogenes Pack, denke ich. Besonders auch deshalb, weil die Suppe auch nicht meinen Geschmack trifft, aber ich bin ja höflich und gut erzogen und esse sie deshalb brav auf.

Als Hauptgang hat Claudia Rouladen mit Kartoffel-ecken gemacht.

„Gibt es keine Pizza?", röhrt Maurice und stochert in seinem Essen herum.

„Aber du magst doch Kartoffelecken", versucht Claudia ihn zu überzeugen.

„Schon, aber das Fleisch hat eine eklige Füllung."

„Dann iss halt das Fleisch ohne Füllung", äußert sich Dominik genervt.

Also fängt Maurice an, die Füllung sorgfältig auszusortieren; dabei untersucht er jedes Stück Fleisch akribisch auf Reste von Füllung, bevor er es in den Mund schiebt.

„Ich weiß schon, warum Maurice in den ersten Tagen nach seiner Geburt mit einer Magensonde ernährt wurde", bemerkt Dominik in Anlehnung an die, auch uns wohlbekannte Tatsache, dass Maurice eine Frühgeburt war. „Wahrscheinlich hätte er die Muttermilch sonst ausgespuckt und gesagt: I, bäh, mag ich nicht! Das Risiko war den Ärzten wohl zu groß." Er lächelt schief und versucht die Situation mit Humor zu retten.

„Was gibt es zum Nachtisch?", fragt Maximilian, der seinen Teller schon leer gegessen hat, bevor ich überhaupt richtig angefangen habe.

„Ich habe Karamellcréme gemacht", antwortet Claudia in einem Ton, der deutlich macht, dass sie jetzt aber endlich mal Begeisterung von den Kindern hören will.

„Ist in Ordnung", meint Maurice auch großzügig und Claudia sieht ganz erleichtert aus. Die Jungs essen dann auch beide ihre Dessertschüssel klaglos leer und verziehen sich endlich in ihre Zimmer, um Computer zu spielen, Videos zu schauen oder um sich auf andere Art sinnlos unterhalten zu lassen.

Claudia seufzt ergeben. „Sie sind gerade beide in keinem einfachen Alter." Sie runzelt in Selbsterkenntnis die Stirn. „Aber das waren sie eigentlich noch nie."

Dominik gießt Wein nach und versucht damit, uns alle in eine heitere und entspannte Stimmung zu versetzen.

„Weißt du", wendet sich Claudia an mich, als ob ich zu ihren Erziehungsproblemen irgendetwas Konstruktives beitragen könnte. „Wenn ich Maurice einen Stapel frischer Wäsche ins Zimmer bringe und sie in seinen Schrank lege, mault er mich an, weil ich ihn störe. Wenn er aber keine frische Wäsche im Schrank mehr liegen hat, mault er mich auch an. Also kann ich eigentlich machen, was ich will. Ich werde immer angemotzt."

„Das ist ja … blöd", antworte ich, weil mir einfach nichts Besseres einfällt. „Vielleicht solltest du ihm seine Wäsche vor die Zimmertür legen, dann kann er sie selber einräumen, wann immer ihm danach ist."

„Das ist eine super Idee", ist Claudia ganz begeistert. „Warum bin ich nicht selber darauf gekommen?"

Meint sie das ernst, frage ich mich.

„Es war einfacher als sie kleiner waren", mischt sich schließlich auch Dominik ein.

„Ja, das stimmt", pflichtet Claudia ihm bei. „Die Elternzeit war die schönste Zeit. Man konnte guten Gewissens nicht arbeiten, die Kinder schliefen noch viel, man hatte viel Zeit für sich und wenn sie doch wach waren, haben sie einen immer angestrahlt." Claudia sieht ganz glücklich aus, so versunken in ihren Erinnerungen.

„Aber du arbeitest doch immer noch nicht", wagt Lukas einzuwenden.

„Stimmt schon. Aber jetzt werde ich komisch angeschaut. Wenn man große Kinder hat, glaubt einem keiner, dass man durch den Haushalt und die Kinder voll ausgelastet ist. Bei kleinen Kindern glaubt einem das jeder. Dabei ist es eigentlich genau umgekehrt."

Sie schaut ein bisschen unglücklich in die Runde. „Dieses ewige Meditieren, um wieder meine innere Mitte zu finden, nach den täglichen Reibereien mit den Jungs, das ist ganz schön zeitintensiv."

Claudia nickt bekräftigend zu ihren eigenen Worten, und ich starre sie nur sprachlos an. Sie hat keine Zeit zu arbeiten, weil sie meditieren muss? Was ist denn das für ein tolles, entspanntes Leben? Okay, meditieren ist auch nicht so meine Sache und auf die beiden Jungs könnte ich herzlich gern verzichten, aber es klingt in meinen Ohren trotzdem besser als Umsatzsteuervoranmeldung oder Stundungsantrag.

„Und heutzutage bekommt man die Elternzeit sogar bezahlt", seufzt Claudia weiter. „Wie gut es die jungen

Eltern heutzutage doch haben. Wir mussten damals mit einem Gehalt auskommen."

„Das müsst ihr noch immer", wirft Lukas ein und verbeißt sich das Lachen in Anbetracht der Tatsache, dass Claudia und Dominik von einem Gehalt mehr als gut leben können.

Doch Claudia irritiert das nicht im Geringsten. Sie findet, das Elterngeld sei eine tolle Sache und objektiv betrachtet hat sie da durchaus Recht, finde ich wiederrum. Hauptsächlich diese Elternzeit, das ist doch ein Gesetz, denke ich und kann mich fast wieder mit Gesetzen und Paragrafen anfreunden.

„Wie lange bekommt man denn Elternzeit?", frage ich und versuche möglichst neutral zu klingen, obwohl in meinem Kopf alles durcheinander purzelt.

„Drei Jahre", antwortet Claudia. „Aber Geld vom Staat gibt es nur ein Jahr."

Drei Jahre. Drei Jahre, die ich guten Gewissens zu Hause bleiben könnte. Keiner, der mich schief anschaut. Oder mich für gescheitert hält. Ich muss nicht zugeben, überfordert zu sein. Eine unendliche Zeit der Ruhe. Zeit genug, um mich wieder zu erholen.

Und danach ist mit Kind natürlich Teilzeit angesagt. Was sonst? Das einzige Problem an diesem Lösungsmodell ist das Kind, welches leider zwangsläufig dazu gehört. Darüber muss ich auf jeden Fall nachdenken. Abwägen. Kind oder Angsttrauma? Was ist das kleinere Übel?

Ich bemühe mich, meinen Gesichtsausdruck unter Kontrolle zu halten. Niemand – besonders nicht Lukas – soll merken, welche Gedanken sich hinter meiner Stirn zusammenbrauen.

Also lächle ich Claudia an und sage nur: „Das war bestimmt eine tolle Zeit."

Lukas schaut mich entgeistert von der Seite an, doch ich drücke unauffällig seine Hand unter dem Tisch. Ganz so als wollte ich sagen, hey, ich mache doch nur freundliche Konversation. Aber in Wirklichkeit denke ich das wirklich. Wenn auch aus einem völlig anderen Aspekt heraus, als Claudia das als tolle Zeit empfand. Denn sie schwärmt gerade von Sommernachmittagen auf dem Spielplatz oder am Neckar. Besuchen im Zoo oder im Freibad. Treffen mit anderen Müttern und ihren Kindern.

So plätschert das Gespräch noch eine ganze Weile dahin. Schließlich machen Lukas und ich uns an den Aufbruch. Maurice und Maximilian lassen sich auch zum Abschied nicht mehr blicken, doch Claudia schließt mich in die Arme und sagt: „Ich hoffe, ich habe dich mit meinen Kindergeschichten nicht gelangweilt."

„Aber nein", versichere ich ihr. „Ich fand das alles höchst interessant." Und das wirkt auf Claudia wohl auch deshalb überzeugend, weil ich es tatsächlich ehrlich meine.

Auch Lukas beschäftigt der Abendauf der ganzen Heimfahrt, aber auch noch als wir schon längst im Bett liegen.

„Ich weiß nicht wie die beiden das aushalten", sagt er mittlerweile zum gefühlt 50. Mal in der gefühlt 50. Version. „Diese beiden Jungen sind doch die Horrorversion pubertierender Kinder; besonders der ewig maulende Maurice. Was glaubt der denn? Dass Claudia seine persönliche Hausmagd ist?"

„Wahrscheinlich denkt er das wirklich", antworte ich müde und drehe mich schon mal auf die Seite, in der Hoffnung, Lukas damit klar zu machen, dass ich mich nicht mehr über Maurice und Maximilian unterhalten will.

„Ein Glück, dass wir keine Kinder haben", meint Lukas noch und ignoriert meine abweisende Körperhaltung geflissentlich.

Normalerweise hätte ich ihm von Herzen zugestimmt, aber heute Abend hat sich mir in Bezug auf Vereinbarkeit von Beruf und Familie eine ganz neue Perspektive aufgetan – meine vermutlich dringend benötigte berufliche Auszeit kommt plötzlich in einem ganz anderen Gewand daher.

„Mit Sicherheit liegt es auch an der laxen Erziehung", versuche ich deshalb alle unerzogenen Kinder dieser Welt im Allgemeinen zu entschuldigen – und Claudias Jungs im Besonderen.

Lukas hebt belustigt die Augenbrauen; zumindest vermute ich das, sehen kann ich es nicht, weil ich ja mit dem Rücken zu ihm liege. „Du meinst also, man müsste Kinder nur richtig erziehen, dann klappt das schon", fragt er mit einem unterdrückten Lachen in der Stimme. „Wann hast du dir denn diese Meinung angeeignet?"

„Vielleicht liegt es ja auch am Geschlecht", überlege ich laut. „Alle nervigen Kinder, die ich kenne, sind Jungs."

„Na ja, wir kennen halt nur Eltern von Jungen. Aber für mich bedeutet das nicht, dass es mit Mädchen einfacher ist."

Doch ich überlege schon weiter und frage mich, inwieweit man bei der Kinderplanung auf das Geschlecht Einfluss nehmen kann. Ein Mädchen erscheint mir aufgrund unserer Erfahrungen mit den Söhnen anderer Eltern irgendwie die bessere Alternative.

Hu, was denke ich denn da? So verlockend eine Elternzeit auch klingt, ich kann das doch nicht ernsthaft in Erwägung ziehen? Ich meine, so ein Kind bleibt ja. Über viele Jahre – für immer. Wenn man Pech hat, zieht es noch nicht einmal aus, wenn es erwachsen ist. Schreckliche Vorstellung!

Und trotzdem. Es wäre eine Lösung. Ja, tatsächlich, während ich in den Schlaf abgleite denke ich: ,Es wäre eine Lösung.'

Den ganzen Sonntag gehen mir immer wieder diese Gedanken durch den Kopf. Beim Frühstück, beim Waldbaden, beim Badewannenbaden – immer wieder ist da die Frage: Wäre das die Lösung meines Problems? Schwanger und frei von beruflicher Verantwortung – ohne schlechtes Gewissen. Besonders dieser Gedankenansatz gibt mir Auftrieb. Kürzertreten ohne Erklärungen abgeben zu müssen, Teilzeitarbeiten als Selbstverständlichkeit. Wie toll ist das denn?

Nur Lukas darf von meinen Plänen natürlich nichts wissen. Ich könnte mir vorstellen, dass er alles andere als begeistert wäre. Nun sogar weniger als das – er würde sich vehement dagegen aussprechen. Aber, wenn ich es als Unfall darstelle, würde er sich seiner Verantwortung mit Sicherheit auch nicht entziehen.

Am Ende des Tages ist mein Kopf ganz voll von so vielen Gedanken, dass mir ganz schwummrig ist. Und dann stehe ich abends im Bad und überlege, ob ich die Pille noch nehmen soll oder nicht. Kurz entschlossen drücke ich sie aus dem Blisterstreifen und spüle sie die Toilette runter. Damit habe ich meine Entscheidung getroffen.

Später sitze ich neben Lukas auf dem Sofa und kann dem Film gar nicht richtig folgen. Immer wieder schaue ich verstohlen zu meinem Lebenspartner hin und frage mich, ob er wohl ein guter Vater wäre? Einer, der mit seinen Kindern Abenteuerreise spielt und ihnen dann das Abendessen macht.

Okay, das macht bei uns Anneliese, aber trotzdem. Er kann ihnen ja auch noch eine Geschichte vorlesen. Was halt ein guter Vater so macht.

Je länger ich vor dem Fernseher sitze und dem Film nicht folge, desto sicherer bin ich mir, dass Lukas, wenn er den ersten Schreck einmal verdaut hat, ein ausgesprochen liebevoller Vater werden wird. Das beruhigt mich, ich hätte ihm dann doch sehr ungern etwas aufgezwungen, was er so gar nicht möchte. ,Aber', denke ich, ,im Grunde tue ich ihm einen Gefallen; er weiß es nur nicht.' Und hey, manchmal müssen Männer eben zu ihrem Glück gezwungen werden.

7.Kapitel

Am nächsten Tag melde ich gleich morgens der Sekretärin, dass ich um halb elf gehen müsste, da ich einen Arzttermin habe. Verwundert blickt sie mich an; ganz so als würde sie in ihrem Gedächtnis kramen, wann ich mal aufgrund eines Arzttermins gefehlt habe und zu dem eindeutigen Ergebnis kommen: Vor letzter Woche noch nie. Und jetzt ist es schon der zweite Termin innerhalb so kurzer Zeit.

Auch Hauke sieht mich stirnrunzelnd, ja geradezu sorgenvoll an. Denn, wenn ich wegen einem Arztbesuch schon vormittags fehle, kann es sich nur um eine ernsthafte Erkrankung handeln. Doch ich versuche, seine Bedenken zu zerstreuen, indem ich etwas von Frauenproblemen murmele. Das hilft bei Männern immer, denn davon verstehen sie in der Regel nichts. Und nachzufragen, ist ihnen zu peinlich.

Der Vormittag ist sonnig und warm, so dass ich mich entschließe zu Elkes Praxis zu laufen. Auf dem Weg bereite ich mich innerlich schon auf das Gespräch vor. Eigentlich ist es mir unangenehm, Elke von meinen Angstzuständen zu berichten; deshalb überlege ich, ob ich ihr nur von meiner Idee schwanger zu werden, erzählen soll. Doch Elke weiß genug von mir, dass sie mir einen Kinderwunsch aus heiterem Himmel nicht abnehmen würde. Also muss ich ihr eine Begründung liefern. Und damit muss ich ihr doch von meinen unerklärlichen, plötzlichen Ängsten berichten. Und wer weiß, vielleicht hat sie ja doch ein paar helfende

Globuli in petto, und ich brauche die Lebensveränderung gar nicht mehr, um gesund zu werden.

Elke öffnet auf mein Klingeln sofort; fast so, als hätte sie schon hinter der Tür gelauert.

„Guten Morgen Olivia", dröhnt sie mir entgegen und ihre Körpermasse wackelt und klimpert, als sie mich in ihre Arme reißt.

„Guten Morgen Elke", antworte ich und versinke kurz in der atemraubenden Umarmung, bevor ich mich aus den Massen ihrer Schals und Ketten wieder befreie.

Alles an Elke ist irgendwie orange. Ihr Kleid ist zwar beige, aber darüber trägt sie einen orangefarbenen durchscheinenden Überwurf, ihre Schals und Ketten sind orange und ihr Haar ebenso. Zu allem Überfluss trägt sie auch noch ein orangefarbenes Haarband.

Als hätte sie meine Gedanken erahnt, bemerkt Elke: „Orange steht für Heiterkeit und Lebensfreude. Deshalb trage ich diese Farbe sehr gerne. Farben sind überhaupt sehr wichtig für unser Wohlbefinden. Und je nachdem, welche Farben wir bevorzugen, erkennt man daran unsere Einstellung und Haltung zum Leben – sozusagen unseren inneren Kompass."

Dabei mustert sie meinen dezenten grau-blauen Hosenanzug. „Blau ist ja ganz in Ordnung, das ist die Farbe für Verlässlichkeit, aber grau steht für einen Mangelzustand."

Sie wippt bekräftigend mit dem Kopf. „Aber aus irgendeinem Grund bist du ja auch hier", stellt sie dann fest, als hätte sie einen plötzlichen Geistesblitz gehabt.

Sie führt mich in ihren Praxisraum, der zu meinem Erstaunen dezent eingerichtet ist und eine sehr beruhigende Atmosphäre verbreitet.

„Wasser?", fragt sie und schwenkt eine Karaffe mit Wasser und ein paar Steinen am Boden der Kanne.

„Das ist Rosenquarz", klärt sie mich auf. „Das ist der Stein der Liebe. Er hat aber auch eine reinigende Kraft, besonders bei negativer energetischer Strahlung."

„Aha", sage ich ratlos. Reinigende Wirkungen interessieren mich eigentlich nicht, wenn ich Durst habe. Da ist es mir hauptsächlich wichtig, dass das Wasser schmeckt – ohne Steinaroma. Doch nach dem ersten Schluck stelle ich beruhigt fest, dass das Wasser einfach schmeckt wie – Wasser.

Jetzt steht mein Wasserglas vor mir auf dem Tisch und Elke sitzt in ihrem Stuhl auf der anderen Seite des Tisches. Aufmerksam schaut sie mich über ihre auf dem Tisch gefalteten Hände an.

„Wie kann ich dir denn helfen?"

„Nun", fange ich an und weiß gar nicht so recht, wo ich beginnen soll. ‚Geradeheraus', denke ich. ‚Das ist das Beste.'

„Ich habe Angst." Drei Worte mit jeder Menge Inhalt und viel Interpretationsspielraum.

„Wovor?", hakt Elke auch schon nach. „Vor Spinnen? Vor anderen Menschen? Vor neuen Situationen?"

„Vor Fehlern." Jetzt ist es raus; einfach so. Klar und auf den Punkt gebracht. Sagt man nicht, wenn man erkennt, was einen innerlich kaputtmacht, ist es schon der erste Schritt in Richtung Besserung?

Doch Elke genügt meine Klarheit nicht. „Vor deinen eigenen oder denen anderer?"

Andere Leute machen auch Fehler? Huch, das ist mir so auch noch nie bewusst geworden. Na ja, doch schon, schließlich finde ich die Fehler ja ständig. Aber das waren die der anderen, und damit war es verzeihlich.

„Meine eigenen Fehler empfinde ich als unerträglich", gebe ich widerstrebend zu.

„Hast du denn den Eindruck, du machst viele?"

„Jedenfalls mehr als früher." Und da sprudelt auch der Rest aus mir heraus. Mein Wunsch nach Perfektion, der immense Druck die Fassade aufrecht zu erhalten und meine Unfähigkeit etwas daran zu ändern.

Elke hört mir zu, macht sich Notizen, zeigt aber ansonsten keine Regung.

„Was meinst du?", frage ich schließlich. „Kannst du mir helfen? Vielleicht mit einer Klangschalentherapie? Oder mit Bachblüten?"

Elke schaut mich entgeistert an. „Ich weiß ja nicht, was du denkst, was Heilpraktiker so tun, aber Klangschalentherapie kann als zusätzliches Instrument bei einer Entspannungstherapie helfen, aber es ist doch nicht die einzige Säule. Und überhaupt, was du schilderst, klingt mehr nach einem Angstsyndrom, und in so einem Fall muss man genau hinschauen, was der Auslöser ist und diesen dann konsequent eliminieren."

„Also, sein Leben ändern", seufze ich.

Elke legt die Fingerspitzen aneinander und stützt dann ihr Kinn darauf. An den Rändern schwappt es leicht über ihre Hände. Ihr Blick ist nachdenklich.

„Nicht unbedingt. Oft reicht es auch, die Haltung und Einstellung zu den Dingen zu verändern. Das muss man im Einzelfall betrachten."

Sie blickt nochmal in ihre Aufzeichnungen. „Letzten Endes ist durch deinen Perfektionsdruck dein Anreizsystem im Gehirn in ständiger Alarmbereitschaft. Es kommt zum Dauerstress und das löst die Ängste aus. Eine Besänftigung erfolgt über das Fürsorgesystem. Aber das scheint bei dir unterentwickelt zu sein. Hier müssen wir mit unserer Arbeit ansetzen."

„Es ist also möglich, etwas zu tun, ohne dass ich mein Leben umkrempeln muss?" frage ich und denke an Dr. Gärtner.

Elke sieht mich belustigt an. „Olivia", mahnt sie.

„Wenn wir feststellen, dass dein Fürsorgesystem unterentwickelt ist, weil du dir zu wenig freie Zeiten einräumst, dich nicht um dich selbst kümmerst, dann musst du daran etwas ändern. Nur, wenn du was änderst ohne zu wissen, weshalb diese Änderung für dich wichtig ist, wird sich trotzdem innerlich nichts bei dir tun. Du bleibst gefangen." Sie fasst sich kurz an den Kopf. „Es passiert hier und ist eine Frage der inneren Haltung und des Selbstmitgefühls."

„Aha", antworte ich und verstehe nur Bahnhof. „Ich weiß aber, was ich tun muss und auch warum ich es tun muss."

Elke schaut mich erwartungsvoll an.

„Ich kann Paragrafen nicht mehr leiden. Um ihnen zu entgehen, muss ich beruflich kürzer treten. Damit reduziere ich auch automatisch meine Berührungspunkte mit den Steuergesetzen. Macht das Sinn?"

„Macht es für dich Sinn?"

„Irgendwie schon."

„Olivia, ich denke, du hast jahrelang über deine Belastungsgrenzen hinaus gearbeitet, daher kommt jetzt dieser Überdruss. Wenn du deine Kraftreserven wieder aufgetankt hast, kommt die Lust an deinem

Beruf von alleine zurück. Oder möchtest du was ganz anderes machen? Was sagt dir deine innere Stimme?"

Ich denke nach. „Mir hat mein Job immer Spaß gemacht. Ich liebe seine Struktur. Nur seit einiger Zeit fühlt es sich nicht mehr gut an. Immer ist da das Gefühl, etwas übersehen zu haben. Also kontrolliere ich mich selber. Dadurch verliere ich wieder Zeit. Die fehlt mir dann irgendwann; also mache ich Überstunden. Dadurch fühle ich mich erschöpft und werde noch unsicherer, also kontrolliere ich. Es ist ein Kreislauf und ich weiß nicht, wo ich ihn unterbrechen kann."

„Du hast schon eine Menge begriffen", lobt mich Elke. „Da steckt schon viel Selbsterkenntnis in deinen Äußerungen. Eigentlich ist klar, was du tun solltest: Kürzer treten. Reduziere deine Arbeitszeiten. Suche dir für schwierige Aufgaben Unterstützung und lerne Nein zu sagen."

„Ich kann nicht reduzieren ohne meine Reputation zu verlieren." Ich sehe Elke flehentlich an. „Du hast doch auch immer das Bild der perfekten Olivia vor Augen gehabt, gib es zu. Wie soll ich vor meinem Chef zugeben, dass ich gar nicht so perfekt bin?"

„Diese Hürde ist in deinem Kopf. Dein Chef sieht es vermutlich gar nicht so. Und wenn doch, dann mache dich emotional frei davon. Lass dich nicht von der Meinung deines Chefs beeinflussen. Es ist *dein* Leben."

Das ist leichter gesagt als getan. Elke hat gut reden. Aber gut, das schreit geradezu nach Plan B — Mutterauszeit. Doch das sage ich Elke lieber doch nicht, denn ich bin mir sicher, dass sie versuchen würde, mir diese Idee auszureden. So nach dem

Motto, für ein Kind trägt man Verantwortung, das soll nicht nur auf die Welt kommen, damit man einen guten Grund hat Teilzeit zu arbeiten.

Letzten Endes versucht sie mich noch mittels Klangschale zu entspannen und drückt mir zum Abschied schließlich noch einen Stein in die Hand.

„Das ist ein Fluorit. Der hilft bei Angstzuständen. Langfristig hilft aber nur, kürzer treten, Olivia. Überfordere dich nicht ständig." Elke sieht mich streng an – wie ein Arzt, der seinen Patienten Verhaltensregeln mitgibt und genau weiß, dass sie nicht eingehalten werden.

„Die Rechnung schicke ich dir zu", fügt sie dann noch hinzu.

Als ich wieder auf der Straße stehe, schaue ich auf die Uhr. Ich war zwei Stunden bei Elke. Mal schauen, was sie dafür so abrechnet, dass sie mich ohne nennenswert neue Erkenntnisse entlassen hat.

Gut, ich gebe zu, ihr Verständnis hat mir gutgetan. Das Gespräch hat mir insofern auch geholfen, dass ich mich nicht mehr so allein fühle, sondern weiß, dass es gibt viele Menschen dort draußen gibt, denen es wie mir geht. Und ansonsten sind es auch ganz normale Menschen. Ich bin keine Versagerin, nur weil ich nicht mehr kann; das Tempo nicht mehr mithalte. Immerhin diese Erkenntnis dämmert in mir langsam.

Aber allein diese Beobachtung löst das Problem trotzdem nicht, denn ich kann und will meine Reputation nicht verlieren – auch wenn Elke meint, das würde ich nicht. Ich weiß es besser. Die Mandanten würden das Vertrauen in mich verlieren, ich wäre überall die, die es nicht gepackt hat. Nein, da muss tatsächlich eine andere Lösung her und damit bin ich wieder beim Kind.

Ich sehe auf den Stein in meiner Hand. Der Stein ist hellgrün und recht fein geschliffen. Kurz lege ich ihn auf meine Stirn und warte, was passiert. Nichts. Na, hätte ich mir ja denken können.

Trotzdem stecke ich ihn in meine Tasche und beschließe, dass es auf jeden Fall nicht schaden kann, wenn ich ihn ein bisschen mit mir herumtrage.

Auf dem Weg zurück in die Kanzlei kaufe ich mir noch ein Lachsbrötchen und sitze dann pünktlich um zwei Uhr wieder an meinem Schreibtisch. Der Stapel Dokumente vor mir ist seit dem Vormittag noch mal deutlich angewachsen und meine E-Mail-Inbox quillt über. Seufzend mache ich mich daran, den Stapel abzuarbeiten.

Als ich an diesem Abend nach Hause komme, probiere ich eine von Elkes Methoden insofern aus, dass ich den Fluorit in ein Glas Wasser lege und das dann trinke. ‚Eigentlich', denke ich, ‚könnte ich das jetzt jeden Morgen machen. Vielleicht hilft's ja.'

„Was machst du denn da?", fragte Lukas als er in die Küche kommt und mich mit einem Glas Wasser, auf dessen Grund ein hellgrüner Stein liegt, an die Küchentheke gelehnt, vorfindet.

„Ich war heute bei Elke", antworte ich; ganz so als ob das seine Frage beantwortet.

Lukas grinst. „Hat sie dich mit ihrer Esoterik angesteckt?"

„Elke ist gar nicht so esoterisch. Nur ein bisschen. Vieles ist tatsächlich wissenschaftlich belegt. Mit

Studien", füge ich hinzu, denn nur die zählen für Lukas als wissenschaftlich fundierte Arbeit.

„Aha", sagt Lukas. „Die werden sich ihre Studienteilnehmer schon ausgesucht haben, wie sie es brauchen."

Plötzlich ärgert mich seine aufgeblasene Doktorart. Der studierte Mediziner weiß natürlich mehr – grundsätzlich immer und zu jedem Thema.

„Jetzt tu doch nicht so blöd", fauche ich ihn an. Erschrocken sieht er mich an.

„Du redest doch auch intensiv mit deinen Patienten. Versuchst ihnen zu helfen und die teilweise schockierenden Nachrichten, die du ihnen überbringen musst, abzumildern."

„Sicher, ich bemühe mich da schon um eine ordentliche Portion Empathie."

„Also, was willst du dann von Elke? Um nichts anderes geht es ihr auch; nur sie hat halt noch ein paar weitere Methoden."

„Seit wann nimmst du die dicke Elke in Schutz?", fragt Lukas, doch es klingt nicht genervt, sondern eher interessiert.

„Ich habe halt einfach mal nachgedacht." Ich versuche einen nebensächlichen Klang in meine Stimme zu legen.

„Du denkst nach?", fragt Lukas und lacht verhalten.

„Sehr witzig", grummele ich und mein Ärger verfliegt.

Ich wechsele das Thema. „Was hat Anneliese denn heute für uns gekocht?"

„Lachslasagne", freut sich Lukas nach einem Blick in den Kühlschrank.

‚Noch mal Lachs', denke ich. Aber gut, Lachs soll ja sehr gesund sein. Und vielleicht erhöht er ja auch die Fruchtbarkeit.

Wichtig für den Erfolg meines Ich-werde-schwanger-und-trete-kürzer-Plans ist auf jeden Fall auch die Entsorgung der täglichen Antibabypille. Also gehe ich nach dem Essen nach oben ins Bad und spüle die nächste kleine Pille das Abflussrohr hinunter. Nachdenklich betrachte ich danach die Pillenpackung in meiner Hand und überlege, ob es wohl auch eine Pro-Baby-Pille gibt. Irgendetwas, das den Körper stimuliert, damit sich ein befruchtetes Ei besser einnistet. Ich beschließe Ute zu fragen. Auch wenn sie jetzt eine alleinerziehende Mutter ist, war Benny ein absolutes Wunschkind und sie hat mit ihrem damaligen Freund eine ganze Zeitlang probiert, schwanger zu werden. Hätte sie damals schon gewusst, was sie sich da ins Haus holt; ich bin sicher, sie hätte sich anders entschieden. Aber gut, womöglich kann sie mir trotzdem ein paar Tipps geben.

Also rufe ich sie gleich an. Um wieder mehr Ruhe zu haben, verziehe ich mich mal wieder in den Garten, beziehungsweise an den Pool. Es ist ein schöner, milder Abend und so ziehe ich meine Schuhe und Strümpfe aus und hänge die Füße ins Wasser. Ute geht nach dem zweiten Klingeln ans Telefon; ihre Stimme klingt leicht abgehetzt.

„Ich habe Benny gerade ins Bett gebracht", haucht sie. „Er war sogar richtig müde und so hoffe ich, dass er diesmal liegenbleibt und mir nicht wieder bis nach elf Uhr die Nerven raubt."

„Ich bin auch ganz leise", verspreche ich. Daraufhin gluckst Ute und fragt: „Was gibt's?"

Also erzähle ich ihr von meiner Lösung, um aus dem beginnenden Burnout rauszukommen.

„Ein Baby?", fragt Ute ungläubig und so laut, dass ich durch den Hörer sehen kann wie sie sich danach hektisch umschaut, um sicher zu gehen, dass Monster-Benny weiterhin in seinem Bett liegt. „Das klingt absurd. Ein Kind zu haben, ist anstrengender als ein paar Bilanzen zu erstellen."

Das kann auch nur jemand sagen, der keine Ahnung von dem permanenten Erfolgsdruck hat, der auf mir lastet. Und der sich nicht um seine Fassade kümmern muss, weil er keine hat.

„Mag sein, dass es auch anstrengend ist, ein Kind großzuziehen", räume ich dennoch ein. „Aber es ist eine andere Art von Stress. Und ist es nicht auch erfüllend, ein Kind auf seinem Lebensweg zu begleiten?", frage ich hoffnungsfroh.

„Doch, das ist es schon", gibt Ute zu. „Ungefähr zwei Minuten am Tag."

„Immerhin", meine ich und wir kichern beide.

„Was sagt denn Lukas dazu?", fragt Ute und spricht damit zielgerichtet den heiklen Punkt an.

„Der weiß von nichts", antworte ich in möglichst neutraler und unbeteiligter Tonlage.

„Wie? Du hast das einfach so für dich beschlossen?"

„Was soll ich denn sonst machen? Er ist mit Sicherheit nicht einverstanden", verteidige ich mich.

„Oh, Mann, Liv. Hoffentlich schlitterst du da nicht vom Regen in die Traufe. Wenn Lukas dich verlässt, bist du zu allem Überfluss auch noch alleinerziehend und musst trotzdem arbeiten. Dann erstellst du weiterhin Bilanzen und hast dann noch den Druck mit dem Kind."

Kurz stockt mir der Atem. Oh Gott, soweit habe ich ja noch gar nicht gedacht! Das wäre ja echt der Super-GAU. Aber würde Lukas das tun? Ich meine, er würde doch zumindest zahlen. Außerdem gehört das Haus zur Hälfte mir, und zur Not kann ich immer noch zu meinen Eltern nach Spanien auswandern. Da scheint immerhin die Sonne!! So!

„Na ja", fährt Ute fort. „Wahrscheinlich verlässt er dich nicht. Dazu liebt er dich viel zu sehr. Außerdem habt ihr genug Geld, um das Kind später auf ein Internat zu schicken. Ich meine, das kann durchaus hilfreich sein, wenn man nicht selber ständig die Hausaufgaben kontrollieren muss. Besonders dann, wenn man ebenso wenig Lust dazu hat wie das Kind, aber sich als verantwortungsvoller Erwachsener leider nicht einfach hinsetzen darf und bockig sagen: Ich will nicht und finde alles doof!" Ute seufzt. „Ein täglicher Kampf."

„Soweit habe ich noch gar nicht gedacht", gebe ich zu. „Erst mal müssen doch die Kleinkindjahre überstanden werden."

„Ja", gibt Ute zu. „Die sind auch anstrengend. Aber es steigert sich von Jahr zu Jahr. Zuerst schlafen sie ja auch viel. Benny hatte zwar schon immer Probleme mit dem Einschlafen, aber dann habe ich ihn eben in den Kinderwagen gepackt und bin noch spazieren gegangen. Das klappte super. Außerdem kannst du sie, wenn sie noch klein sind und nicht so wollen wie du, einfach schnappen und wegtragen. Irgendwann klappt das leider nicht mehr. Dann kannst du nur noch ertragen."

„Es sind ja nicht alle Kinder so schwierig wie Benny."

„Nein, nicht alle. Aber viele", raubt Ute mir jegliche Illusion und Hoffnung.

Dennoch halte ich an meinem Plan fest; einfach auch deshalb, weil ich keine Alternative sehe.

„Nun", meine ich schließlich forsch. „Erstmal muss ich schwanger werden. Über den Rest kann ich mir später Gedanken machen."

„Okay, da kann ich dir aber nicht helfen", meint Ute und lacht.

„Ich hatte gehofft, du könntest mir ein paar Tipps geben wie ich mich jetzt verhalten soll, um schnell schwanger zu werden und ein gesundes Kind zur Welt zu bringen. Ich meine, ich bin ja auch nicht mehr die Jüngste."

„Ach so. Ja, also, was willst du wissen? Kein Alkohol mehr. Am besten schon, bevor du schwanger wirst. Dann Folsäure nehmen. Gibt es als Tabletten in der Apotheke. Fällt mir noch was ein?" Durch den Hörer nehme ich wahr wie Ute beim Überlegen die Backen aufbläst.

„Schon vor der Schwangerschaft kein Alkohol mehr? Wie soll ich das Lukas erklären? Ganz ehrlich, wenn ich keinen Wein mehr trinke, schleppt er mich zum Arzt, weil er denkt ich wäre ernsthaft krank." Ich bin entsetzt und denke fieberhaft nach.

„Du könntest alkoholfreien Wein kaufen und in andere, leere Weinflaschen umfüllen", schlägt Ute vor.

„Das ist eine geniale Idee", stimme ich ihr freudig zu.

„Nur merkt er das leider, wenn er selber auch davon trinkt."

„Hm", sagt Ute. „Weiß auch nicht. Gibt es keine Sorte, die er weniger mag? Auf die könntest du ja dann umsteigen."

„Ja, vielleicht. Ich muss mal schauen wie ich das löse."

Schließlich beenden Ute und ich unser Gespräch, und ich nehme noch einen tiefen und für lange Zeit voraussichtlich letzten Schluck aus meinem Weinglas. Ich bin Ute sehr dankbar. Nicht nur für die guten Tipps, sondern auch dafür, dass sie meinen Plan moralisch nicht verdammt hat. Ich glaube, das hätte ich nicht ertragen. Ich brauche definitiv freundschaftliche Unterstützung bei diesem Unterfangen und das Gefühl, nicht eine komplett bescheuerte Idee zu verfolgen.

Ich meine, andere Frauen bekommen Kinder, weil sie jemanden haben wollen, der zu ihnen gehört. Das ist doch auch bescheuert. Kinder können einem doch nie gehören und irgendwann gehen sie sowieso ihre eigenen Wege. Wenn man seine Einsamkeit bekämpfen will, sollte man sich besser ein Hobby suchen, das einen mit anderen Menschen zusammen bringt oder einem Verein beitreten. Einem Ruderklub, oder so.

Es wird kalt und ich habe keine Jacke an, deshalb gehe ich wieder ins Haus und setze mich zu Lukas auf das Sofa. Doch der schaut irgendeine Talkshow über ein Thema, das mich nicht interessiert. Deshalb gehe ich nach oben in unser Arbeitszimmer und fahre meinen Laptop hoch, um im Internet nach gesunder Lebensweise vor und während der Schwangerschaft zu suchen.

Während der Rechner hochfährt, überlege ich, wo wir wohl das Kinderzimmer einrichten könnten. Unser Haus ist zwar sehr groß, doch wir haben nur wenige abgeschlossene Räume. Oben eigentlich nur das Arbeitszimmer und das Schlafzimmer. Unten ist noch ein Gästezimmer. Hm, da müssen wir dann tatsächlich das Arbeitszimmer räumen. Da wir oben eine große Galerie haben und einen kleinen Eckbereich, den wir eigentlich gar nicht nutzen und wo zur Zeit, nur ein Bücherregal steht, könnten wir auch dort unsere Arbeitsecke einrichten.

Ich sehe mich im Arbeitszimmer um. Groß genug wäre es ja, aber es müsste natürlich komplett renoviert und kindgerecht gestaltet werden. Schön hell wäre es auf jeden Fall. Leider geht es zur Straße raus; aber zum Glück wohnen wir in einer ruhigen Wohnstraße. Bestimmt schläft das Kind trotzdem gut. Ein nächtelang schreiendes Kind, das nicht schlafen kann, weil der Autolärm draußen es stört, wäre mein absoluter Alptraum.

Schließlich fange ich an, verschiedene Artikel zu lesen. Die richtige Hebamme ist wohl ganz wichtig. Okay, suche ich, wenn ich schwanger bin. Was weiter? Eine ausgewogene und gesunde Ernährung. Passt, darauf achte ich sowieso. Allerdings sollte man einige Lebensmittel meiden. Zum Beispiel Gorgonzola, wegen irgendwelchen Bakterien, die im Schimmelkäse lauern können.

Ach was, echt jetzt? Gilt das schon vor der Schwangerschaft? Wie lange halten die sich denn in meinem Körper? Leider kann ich dazu nichts weiter finden. Erwähnt wird auch die sogenannte Toxoplasmose, weswegen man bei der Säuberung des Katzenklos Handschuhe tragen sollte. Werde ich mir merken, falls Lukas eine anschaffen will.

Ich suche noch ein bisschen weiter. Folsäure nehmen. Okay. Viel Fisch essen. Auch gut, den stellt Anneliese uns sowieso oft hin. Egal ob Lachs oder Forelle. Sport treiben, auf Alkohol verzichten und weniger Kaffee trinken. Na gut, das mit dem Kaffee muss ich mir merken. Doch das sind alles Tipps, worauf ich achten sollte, wenn ich schwanger bin, aber was hilft beim schwanger werden?

Doch auch hier weiß das Internet Rat: Viel schlafen und Stress vermeiden. Na prima, das mit dem Schlafen bekomme ich vielleicht noch hin, aber wie soll ich Stress vermeiden? Ich seufze und fahre den Computer runter. Erstmal abwarten, denke ich. Vielleicht geht es ja doch ganz schnell und ich erwarte bald mein Kind.

8.Kapitel

Die nächsten Tage in der Kanzlei verlaufen unspektakulär. Ein paar Mal kommt es mir so vor, als würde ich von der Seite komisch angeschaut, ganz so, als würden meine Kollegen sich fragen, ob ich wirklich gesund sei, da ich ja wegen Arztterminen ein paar Mal gefehlt habe. Aber so, wie es aussieht, kommen sie zu dem Schluss, dass ich noch ganz fit ausschaue.

Auch Hauke sieht mich bei den Mittagessen in unserer Dachkantine prüfend an, doch ich schaue so unschuldig zurück, dass auch er sich von meinem gesundheitlichen Normalzustand überzeugen lässt.

Tatsächlich wird auch für mich vieles leichter und das wirkt sich auf meine Ausstrahlung aus. Ich sehe selbst, dass ich irgendwie runder und rosiger im Gesicht aussehe. Ich kann mir fast nicht vorstellen, dass das an meinem morgendlichen Stein-Getränk liegt. Eher an meinem Entschluss, den Schwangerschaftsplan wirklich umzusetzen. Das gibt mir enormen Auftrieb und lässt mich gelassener in die Zukunft blicken.

Zum anderen beginnt aber einfach die schöne Zeit im Leben einer Steuerberaterin. Es ist Sommer geworden. Es ist ruhig und wenig zu tun. Ich arbeite ein paar alte Unterlagen auf, lege schon mal die Jahresabschlussdateien für die nächste Abschlussrunde an und werde eigentlich nur einmal kurz durch den Nachzahlungsbescheid der Firma Holzuniversum aufgeschreckt. Aber auch hier ist Herr Tamm erleichtert gewesen, mit einer moderaten Geldstrafe davon gekommen zu sein. Alles wird gut.

Jeden Abend nach der Arbeit schwimme ich ein paar Runden in unserem Pool, durch die Hitze fällt es mir zudem leichter, auf Schokolade zu verzichten, und dadurch verliere ich tatsächlich wie von ganz allein zwei Kilo.

In solcher Weise erschlankt, laufe ich wieder völlig engagiert durch mein Leben und finde einfach alles gut wie es ist. Der nächste Jahreswechsel ist noch weit weg, der durch den letzten hervorgerufene Stress eine ferne Erinnerung. Aber trotz aller sonnendurch-flutender Tage samt ihrer Vitamin D-Ausschüttung und dem damit verbundenen Wachheitskick, bin ich mir bewusst, in einer Blase zu leben, die jederzeit wieder platzen kann. Die auf jeden Fall platzen wird, wenn der Arbeitsdruck wieder höher wird.

Aber im Moment bin ich auf jeden Fall komplett auf Genuss programmiert. Hoffentlich merkt das auch mein Körper und schaltet auf den Baby-Willkommen-Modus um. Im Moment hat er das nämlich leider noch nicht, da ich gerade erst mal wieder meine Periode bekommen habe. Nichtsdestotrotz nehme ich schon fleißig die Folsäuretabletten, die ich in der Apotheke besorgt habe und die gut versteckt im Küchenschrank hinter den alten Platzdeckchen verborgen liegen.

An einem ruhigen Sonntagnachmittag, nach einer ausgiebigen Joggingrunde und ein paar Schwimm-einheiten im Pool, liege ich mit meinem Laptop auf einer unserer Sonnenliegen im Garten und stöbere im Internet nach passender Erziehungsliteratur.

Nach einigem Nachdenken und konsequentem Ignorieren der Unkenrufe von Ute und der Anprangerung meiner „heilen Kinder- und Erziehungswelt" bin ich nämlich zu dem Entschluss gekommen, dass alles nur eine Frage der richtigen Erziehung ist und dass man nicht früh genug damit anfangen kann, sich in dieser Hinsicht weiterzubilden – also auch schon in der Prä-Zeugungsphase.

Jetzt suche ich nach passender Literatur. Ich finde auch tatsächlich ein paar Ratgeber, die vielversprechend klingen, bestelle sie und gebe Utes Adresse als Lieferadresse an. Womöglich kann ich das Paket nicht abfangen und Lukas kommt mir auf die Schliche. Bisher hat er ja zum Glück noch nichts bemerkt.

Ich fühle mich zufrieden und bin so gut aufgelegt, dass ich mich noch in die Küche stelle und für Lukas und mich zum Abendessen ein Saltimbocca alla Romana zaubere. Zum Glück hatte Anneliese Kalbssteaks gekauft. Zum Nachtisch gibt es eine Panna Cotta und zur Abrundung unseres italienischen Abends hole ich eine Flasche Chianti aus unserem Weindepot.

Lukas hat den Nachmittag mit Dominik beim Tennis verbracht und kommt völlig verschwitzt, aber entspannt am frühen Abend nach Hause.

„Hola", ruft er. „Hier riecht es aber lecker."

„Ciao passt besser", antworte ich aus der Küche. „Es gibt italienisches Essen."

Lukas reibt sich freudig die Hände. „Super. Ich springe nur noch schnell unter die Dusche."

Immer zwei Treppen auf einmal nehmend, spurtet er ins obere Bad und wenig später höre ich die Dusche rauschen.

Seine Haare sind noch feucht als er sich zu mir an den gedeckten Gartentisch setzt und ich denke mal wieder, wie gut mein Freund doch aussieht. Zumindest, wenn er vom Sport entspannt und frisch geduscht ist, grinse ich noch still in mich hinein.

Und Hunger hat er auch, denn er greift kräftig zu und kaut erstmal schweigend vor sich hin.

„Was macht der Pool für Claudia?", unterbreche ich schließlich sein genussvolles Kauen.

Lukas winkt ab. „Dominik hatte einen Poolbauer da. Der hat sich die Hanglage angeschaut und danach ein Angebot gemacht, bei dem die Begradigung des Hangs teurer als der ganze Pool ist. Damit hat er diese Idee ad acta gelegt. Er ist froh, dass Claudia nicht darauf besteht, dass sie deswegen umziehen. Sie holen sich jetzt einen Outdoor-Whirlpool."

„Ach", sage ich. „Das ist ja auch nicht schlecht."

Lukas nickt. „Das finde ich auch. Da kann man auch im Winter rein. Ist ein bisschen wie im Thermalbad."

„Toll. Da laden sie uns bestimmt mal ein", freue ich mich und denke kurz darauf, dass ich im Winter doch hoffentlich schon schwanger bin und irgendwo während meiner Internet-Recherchen gelesen habe, dass man Whirlpools aufgrund ihrer Bakterienbelastung während einer Schwangerschaft meiden soll. Schade eigentlich. Na ja, dann halt im nächsten Jahr.

„Außerdem ist Maximilian auf der Suche nach einem Nebenjob. Ich habe Dominik angeboten, dass er uns den Garten auf Vordermann bringen kann. Er kommt in den nächsten Tagen mal vorbei."

„Und wie viel willst du ihm dafür geben?", frage ich nicht sonderlich begeistert von dieser Idee. Bisher hatten wir immer einen professionellen Gartenbetrieb damit beauftragt und nicht den Sohn von Freunden, der womöglich nur das Geld will ohne richtig dafür zu arbeiten

„Darüber haben wir nicht gesprochen, da ich ja nicht weiß, wie lange er braucht. Aber ich dachte so an", Lukas hält kurz inne und nennt dann einen Betrag, der mir viel zu hoch erscheint.

Geht's noch? Wir zahlen ja sogar dem Gärtner nur wenig mehr und das ist immerhin ein Professioneller.

„Und das Ganze geht dann schwarz?", frage ich spitz.

Lukas schaut mich leer an.

„Läuft das nicht unter Nachbarschaftshilfe?"

„Wohl kaum. Wir müssen Maximilian auf jeden Fall offiziell anmelden. Biete ihm ein bisschen weniger und wir können ihn als geringfügig Beschäftigten anmelden."

„Okay", antwortet Lukas, und ich sehe ihm deutlich an, dass er genervt davon ist, eine Steuerberaterin zur Partnerin zu haben, die dann auch noch so penibel ist.

„Fein", meine ich und denke, dass dies das erste und letzte Mal sein wird, dass Lukas jemandem einfach so einen Nebenjob anbietet. Er hat sich wahrscheinlich gedacht, er drückt Maximilian einfach das Geld in die Hand und das war's. Aber was ist mit der Haftung? Nicht auszudenken, wenn Maximilian bei der Arbeit was passiert. Das kann teuer werden. Besser ist es, ihn anzumelden und damit zu versichern. Doch Lukas ist das zu viel Bürokratie. Und wahrscheinlich ist es das auch, aber so sind nun mal unsere Gesetze.

Dennoch bleibt die Stimmung zwischen uns entspannt. Ich verspreche, die Anmeldung von Maximilian zu übernehmen, und damit ist Lukas dieser Aufgabe enthoben. Und wahrscheinlich drückt er ihm nach getaner Arbeit sowieso mehr Geld in die Hand. Na gut, ich weiß im Zweifel von nichts.

Satt und zufrieden sitzen wir auch nach dem Essen noch eine ganze Weile im Garten und genießen die laue Sommernacht. Schließlich räumen wir den Tisch ab und beschließen, sofort ins Bett zu gehen. Doch davor spüle ich erst einmal eine weitere Pille die Toilette hinunter.

Am Montagmorgen erscheint Herr Steiner unangemeldet in meinem Büro und bittet um ein Gespräch. Sofort rutscht mir das Herz in die Hose beziehungsweise den Rock. Doch ich lasse mir nichts anmerken, sondern fordere ihn nur mit einer einladenden Geste ein auf einem meiner Besucherstühle Platz zu nehmen und schließe dann die Bürotür.

Danach nehme ich hinter meinem Schreibtisch Platz und versuche mir meine Nervosität nicht anmerken zu lassen. Herr Steiner schaut sich erst in meinem Büro um und sieht dann mich an. Sein Blick zeigt mir, dass er etwas Unangenehmes mit mir besprechen will. Mein Magen verkrampft sich noch mehr. Doch mein freundliches und souveränes Lächeln bleibt an seinem Platz. Merkt Herr Steiner nicht, dass es nur gespielt ist? „Was macht denn Ihre Arbeit, Frau Westing?" eröffnet mein Chef schließlich das Gespräch. „Fühlen Sie sich ausgelastet?"

Mein Puls rast. Wie meint er das? Hat er gemerkt, dass ich nicht mehr ganz bei mir bin? Dass ich mich überfordert fühle? Aber verdammt, die letzten Wochen war es doch besser.

„Im Sommer ist es immer etwas ruhiger", antworte ich schließlich vage.

„Und haben Sie Urlaub geplant?"

Oh, Scheiße. Habe ich für den Septemberurlaub auf Madeira eigentlich schon einen Urlaubsantrag gestellt? Dabei haben wir schon gebucht. Hoffentlich geht das nicht schief.

„Eigentlich habe ich im September zwei Wochen geplant." Meine Stimme klingt piepsig. Oder bilde ich mir das nur ein?

„Okay, ich habe mir die Urlaubsdatei ehrlicherweise gar nicht angeschaut. Im September..", meint er nachdenklich. „Jetzt haben wir Juli."

„Worum geht es denn?", traue ich mich zu fragen, denn sein Verhalten gibt mir tatsächlich Rätsel auf. Will er mir ein paar B-Mandanten von Hauke aufs Auge drücken? Bloß das nicht, ich bekomme nur wieder Schlafprobleme und nehme womöglich wieder zu, da ich zur Beruhigung wieder mehr Schokolade esse und vor lauter Arbeit nicht mehr zum Joggen komme. Von meinen Angstattacken gar nicht zu reden. Bitte nicht!!! Ich bin noch nicht so weit. Sobald ich schwanger bin, ist es mir egal; dann hat sich mein Problem so oder so gelöst.

„Unsere Azubis meutern", kommt es da völlig unerwartet von Herrn Steiner. Perplex schaue ich ihn an. Wovon spricht er? Und welche Azubis?

„Jedes Jahr kommen außerdem immer weniger ernstzunehmende Bewerbungen, da wir als Ausbildungsbetrieb einfach keinen guten Ruf genießen. Sie lernen nicht genug, behaupten sie. Was meinen Sie dazu?"

Was ich dazu meine? Ich meine, dass ich Azubis am liebsten nur von hinten sehe. Sie beanspruchen zu viel Zeit. Sie wissen zu wenig und ich habe nicht die Energie, ihnen neben meiner Arbeit noch Erklärungen zu liefern. Wenn ich also mal einen Azubi zugeteilt bekomme, beschäftige ich ihn oder sie in der Regel mit einfachen Dingen – Ablage, Dateien archivieren oder auch vorbereiten, Listen abhaken. Irgendetwas fällt mir immer ein, womit dieser Mensch beschäftigt ist ohne weiter zu stören.

„Sie sind tatsächlich oftmals keine große Hilfe", antworte ich schließlich. „Damit sie zu einer werden, braucht man Zeit sie einzuarbeiten, die hat man aber nicht. Zumal gerade am Anfang auch noch die theoretische Grundlagenbildung aus der Schule fehlt. Da werden Kosten auch oftmals mit Aufwendungen verwechselt."

Herr Steiner nickt nachdenklich vor sich hin. „Und den anderen Kollegen geht es wahrscheinlich ähnlich?"

„Wahrscheinlich", antworte ich, obwohl Hauke der einzige ist, mit dem ich je darüber gesprochen habe. Und das selten, denn meistens haben wir das Problem „zeitintensiver Auszubildender" mit Arbeitsbeschaffungsmaßnahmen gelöst und uns weiter keine Gedanken gemacht.

„Wir brauchen eigenen Nachwuchs in der Kanzlei. Es ist nicht gut, wenn wir den Ruf haben, unsere

Mitarbeiter von morgen in ihrer Lehrzeit schlecht zu begleiten. Und dann übernehmen wir sie zu allem Überfluss noch nicht einmal, weil sie zu wenig können. Das Ende vom Lied ist, dass sie dann schlecht ausgebildet in einer anderen Kanzlei arbeiten und damit auch unserer Reputation schaden."

„Ein echter Teufelskreis", werfe ich sachlich ein.

„Vielleicht sollten wir gar nicht mehr ausbilden?", schlage ich vor, da auch mir das sehr entgegen käme.

„Wir können auch nicht immer, neue Mitarbeiter extern rekrutieren. Wir müssen schon unseren eigenen Nachwuchs fördern." Herr Steiner schaut mich erwartungsvoll an. „Ich dachte, ob Sie vielleicht – jetzt in der ruhigen Sommerzeit – nicht Lust hätten den Azubis Ihre Arbeitsmethodik näherzubringen?"

‚Nein', denke ich, ‚habe ich nicht. Ich möchte meinen Sommer genießen, Kraft tanken für die kommende Abschlusszeit, schwanger werden.'

„Sie sind meine organisierteste Mitarbeiterin und ich denke, davon kann der Nachwuchs nur profitieren. Ihre andere Arbeit schaffen Sie doch mit links nebenher."

Ach ja? Jegliche gute Stimmung, jegliche innere Ruhe, all das, wofür ich in den letzten Wochen so hart gearbeitet habe, verpufft innerhalb von Sekunden. Meine alte Überforderung und meine alte Angst sind fast sofort wieder da und winken mir diabolisch grinsend zu.

Ich könnte ‚Nein' sagen. Das wäre möglich. Herr Steiner wäre zwar enttäuscht, aber er würde es verkraften.

„Sicher", höre ich mich seine Bitte annehmen. „Der Sommer ist mir sowieso immer zu ruhig."

Eine glatte Lüge. Mir wird ganz elend.

Herr Steiner lächelt erleichtert. „Ich wusste doch, dass ich mich auf Sie verlassen kann."

Er erhebt sich. „Dann werde ich sofort den Azubis Bescheid geben. Könnten Sie am Mittwoch starten? Dann haben Sie noch den morgigen Tag zur Vorbereitung."

Sichtlich zufrieden verlässt Herr Steiner mein Büro und lässt mich als Wrack zurück. Ich sehe aus dem Fenster. Das Wetter ist schön, die Sonne strahlt von einem wolkenlosen Himmel, doch mich muss das nicht mehr interessieren, denn ich werde keine Zeit mehr haben, das schöne Wetter zu genießen. Tagsüber bin ich ab jetzt mit den Azubis beschäftigt und abends werde ich meine eigentliche Arbeit erledigen. Lautlos fange ich an zu weinen.

Beim Mittagessen erzähle ich Hauke von Herrn Steiners Idee, meine Arbeitskraft zu benutzen, um sich als Ausbildungsbetrieb zu einer besseren Reputation zu verhelfen.

„Vollidiot", fühlt sich Hauke in seiner schon gebildeten Meinung über Herrn Steiner bestätigt. „Aber warum machst du mit? Du kannst ablehnen."

„Ich weiß", sage ich ganz unglücklich und stochere in meinem Salat.

„Dann tu's", fordert Hauke mich auf.

„Ich kann nicht. Das ist mein Problem." Ich muss zu meinem Therapeuten. Nein sagen zu lernen, kann doch nicht so schwer sein. Vielleicht kann auch Elke helfen.

Hauke versteht mich nicht, hat aber zu viel Annette im Kopf, um sich wirklich eingehend mit meinem Problem zu befassen.

Auch Lukas schüttelt am Abend über mich den Kopf. „Warum lässt du dir immer wieder was aufhalsen? Gerade erst hatte ich den Eindruck, du wärst wieder etwas entspannter geworden. Und jetzt das."

Etwas ungläubig sehe ich Lukas von der Seite an. Er hat mich als abgespannt wahrgenommen? Das hat er mir aber so nie gesagt. Ich dachte, ich hätte meine Fassade gehalten. Anscheinend hat Lukas aber dahinter geschaut.

„Der Sommer ist normalerweise immer etwas ruhiger, da ist man natürlich entspannter."

„Wer ist ‚man'?", fragt er. „Ich nehme an, du meinst dich."

„Das betrifft alle in meiner Branche. Der Jahreswechsel ist die arbeitsintensivste Phase."

„Dieses Jahr dauerte der Jahreswechsel gefühlt bis Juni."

Darauf gebe ich keine Antwort, denn ich weiß ja, dass Lukas recht hat. Der Jahreswechsel in meinem Kopf dauert genau genommen das ganze Jahr. Doch das kann ich ihm ja schlecht sagen, sonst müsste ich ja auch alles andere erzählen. Und womöglich enttarnt er dann auch meinen Lösungsversuch.

„Ich werde das schon schaffen", gebe ich mich zuversichtlicher als ich mich fühle. „Und auf Madeira kann ich mich dann auch wieder erholen." Ich grinse ihn schief an. Und zu meiner grenzenlosen Erleichterung grinst er schief zurück.

Wenig später sitze ich trotzdem in unserem Arbeitszimmer am Rechner, schaue aber nicht nach Erziehungsratgebern, sondern arbeite an einem Ausbildungskonzept. Je besser ich mich jetzt vorbereite, desto weniger Stress habe ich später bei der Durchführung.

Zunächst schaffe ich ein paar theoretische Wissensgrundlagen. Das mag für die Azubis im 2. und 3. Lehrjahr eine Wiederholung sein, aber auch die kann wichtig sein. Dann gehe ich im Kopf meine Mandanten durch und überlege mir praxisbezogene Aufgaben je nach Ausbildungsjahr schwieriger oder einfacher.

Irgendwann um zwölf Uhr steckt Lukas den Kopf ins Arbeitszimmer, wünscht mir eine gute Nacht und ermahnt mich, nicht mehr zu lange zu arbeiten. Um zwei Uhr mache ich mir eine Tasse Tee und um vier Uhr esse ich eine Banane, weil ich hungrig werde. Um fünf Uhr fahre ich den Rechner runter und beschließe noch zwei Stunden zu schlafen, was mir wider Erwarten auch gelingt.

Den ganzen Tag über fühle ich mich müde, aber mit ein paar Tassen Kaffee schaffe ich es, meine Arbeit in der Kanzlei zu erledigen und feile dann Zuhause weiter an meinem Konzept. Um zwölf Uhr geht gar nichts mehr, mein Herz rast von den vielen Tassen Kaffee und mein ganzer Körper kribbelt vor Müdigkeit. Dennoch fühle ich mich wie aufgezogen und weiß genau, dass ich in dem Zustand nicht einschlafen kann.

Wenigstens ist das Konzept fertig und erprobungsbereit durch unseren Kanzlei-Nachwuchs. Inbrünstig hoffe ich, dass mein Einsatz sich wenigstens gelohnt hat. Das letzte, was ich morgen brauche, ist eine Horde nörgelnder Halbwüchsiger. Mit Schrecken denke ich da an Maurice.

Um vor dem Schlafengehen noch ein bisschen zur Ruhe zu kommen, gehe ich mit einem Glas Wein in den Garten, aller vorgenommener Alkohol-Abstinenz zum Trotz, und setze mich in einen unserer Gartenstühle. Lukas hat heute Nachtdienst, worüber ich nicht unfroh bin, da ich dadurch ungestört an dem Konzept arbeiten konnte. Der Rotwein zaubert mir nach kurzer Zeit eine herrliche Schwere in die Beine. Fast schlafe ich auf dem Gartenstuhl ein. Doch zum Glück schaffe ich es dann doch noch rechtzeitig ins Bett.

Am nächsten Morgen stehen pünktlich um 9 Uhr morgens unsere fünf Auszubildenden in unserem großen Konferenzraum vor mir. In der Regel stellt die Kanzlei jedes Jahr zwei ein, aber wie ich mich erinnere, hat einer von den Azubis, die im vorletzten Jahr eingestellt wurden, schon nach wenigen Monaten bei uns gekündigt und ist zu einem anderen Steuerberater gewechselt. Schon damals fürchtete Herr Steiner um sein Image; besonders nachdem er sich die Auswahl der Bewerbungen im folgenden Jahr anschaute. Die Besten dieser Bewerbungsrunde stehen jetzt vor mir und ich sehe ihnen an, dass eine Menge Arbeit auf mich wartet bis ich den Haufen einigermaßen auf Wissenskurs gebracht habe.

Ich verteile die fünf rund um den Konferenztisch. Drei Mädchen und zwei Jungs. Die Mädchen kauen Kaugummis und sehen ständig auf ihre Smartphones.

Einer der Jungen schaut gelangweilt aus dem Fenster, nur der letzte blickt mich interessiert an. Oh Mann, und das sollen die Steuerberater der Zukunft werden.

Innerlich korrigiere ich mich auch sofort: Werden sie nie, die schaffen die Steuerberaterprüfung gar nicht. Haben sie überhaupt die Schule geschafft?

Wahrscheinlich schon. Sonst hätte Herr Steiner sie nicht eingestellt.

„Okay", fange ich an. „Um eure Ausbildung zu verbessern, hat Herr Steiner mich gebeten, euch ein bisschen Grundlagenwissen zu vermitteln."

Ich stelle den Beamer an und werfe meine Präsentation an die Wand. „Im Anschluss werden wir eine kleine Quizrunde veranstalten, damit ihr überprüfen könnt, was ihr euch von meinem Vortrag merken konntet."

Ich habe mich absichtlich für ein Quiz entschieden, in dem verschiedene Stufen erreicht werden können und in dem sich das Level dem Wissensstand anpasst. Ein bisschen wie bei einem Computerspiel, nur als Excel-Datei.

Das erschien mir lebensnaher als ein Test oder gar eine Art Abschlussprüfung. Insgesamt habe ich ein Theorieseminar von fünf Tagen eingeplant. Mit je einem Quiz am Ende des Tages. Danach werde ich sie mit Aufgaben aus meinem Mandantenkreis betrauen.

Zuerst versuche ich mir ihre Namen einzuprägen: Emma, Marie und Hanna heißen die Mädchen. Finn und Leonard die beiden Jungen.

Dann fange ich an und arbeite mich von der Buchungssystematik aufwärts zu den Bestandskonten. In den Gesichtern meiner Mitstreiter sehe ich nichts als gähnende Langeweile und hinter ihrer Stirn nichts als Leere. Warum um alles in der Welt haben sie einen Beruf mit Zahlen ergriffen, wenn es sie so wenig interessiert?

Das erste Quiz vor der Mittagspause fällt entsprechend schlecht aus. Es sieht so aus als wäre gar nichts bei meinen fünf Pappenheimern hängengeblieben; selbst der Azubi, den ich am Anfang für interessiert hielt, hat nur mittelmäßig abgeschnitten. Ein leichter Unterschied ist zwischen den Lehrjahren zu bemerken, aber insgesamt ist das Ergebnis, gelinde gesagt, schlecht.

In der Mittagspause klage ich Hauke mein Leid. Dabei sind die Worte: Uninteressierte Bande, noch eine der nettesten Umschreibungen. Zudem werde ich einfach das Gefühl von Zeitverschwendung nicht los.

„Versuche die ganze Sache elektronischer zu gestalten", schlägt er mir vor. „Jeder bekommt zum Beispiel ein Tablet und kann während der Präsentation mitschreiben. Das Quiz ist dann via App."

Nachdenklich schaue ich ihn an und denke: Genial! Wenn es hilft. Einen Versuch ist es wert.

Also stehe ich nach der Mittagspause in unserer IT-Abteilung und bespreche mit dem Kollegen dort die Möglichkeiten. Ich zeige ihm meine Excel-Quizze, an denen ich so lange gefeilt habe. Er verspricht mir, sie in eine einfache Onlineversion zu übertragen.

An Nachmittag bringe ich, entgegen meiner ursprünglichen Planung, bei meinen fünf Schlaumeiern ein paar Praxisbeispiele aus meiner Mandantschaft zu der Theorie vom Vormittag an. Zu meinem Erstaunen wirkt der Haufen wacher, und ab und zu rafft sich der eine oder die andere zu einer Frage auf.

Nachdem ich meine Bande entlassen habe, gehe ich zurück in mein Büro, um mein Tagesgeschäft aufzuarbeiten. Doch meine Gedanken schweifen immer wieder ab. Ganz eindeutig waren meine Schüler beim Praxisteil motivierter, wenn auch weiterhin auf niedrigem Niveau, aber immerhin.

Also war meine spontane Idee, schon am Nachmittag mit einigen Praxisaufgaben zu beginnen, gar nicht schlecht. Um 20 Uhr erreicht mich ein E-Mail aus der IT, dass die Tablets vorbereitet sind und die Quiz-App installiert ist. Wenn ich am nächsten Morgen vorbeikomme, erhalte ich eine Einweisung. Das klingt doch gut.

Ich beschließe für heute Schluss zu machen. Zwar ist noch einiges an Tagesgeschäft übrig, aber das liegt auch morgen noch da. Kurz wundere ich mich über meine Gelassenheit, die Dinge liegenzulassen. Wirkt das Fluorit? Oder ist das die Nachwirkung der Klangschale? Oder freue ich mich einfach auf meine Elternzeit? Beantworten kann ich mir die Fragen nicht, aber ich beschließe, meine Gelassenheit zu genießen. Womöglich ist es morgen mit der inneren Ruhe schon wieder vorbei.

Als ich nach Hause komme, hat Lukas schon gegessen und zappt sich mal wieder sinnlos durch die Fernsehprogramme.

„Liv, da bist du ja endlich", begrüßt er mich und es klingt so, als wäre ich die letzte Nacht nicht dagewesen und nicht er. „Was macht der Nachwuchs?"

Kurz bleibt mir vor Schreck das Herz stehen. Oh mein Gott, ahnt er was? Und denkt er, ich wäre schon schwanger? Hat er sich vielleicht meinen Browser-verlauf angeschaut? Spioniert er mir nach?

Doch Lukas schaut so arglos, dass mir schließlich klar wird, dass er von meinem Azubiprojekt spricht.

„Ich habe noch mal die Ausrichtung geändert", erzähle ich und merke selbst, dass ich ganz enthusiastisch klinge. Ich nehme mir den Rest von dem Hühnerbrust-salat und setze mich zu Lukas aufs Sofa.

Dann erzähle ich ihm von Haukes Idee, den Unterricht digitaler zu gestalten und meiner spontanen Seminar-änderung, Theorie und Praxis zu vermischen anstatt mit der Praxis erst nach dem Theorieunterricht zu beginnen. Vor lauter Erzählen vergesse ich manchmal sogar zu essen und Lukas sieht mich schmunzelnd an.

„So begeistert habe ich dich ja seit der Fertigstellung deines ersten Jahresabschlusses nicht mehr erlebt."

Tatsächlich? Das war mir gar nicht bewusst, dass mir schon so lange jegliche echte Begeisterung abhanden-gekommen ist. Trotzdem spüre ich jetzt die Müdigkeit als Auswirkung der durchgearbeiteten letzten Nächte und des heutigen emotional doch recht aufgeladenen Tages deutlich.

Also entscheide ich mich, früh ins Bett zu gehen und in dem Familienroman weiterzulesen, den ich schon vor Wochen begonnen habe.

9. Kapitel

Es geht ein erstauntes und erfreutes Raunen durch den Konferenzraum, als ich die Tablets verteile, allen den weiteren Verlauf des Seminars erläutere und ihnen die Quiz-App zeige. Hauke hat vollkommen richtig gelegen – ein bisschen mehr digitale Welt und man hat das Interesse der jungen Eingeborenen von heute – der Digital Natives - also.

Somit verläuft der zweite Tag um einiges produktiver, die Ergebnisse im Quiz sind noch nicht zufriedenstellend, weisen aber einen deutlichen Aufwärtstrend auf, und die Mädchen haben sich sogar von ihren Kaugummis getrennt. Die Smartphones habe ich vor Seminarbeginn sicherheitshalber einkassiert.

Am Abend erledige ich noch meine Korrespondenz, schreibe eine Fristverlängerung und erstelle noch eine To-Do-Liste. Dank Sommerloch ist diese glücklicherweise nicht sehr umfangreich.

Während eines kurzen Tratschs mit Hauke an der Kaffeemaschine vereinbare ich ein Treffen am Wochenende mit ihm und Annette. Wir planen, mit Lukas in einem chinesischen Restaurant in der Weststadt essen zu gehen.

Zuerst versuche ich mich rauszureden, weil ich irgendwie gar keine Lust habe, Haukes neue Flamme kennenzulernen – auch wenn ich ständig das Gegenteil beteuere – aber ich weiß auch, dass ich mich nicht länger drücken kann, denn es scheint tatsächlich etwas Ernstes zu sein.

Die Woche vergeht entgegen meiner Befürchtung ohne größere Lernkatastrophen. Die Azubis machen einigermaßen mit und ihre Quiz-Ergebnisse werden von Tag zu Tag besser. Am Freitagabend schaue ich noch bei Ute vorbei, um mal wieder ein bisschen zu plaudern und um meine Erziehungsratgeber zu holen. Benny ist noch nicht im Bett, sondern sitzt im Schlafanzug vor dem Fernseher. Wir setzen uns auf die Terrasse und Ute schenkt uns von dem Roséwein ein, den sie im Discounter besorgt hat. Danach reicht sie mir die Bücher, und ich blättere ganz interessiert rein.

„Und? Wie läuft dein Azubi-Programm?", fragt Ute.

„Gut", antworte ich und schaffe es nicht, den Enthusiasmus aus meiner Stimme zu halten. „Am Anfang dachte ich nur: Oh Schreck, was für ein chaotischer und ungebildeter Haufen. Aber jetzt sehe ich da durchaus Potenzial. Doch es wird schon ein langer Weg", räume ich ein. „Aber ich sehe schon die Möglichkeit, alle auf ein ordentliches Ausbildungsniveau zu heben. Und darauf kommt es ja erst mal an."

„Und deine Idee, schwanger zu werden? Bleibt die bestehen? Jetzt, wo du beruflich was anderes machst."

Verwundert sehe ich sie an. „Natürlich", rufe ich aus. „Das Azubi-Programm läuft nur ein paar Wochen. Dann beginnen die Jahresabschlussarbeiten wieder, und alles geht von vorne los."

Nachdenklich schaut Ute auf Benny, der die Chips auf dem Sofa verteilt hat, einen nach dem anderen isst und dann die Krümel mit der Hand auf den Boden fegt.

„Bist du wirklich sicher, dass ein Kind der richtige Weg ist? Ich meine, ein Kind braucht doch auch Liebe und Aufmerksamkeit."

Auch ich beobachte Benny, der sich gerade darüber freut, dass sich zwei Kinder in der Fernsehserie prügeln. „Ja, gibs ihm", schreit er voller Begeisterung und stopft sich eine Handvoll Chips in den Mund.

„Was ist schon Liebe?", frage ich philosophisch.

„Wenn du meinst." Ich sehe Ute an, dass sie meine Entscheidung doch moralisch anzweifelt und ärgere mich jetzt, ihr davon erzählt zu haben. Ich hätte es für mich behalten sollen, dann wäre es tatsächlich vor aller Welt ein Unfall gewesen. Nun ja, zu spät. Außerdem ist Ute meine Freundin. Da ist es geradezu eine Pflicht, gegen die eigene Meinung hinter der Freundin zu stehen.

Sicherheitshalber wechseln wir trotzdem das Thema. Keine von uns hat an diesem Abend Lust auf eine emotional aufgeladene Diskussion. Ute jammert ein wenig über ihren Chef und eine ausstehende Gehaltserhöhung, und ich erzähle von den im Frühjahr gesetzten Blumen in unserem Garten, die jetzt ihre Köpfe hängen lassen. Und von Maximilian, der demnächst vorbeikommt, um den Garten auf Vordermann zu bringen. Gegen Geld natürlich. So wird es doch noch ein ganz unterhaltsamer Abend.

Am Abend lese ich im Bett noch ein wenig in den Erziehungsratgebern und verstecke sie dann ganz hinten bei mir im Kleiderschrank, damit Lukas sie bloß nicht findet.

Samstag absolviere ich mein übliches Programm. Eine ausgiebige Joggingrunde und danach ein ausgedehntes Frühstück mit Lukas. Danach schwimme ich noch im Pool; eine Runde Sonnenbaden inklusive.

Nach einer langen Dusche stehe ich schließlich ratlos vor meinem Kleiderschrank und überlege, was ich zu dem Treffen mit Annette anziehen soll. Haukes bisherige Freundinnen waren immer ausgesprochene Schönheiten gewesen, mit Sicherheit ist das bei Annette nicht anders. Doch bisher hat er nie gewollt, dass ich seine Freundinnen kennenlerne. Mal ein paar Fotos auf dem Smartphone oder ein zufälliges Treffen in der Stadt, ja, aber mehr hatte ich von ihnen nie zu sehen bekommen.

Und das war auch gut so. Ich mag es nämlich nicht besonders, mich mit schönen Frauen vergleichen zu müssen, da ich weiß, dass ich immer schlechter mit meinem kleinen Bauchansatz und dem beginnenden Faltenwurf im Gesicht abschneiden würde.

Lukas hat es da einfacher. Er zieht ein T-Shirt und Jeans an und ist fertig. Ich möchte lässig und dabei doch chic aussehen. Jugendlich und dabei doch reif und kompetent. Aber Business-Kleidung kommt nicht infrage. Also entscheide ich mich auch für Jeans und ein T-Shirt mit einem Wasserfall-Kragen.

Lukas schüttelt nur den Kopf, weil ich eine Stunde länger gebraucht habe als er, obwohl ich jetzt in einem ganz ähnlichen Outfit dastehe. Doch ich denke nur, dass er einfach keine Ahnung von Frauen hat.

Das chinesische Restaurant hat eine wunderschöne Außenterrasse – wohl der Grund, warum Hauke dieses Lokal ausgewählt hat. Die beiden sitzen schon am Tisch, als wir ankommen, und Hauke stellt uns voller Stolz seine neue Flamme vor. Meine Überraschung hätte nicht größer sein können. Zwar ist Annette weit entfernt davon, pummelig zu sein, aber zum Typ

Klappergestell gehört sie auch nicht. Ihre Figur ist sportlich, fast ein wenig maskulin, aber sie hat ein rundes, sehr weibliches Gesicht und ein so offenes und sympathisches Lächeln, das ich sofort verstehe, weshalb Hauke sich in sie verliebt hat.

„Hallo Annette", höre ich Lukas neben mir sagen. „Wie schön, dich kennenzulernen."

Auch ich finde meine Sprache wieder, lächle Annette an und versichere ihr auch, wie sehr ich mich freue.

Hauke steht da und grinst wie ein Honigkuchenpferd.

Annette sieht nicht nur nett aus, sie ist auch nett und gar nicht inhaltslos. Vielleicht ein bisschen zu häuslich für meinen Geschmack, aber Hauke ist ja auch nicht mehr der Jüngste, und weshalb sollte man dann nicht gleich gemeinsam noch älter werden anstatt sich ein paar Jahre noch Jugend vorzugaukeln, obwohl man diese schon vor mehr als einem Jahrzehnt hinter sich gelassen hat.

Während wir unsere Ente süß-sauer essen, erzählt uns Annette von ihrer Arbeit als Sozialpädagogin in einer Wohngruppe für alleinlebende Jugendliche und wie sehr sie sich selbst Kinder wünscht. Hauke hört ihr hingerissen zu.

Um ehrlich zu sein, drängt sich mir nur eine Frage auf: „Wenn du täglich mit schwierigen Jugendlichen zu tun hast, wie kannst du dann selbst Kinder wollen? Ich meine, treibt dich da nicht die Angst um, dass dein Kind genauso wird?" Dabei denke ich an Benny oder auch an Maurice. Und an meine große Sorge bezüglich meines eigenen Kindes in spe.

„Nein", antwortet Annette gelassen und in einem so souveränen Tonfall, dass man ihrer Aussage sofort vertraut. Ich frage mich, ob es bei den Sozialpädagogen auch einen Business-Tonfall gibt, so wie bei uns Steuerberatern – vertrauensvoll, souverän, kompetent.

„Kinder brauchen Beziehung. Kein Kind kommt als schwieriges Kind auf die Welt, dazu werden sie erst gemacht, wenn sie dauerhaft spüren, dass sie keinen Rückhalt von den Erwachsenen bekommen."

Ich denke an Benny, wie er im Möbelhaus mit dem Kopf immer wieder gegen die Tischplatte stößt und frage mich, ob Ute ihm zu wenig Sicherheit bietet. Vielleicht durch den Teilzeitjob?

„Kinder können, auch wenn sie genügend Rückhalt bekommen haben, ganz schön nerven", meint Lukas, sieht mich an und sagt: „Ich denke da zum Beispiel an Maurice neulich."

„Natürlich", stimmt Annette zu. „Kinder erleben Höhen und Tiefen wie wir Erwachsenen auch. Sie kämpfen mit Frustrationen und Enttäuschungen, aber auch mit Glück und Freude. Daran lassen sie uns ungefiltert teilhaben, denn sie müssen erst lernen, ihre Gefühle zu kanalisieren. Das kann auch für uns Erwachsene ganz schön anstrengend sein. Besonders, wenn dann in der Pubertät noch die Hormonumstellung dazu kommt." Annette lacht. „Darunter leiden sogar Esel. Wusstest ihr das?"

Nein, das wusste ich nicht und finde den Vergleich zwischen Jugendlichen und Eseln ausgesprochen interessant.

„Sehr interessant", meint auch Lukas, und ich sehe, wie es hinter seiner Stirn arbeitet. Bestimmt fragt er sich, ob junge Esel sich auch über das Essen beklagen.

„Aber wie umgeht man denn dann den Stress mit seinen Kindern?", frage ich.

„Gar nicht. Das gehört zu ihrer Entwicklung." Annette kratzt den Rest ihrer süß-sauren Ente auf ihrem Teller zusammen. Dann sieht sie auf und lächelt aufmunternd.

„Aber schon allein das Wissen, dass es mit der eigenen Erziehung nichts zu tun hat, lässt einen das kindliche und teilweise recht anstrengende Verhalten besser ertragen. Aber es gibt ja auch gute Phasen, in denen man viel zurückbekommt. Das macht vieles wieder wett."

Irgendwie glaube ich, dass das in den Erziehungsratgebern anders stand. Da stand was von Grenzen setzen, Kinder an Entscheidungen teilhaben lassen, ihnen zuhören, ihre Probleme ernst nehmen mit dem Ziel, ein harmonisches Familienleben zu haben.

Aber wenn mein zukünftiges Kind sich blöd verhält, kann ich mich immer noch entscheiden, welchen Lösungsweg ich gehe. Zuerst zuhören, Grenzen setzen, und wenn das nichts nützt, sich selbst sagen, dass ich eh' nichts ändern kann und gleich zum gemütlichen Teil übergehen, ein spannendes Buch lesen und das Kind in seinem Zimmer toben lassen.

Irgendwie habe ich dann doch lieber einen Plan. Wenn das, dann das. Wie bei einer Tabellenkalkulation. Das entspricht mehr meinem Wesen und meinem Weltbild. Ein tobendes Kind und eine ignorante Mutter klingen für mich eher nach prekären Verhältnissen. Aber womöglich hat Annette das auch gar nicht so gemeint.

Dennoch ist es ein schöner Abend und hat an meinem Plan, ein Kind zu bekommen, nichts geändert. Dass es ab und zu nerven wird, habe ich bereits akzeptiert. Darüber, wie ich mich dann verhalte, muss ich noch nachdenken. Deshalb landet, nachdem wir wieder zu Hause sind, auch die nächste Pille im Fallrohr der Toilette. Noch ein paar Tage dann bekomme ich meine Periode – oder hoffentlich auch nicht mehr.

Lukas beschäftigt sich auch mit Annette, während er im Bad seine Zähne putzt.

„Die sieht Kinder doch ein bisschen durch die rosarote Brille", nuschelt er. „Nichts gegen Leute, die sich für Kinder entscheiden, aber man sollte sich schon klar sein, dass das schöne Leben dann ein Ende hat. Dann heißt es, Windeln wechseln, Brei kochen, nachts nicht mehr schlafen und eine permanent unaufgeräumte Wohnung."

„In der Anfangszeit, aber das geht ja vorüber", versuche ich gleich seiner negativen Sichtweise entgegenzuwirken.

„Und das geht dann mit der Wahl der ‚richtigen' Kita oder Schule samt Ärger mit den Mitschülern und deren Eltern weiter. Samt teurem Urlaub während der Ferienzeit. Und schließlich der Hormoneinschuss im jugendlichen Alter. Oh Mann, dann bin ich als Vater für meinen Sohn nicht mehr das Vorbild, sondern der alte Knacker, der es nicht mehr bringt. Nur seine Rechnungen darf ich noch zahlen."

„Du warst in der letzten Zeit zu oft mit Dominik zusammen", beschwichtige ich ihn und versuche seinen Redeschwall damit zu stoppen.

„Der weiß zumindest, wovon er spricht." Lukas trocknet sich mit seinem Handtuch das Gesicht ab und geht dann brummend ins Schlafzimmer.

Trotz seines offensichtlich aufgewühlten Zustandes höre ich wenig später sein leises Schnarchen. Wie Männer das nur immer schaffen, sofort einzuschlafen, egal wie aufgewühlt sie vorher waren. Ich brauche immer meine Zeit, um mich wieder zu beruhigen und die nötige Bettschwere zu erlangen.

Heute habe ich sie jedenfalls noch nicht. Deshalb gehe ich in die Küche, mache mir noch eine Tasse Tee und setze mich in die laue Nacht hinaus. Konsequent versuche ich weder an Kinder noch an Paragrafen zu denken. Also schaue ich in den Sternenhimmel und denke über außerirdisches Leben nach. Tatsächlich beruhigt mich das ausreichend, um auch müde zu werden.

In der nächsten Woche gehen meine Azubi-Tage, wie ich sie mittlerweile nenne, weiter. Und jeden Tag freue ich mich seltsamerweise darauf. Zuerst hatte ich ja eigentlich eine Woche Theorie und dann eine Woche Praxis geplant und danach kleinere Aufgaben aus meinem Mandantenstamm.

Das habe ich in einen 50:50 Plan umgeswitcht. Morgens Theorie, nachmittags Übungen anhand praktischer Beispiele. Das klappt prima, weil es interessanter für meine Bande ist, ihr neuerworbenes Wissen gleich auszuprobieren.

Nun, ihre praktischen Proben sind nicht zwangsläufig auch von Erfolg gekrönt und stellenweise sogar geradezu unterirdisch, aber es scheint bei allen ein gewisses Interesse da zu sein. Und das macht mir Mut. Interesse ist der Anfang, dann kann man an der Haltung arbeiten und das geballte Fachwissen kommt nach und nach dazu. Aber ohne Interesse und einer integeren Haltung in Bezug auf seine Aufgaben erreicht man langfristig nichts. Besonders keine Freude am Beruf. Und das gilt nicht nur für die Steuerberatung, das lässt sich auf jede andere Berufsgruppe auch anwenden.

Das werde ich auch nicht müde, im Seminar zu wiederholen.

„Aber wenn ich gute Noten habe, muss ich doch nicht gleichzeitig für mein Themengebiet brennen", wirft Leonard ein. „Es gibt doch schließlich Beruf und Berufung."

„Das stimmt schon", sage ich. „Aber dein Beruf sollte schon zu deinem Grundwesen passen. Wenn du keinen Sinn in Gesetzen siehst, solltest du eher nicht Steuerberater oder gar Anwalt werden."

„Aber ich kann doch trotzdem meinen Mandanten beraten; auch wenn ich den Sinn hinter allem nicht verstehe." Leonard gibt sich bockig.

„Sicher", antworte ich geduldig. „Aber du wirst womöglich nie wirklich Erfolg haben."

„Es gibt Steuerberater die verdienen wahnsinnig viel." In Leonhards Augen glitzert es und ich frage mich, ob er bei der Berufswahl eher nach den Möglichkeiten des Verdienstes geschaut hat statt auf seine Interessen.

Ich denke an Elke und an ihre Haltung und frage mich, was wohl sie zum Thema Erfolg zu sagen hätte. Habe ich ein erfolgreiches Leben? Weil ich gut verdiene? Vor einem Jahr hätte ich noch mit ‚ja' geantwortet. Mittlerweile sehe ich das anders.

„Geld allein reicht nicht. Man muss sich mit dem, was man tut, auch wohlfühlen." Der Satz ist gesagt, völlig ruhig und selbstverständlich.

Leonard schaut skeptisch, aber die anderen nicken.

„Ja", meint Hanna. „Ich möchte auch leben und nicht nur arbeiten."

Emma nickt. „Ja, eine Familie und Kinder haben. Und als Steuerfachangestellte kann man doch super Teilzeit arbeiten."

Auch Marie bekräftigt den Standpunkt ihrer Kolleginnen mit kräftigem Nicken. Und selbst Finn scheint kurzfristig zu erwachen, denn er runzelt nachdenklich die Stirn.

„Kann man im Steuerfach eigentlich auch als Mann Teilzeit arbeiten?"

Das Gespräch läuft mir aus dem Ruder. Mann, so lebensphilosophisch sollte es gar nicht werden. Ich wollte meinen Schülern ja nur klarmachen, dass ein wenig Freude am Beruf durchaus angebracht sein kann.

„Wie auch immer", wiegele ich ab. „Es ist nicht verkehrt, wenn einem seine Arbeit auch Spaß macht."

Ich bin froh als der Vormittag vorbei ist und der praktische Teil beginnt. Dadurch werde ich weiterer Stellungnahmen enthoben und muss selbst nicht so genau nachdenken, wann genau meine Arbeit mir über den Kopf gewachsen ist. Denn ehrlicherweise muss ich zugeben, dass ich mich überfordert fühle.

Von dem Bild von mir, das ich selber erschaffen habe. Klingt irgendwie paradox. Aber diese Wochen mit den Auszubildenden haben mir nochmal deutlich gezeigt, dass ich nicht in meinen alten Berufsalltag zurückkehren möchte. Schon lange hat mir etwas nicht mehr so viel Spaß gemacht, wie diesen Kindern das System einer Rückstellung zu erläutern.

Leider bekomme ich gerade heute wieder meine Periode und damit ist eine weitere Chance aus diesem Hamsterrad zu fliehen, vertan. Ich rechne nach. Jetzt wird es August. Im November beginnen wieder die Vorbereitungen für die Jahresabschlüsse. Spätestens ab Januar ist wieder Stress pur angesagt. Das heißt, mir bleiben noch 4 – 5 Versuche. Das muss doch klappen. Wie lange dauert es denn in der Regel bis man schwanger wird?

Aus diesem Jahreswechsel komme ich sowieso noch nicht raus. Er wäre einfach nur aus psychologischer Sicht einfacher zu ertragen, wenn ich wüsste, dass es das letzte Mal für die nächsten drei Jahre wäre.

Ich beschließe, mich geistig schon mal auf mein Mutterdasein vorzubereiten und in einem Kaufhaus die Kinderabteilung aufzusuchen.

Ein bisschen Strampler-Watching stimmt mich und meinen Körper einfach besser auf ein Baby ein.

Und so verlasse ich früher als sonst die Kanzlei – Getuschel hinter meinem Rücken inklusive – und steuere das nächstgelegene Kaufhaus auf der Bismarckstraße an. So stöbere ich bald darauf in den Babysachen, begutachte die kleinen Schühchen und die winzigen Mützen. Gerade schaue ich mir einen kleinen Babybody in Zitronengelb an, als ich plötzlich eine Stimme neben mir vernehme: „Ja, Olivia. Hallo. Mit dir hätte ich ja nun als letztes in der Babyabteilung gerechnet."

Voller Schrecken drehe ich mich um und sehe keine zwei Meter von mir entfernt Claudia stehen, die in der Wühlkiste mit den herabgesetzten Kleidungsstücken kruschtelt.

„Äh, hallo, Claudia" begrüße ich sie während meine Gedanken rasen. „Was machst du hier?"

„Ach, eine Kundin ist schwanger. Und Dominik hatte die geniale Idee ihr bei Übergabe des Autos auch ein kleines Präsent für ihr Baby zu überreichen." Claudia verdreht die Augen. „Das halte ich für völlig überflüssig. Mein Gott, die Frau möchte ein Auto und keine Ausstattung für ihren Nachwuchs."

Deshalb die Wühlkiste. Dieser Marketinggag soll natürlich nicht viel kosten.

„Vergiss nicht, dir einen Beleg für die Buchhaltung geben zu lassen", sage ich nur und versuche mich dann unauffällig vom Acker zu machen.

„Und du?", fragt Claudia und übersieht mein Fluchtmanöver komplett.

„Ich? Ja, also, ich … ich suche ein Geschenk", fällt mir zum Glück gerade noch ein.

„Oh, wer ist denn schwanger?"

„Ein Kollege", antworte ich, da ich ja eigentlich nur zu Hauke einen engeren Kontakt pflege.

Doch an Claudias perplexem Gesichtsausdruck erkenne ich, dass das wohl die nicht ganz passende Antwort war.

„Also, dessen Freundin", beeile ich nachzuschieben. Ah, Mist, was habe ich denn da gesagt? Jetzt habe ich Annette doch glatt eine Schwangerschaft angedichtet.

„Wirklich? Im wievielten Monat ist sie denn?"

Im minus-zehnten vielleicht? Keine Ahnung. „Im dritten", lautet meine Antwort. Das klingt doch gut. Da sieht man die Schwangerschaft noch nicht – also könnte es doch theoretisch auch sein.

„Und da kaufst du schon ein Geschenk? Ein bisschen früh, oder? Im dritten Monat weiß man ja noch nicht mal das Geschlecht."

Nicht? Das war mir gar nicht klar.

„Also, ja. Ich dachte, wenn erst die Jahresabschlusszeit wieder anfängt, dann habe ich bestimmt keine Zeit mehr. Also bringe ich es lieber hinter mich. Und zitronengelb ist doch schön neutral, oder?", frage ich noch und hebe den Body, den ich immer noch in der Hand halte, hoch.

Claudia lacht. „Immer schön vorausschauend und planvoll."

„Nun ja, niemand kann aus seiner Haut, oder?"

Claudia seufzt. „Da hast du Recht. Ein bisschen mehr Plan könnte mir manchmal nicht schaden." Und sie lacht wieder. Ich beneide sie um ihr einfaches Gemüt. Wie schön muss es sein, einfach so über seine eigenen Fehler lachen zu können?

„Nimmst du das zitronengelbe Stück? Ich nehme den hier", verkündet Claudia nach 30 Sekunden wühlen und zieht einen roten Body aus der Kiste – herabgesetzt auf 2 Euro.

Gezwungenermaßen gehe ich mit meiner Auswahl und Claudia zur Kasse. Was soll ich auch sonst tun?

Irgendwann werde ich ihn schon brauchen und so schlecht sieht er eigentlich gar nicht aus.

Zu Hause landet der Body dann bei den Erziehungsratgebern hinten im Kleiderschrank.

Die Azubi-Tage sind vorbei. Zwar erledigen meine fünf Azubis noch kleinere Aufgaben für mich, aber den größten Teil des Tages verbringe ich dann doch wieder hinter meinem Schreibtisch. Obwohl ich das Wichtigste am Abend immer abgearbeitet habe, hat sich einiges angesammelt. Und ähnlich wie nach Urlauben brauche ich erstmal ein paar Tage, bis alles wieder auf dem Laufenden ist. Weg ist die Begeisterung und die Freude auf jeden neuen Tag. Dabei ging die Bande mir manchmal auch ganz schön auf die Nerven. Und trotzdem.

Aber immerhin können Hauke und ich uns wieder regelmäßig in der Kantine treffen; während der Azubi-Tage war das manchmal etwas schwierig.

„Annette war ja ganz begeistert von dir", fängt Hauke an und schiebt seinen leeren Teller weg. „Sie findet dich total nett."

„Ich fand sie auch sehr nett."

„Meinst du, wir passen zusammen?" Hauke schaut mich begierig an.

„Nein. Sie ist zu gut für dich."

Hauke vergräbt seinen Kopf in den Händen. „Ich habe es geahnt. Sie ist einfach so engagiert mit ihren Wohngruppen-Kindern."

Ich lächle ihn aufmunternd an. „Nimm es nicht so schwer. Du bist auch ein Guter. Wer kümmert sich sonst um die lausigen Steuerfälle?"

„Du meinst, das ist auch gut fürs Karma?"

„Auf jeden Fall", bin ich mir sicher. „Wer weiß, wie viele von denen sonst im Knast landen würden?"

„Stimmt", meint Hauke und findet seine gute Laune wieder. „Außerdem liebt Annette mich auch so."

„Na, also."

Nach dem Mittagessen setzen wir uns noch ein bisschen in die Lounge-Ecke auf der Dachterrasse und genießen den Blick über Heidelberg.

„Die Azubis sind ja ganz begeistert von deinem Seminar", wechselt Hauke das Thema.

„Wirklich?", frage ich erfreut. „Woher weißt du das?"

„Ich habe sie heute Morgen an der Kaffeemaschine belauscht. Alle waren ganz angetan von dir. Sie sagten, dass sie endlich ein paar Zusammenhänge kapiert hätten und hoffen, dass sie in ihrer Ausbildung weiterhin von dir betreut werden."

„Für eine permanente Betreuung fehlt mir leider die Zeit. Ich bin mit meinen eigentlichen Aufgaben ganz schön ins Hintertreffen geraten."

Aber innerlich freue ich mich sehr über das tolle Kompliment.

„Mir hat es auch Spaß gemacht", füge ich dann noch hinzu.

Hauke verschränkt die Arme hinter seinem Kopf und schaut in den blauen Sommerhimmel.

„Meinst du, ich kann den Steiner überzeugen, mir ein paar von deinen Mandanten abzugeben?", sinniert er laut vor sich hin.

Ich bin entsetzt. „Und ich soll welche von deinen übernehmen?"

„Nein, ich dachte eher an den Kollegen Jens", meint Hauke und schaut nach links, wo unser Kanzlei-

Schleimer steht und Herrn Steiner mit großer Geste was erzählt.

„Wir liegen hier faul rum und genießen die Sonne, und der Jens bemüht sich sogar in seiner Mittagspause um den Chef. Ganz ehrlich, Olivia. Aus uns wird nie was. Obwohl, aus dir schon – dir verzeiht der Steiner. Nur bei mir denkt er, ich sei ein fauler Sack."

Zu dieser Wahrheit kann ich einfach nichts mehr sagen, deshalb verschränke ich die Arme hinter meinem Kopf, schaue in den blauen Himmel und träume von einer Zeit ohne Paragrafen.

10.Kapitel

Der August neigt sich langsam seinem Ende entgegen. Viele der Kollegen mit Familie sind im Urlaub und in der Kanzlei ist es verhältnismäßig ruhig. Ich nutze die Zeit, um weiterhin spät zu kommen und früh zu gehen. Ich hoffe, mit dieser zusätzlichen Freizeit meinen Körper auf Nachwuchs einzustellen. Auch mein Sportprogramm habe ich etwas heruntergeschraubt, da ich irgendwo gelesen habe, dass sich Frauen mit gut trainierten Muskeln in der Schwangerschaft schwertun.

Dafür trainiere ich jetzt meinen Beckenboden und habe mir dafür im Hobbyraum eine kleine Gymnastikecke eingerichtet. Dort liege ich jetzt mehrmals die Woche auf den Matten, spanne und entspanne einzelne Muskelpartien und übe das Atmen.

Eines Nachmittags, als ich allein zu Hause bin, da Lukas mit Dominik auf dem Tennisplatz ist, liege ich mal wieder auf den Matten, höre meiner Atmung zu und frage mich zum gefühlt hundertsten Mal, warum verflucht nochmal, ich nicht endlich schwanger werde. Vor lauter Atmen und Denken überhöre ich fast die Türklingel. Mühsam rapple ich mich auf und laufe die Treppe nach oben, um zu schauen, wer stört. Vor der Tür steht Maximilian, der mich erwartungsvoll anschaut.

„Maximilian", sage ich leicht atemlos. „Was gibt's?"

„Ich habe gehört, ihr braucht Hilfe im Garten?"

Ach, richtig, erinnere ich mich. Da war was. Lukas nuschelte vorhin auch noch was davon in seinen nicht vorhandenen Bart.

„Heute?", hake ich dennoch nach.

„Wär gut. Hab gerade Zeit."

‚Aber ich habe keine Lust', denke ich. Obwohl, eigentlich muss ich ja nur daneben sitzen. Das bekomme ich gerade noch hin.

„Na dann, okay." Ich lasse ihn durch das Haus in den Garten gehen, derweil ich in der Schublade der Flurkommode krame und nach dem Schlüssel für das Gartenhaus suche. Hoffentlich hat Lukas den Schlüssel nicht woanders hingelegt. Womöglich hat er mir das heute Morgen sogar gesagt, und ich habe nicht richtig zugehört, weil ich gerade mein Fluoritwasser getrunken und dabei heimlich eine Folsäuretablette geschluckt habe, was Lukas keinesfalls mitbekommen sollte. Aber nein, da ist der Schlüssel ja glücklicherweise.

Ich schließe Maximilian das Gartenhaus auf, damit er den Rasenmäher rausholen kann. Dann zeige ich ihm die Steckdose auf der Terrasse und ermuntere ihn, loszulegen, während ich es mir im Liegestuhl gemütlich mache.

Ich habe meine Playlist auf dem Handy um eine Affirmation erweitert, die helfen soll schwanger zu werden. Während ich mir die anhöre und mich auf meine Gebärmutter konzentriere und mir vorstelle wie sich dort ein Ei einnistet (blöderwiese muss ich an der Stelle immer an Hühnereier denken und stocke jedes Mal, weil ich mich nicht entscheiden kann, ob ich mir ein weißes oder ein braunes Ei vorstellen soll), höre ich jemanden durch den leisen Harfenklang der Hintergrundmusik laut meinen Namen rufen. Seufzend ziehe ich den Stöpsel des Kopfhörers aus dem Ohr. Maximilian steht mitten im Garten und zieht am gestrafften Kabel des Rasenmähers.

„Das Kabel ist zu kurz", stellt er völlig überflüssigerweise fest. „Habt ihr hier hinten auch eine Steckdose?"

Ich sehe mich im hinteren Teil des Gartens um, kann aber auch nichts Steckdosenähnliches entdecken.

„Ich glaube, Lukas nimmt immer ein Verlängerungskabel."

Gerade will ich mich wieder meiner unterbrochenen Affirmation widmen, da sehe ich Maximilians auffordernden Gesichtsausdruck. Oje, jetzt will er auch noch, dass ich ihm das Kabel bringe. Nur woher soll ich wissen, wo wir sowas haben? Ich kann auch nur in der Gartenhütte suchen.

Seufzend erhebe ich mich aus meinem Liegestuhl und fange an, nach dem Kabel zu suchen. An der Wand hängt es nicht. Im Regal liegt es nicht. Maximilian steht hinter mir und greift an mir vorbei nach einem kleinen Plastikkoffer.

„Ach, super. Hier ist ja eine Kabeltrommel."

Kabel – was? Aber na gut, Hauptsache, er ist fündig geworden.

Und so mäht er weiter und ich affirmiere weiter. Doch irgendwann ist der Rasen gemäht, und Maximilian scheint unschlüssig zu sein, was er weiter tun soll. Ausgerechnet heute muss Lukas auf den Tennisplatz und lässt mich mit dieser Aufgabe alleine. Was weiß ich denn von Gartenarbeit?

Gemeinsam beratschlagen wir also, was es noch zu tun geben könnte.

„Hecke schneiden?", frage ich. Aber Maximilian schüttelt vehement den Kopf. „Nein, ganz sicher nicht. Das darf man nur bis März, weil sonst die Vögel darin nisten."

Aha, was es alles gibt. „Und Sträucher stutzen?"

„Nur die langen Zweige. Sonst gilt das gleiche wie bei der Hecke."

Ach was, echt jetzt? Der Verordnungsdschungel in den Gemeinden scheint auch nicht durchsichtiger zu sein als unsere Steuergesetze.

„Darf man bei der Hecke auch die überstehenden Zweige schneiden?"

Maximilian ist sich nicht sicher, aber er glaubt schon. Also hole ich die Heckenschere und Maximilian beginnt die Hecke zu stutzen. Bei seinem Tempo braucht er ewig, also hole ich mir kurzerhand die zweite Heckenschere und gemeinsam bringen wir unsere Hecke wieder in eine einigermaßen ansehnliche Form. Irgendwann werden meine Arme lahm, und der Rücken tut mir weh, doch ich schneide unverdrossen weiter.

Endlich sind wir fertig und begutachten den ungleichmäßigen Formschnitt mit einigem Stolz.

„Sieht doch gar nicht so schlecht aus", meint Maximilian.

„Ja, kann man lassen", antworte ich und biete ihm ein Glas Eistee an, den ich mir heute Morgen gemacht habe.

Während wir auf der Terrasse unseren Eistee schlürfen, kann ich mich eines gewissen Stolzes auf mein Tagwerk nicht erwehren. Irgendwie hat mir das richtig Spaß gemacht, gemeinsam mit Maximilian etwas so Profanes zu tun, wie eine Hecke zu schneiden. Vielleicht bin ich doch häuslicher als ich dachte.

Ich gebe ihm für seine heutige Arbeit 200 Euro. „Und den Rest bekommst du, wenn du auch das Unkraut gejätet hast."

Maximilian grinst. „Ich komme nächstes Wochenende wieder."

„Okay, vielleicht helfe ich dir auch wieder."

„Super, danke." Maximilian schwingt sich auf sein Fahrrad und fährt weg.

Nachdenklich schaue ich ihm nach. Ich fühle mich wohl, auch wenn mir alle Glieder schmerzen, aber es hatte einfach was unglaublich Befriedigendes, mit einem jungen Menschen gemeinsam etwas zu leisten. Ein ganz ähnliches Gefühl wie bei meinen Azubi-Tagen. Irgendwas ist tatsächlich in mir passiert. Und ich frage mich, ob ein Kind nicht doch mehr ist, als das Instrument, dass mir die Flucht aus einem selbstgeschaffenen Hamsterrad ermöglicht. Es könnte vielleicht sogar Spaß machen, Mutter zu sein.

Dennoch sitze ich noch eine ganze Weile auf der Terrasse und ruhe mich aus, obwohl es längst an der Zeit wäre, den Tisch für das Abendessen zu decken. Aber alles an mir fühlt sich so schwer an, so dass ich einfach nicht anderes tun kann als sitzen und dösen.

Es ist schon nach 20 Uhr als Lukas leicht angeschickert von ein oder zwei Bier nach dem Tennis nach Hause kommt und völlig enttäuscht schaut, als er sieht, dass ich nichts zum Essen vorbereitet habe. Dabei ist heute

Samstag und damit hat Anneliese auch nichts vorbereitet. Zuerst klopft leise mein schlechtes Gewissen, aber dann werde ich wütend. Meine Güte, ich habe schwere Gartenarbeit geleistet, während er tennisspielenderweise ein paar Bier getrunken hat. Und er tut so, als hätte ich auf der faulen Haut gelegen, während er schwer gearbeitet hat.

Lukas lässt sich schmollend und hungrig vor mir auf den Terrassenstuhl fallen und greint wie ein kleines Kind. „Warum hast du denn nicht gekocht?"

„Ich habe mit Maximilian die Hecke geschnitten."

„Aber davon werde ich nicht satt."

Oh Mann, hat der sonst keine Sorgen?

„Aber schau doch wie toll die Hecke aussieht."

Lukas besieht sich unseren schiefen Formschnitt und enthält sich zu seinem Glück jeglichen Kommentars.

„Ich habe aber Hunger", brummt er.

„Ich bestelle Pizza", meine ich schließlich friedfertig, um nicht laut loszubrüllen vor Frustration darüber, dass er es noch nicht mal fertig bringt mir ein kleines Lob auszusprechen.

Lukas antwortet nicht. Sein Kopf ist ihm auf die Brust gefallen und er schnarcht leise vor sich hin. Also gehe ich rein, bestelle unsere Lieblingspizza und decke den Tisch.

Lukas schläft bis ihn die Türklingel weckt; er sieht den gedeckten Tisch und seine Laune bessert sich schlagartig als er feststellt, dass die Pizza auch schon da ist. Sicherheitshalber gibt es nur Mineralwasser, damit er nicht über seiner Pizza wieder einschläft.

Nach dem Essen schleife ich ihn sofort ins Bett, ziehe ihm noch Schuhe und Hose aus, dann decke ich ihn zu.

Ich bin sicher, dass es doch weit mehr als zwei Bier waren. So wie es aussieht ist Lukas ganz schön im Eimer.

Deswegen hält sich mein Mitgefühl auch in Grenzen als er am nächsten Morgen zerknautscht und über Kopfweh klagend am Frühstückstisch erscheint.

„Es waren wohl doch ein paar Bier zu viel", sagt er und fasst sich stöhnend an den Kopf. Ich habe schon mein morgendliches Sportprogramm hinter mich gebracht und fühle mich fit und ausgeruht. Und so sehe ich wohl auch aus, denn Lukas beäugt mich neidvoll.

„Ruh dich heute lieber aus", weise ich ihn an, obwohl er mit Sicherheit sowieso nichts anderes fertigbringen würde.

„Und was machst du?"

„Ich treffe mich mit Ute und Elke." Das ist jetzt schon ewig vereinbart, und mir graut ein bisschen davor, da Elke mich mit Sicherheit fragen wird wie es mir geht – und das zu allem Überfluss auch wirklich wissen will. Das heißt, mit einem einfach „gut" oder einem „alles bestens" komme ich nicht davon.

Lukas sieht erleichtert aus, dass ich das Haus verlasse und nicht um ihn herum wuseln kann, während er seinen Kater bekämpft. Am besten mit einem couchliegenden Nachmittag und einem völlig sinnbefreiten Fernsehprogramm.

Zwei Stunden später sitzen wir im Schatten eines großen Baumes in einem Café am Neckarufer; jede mit einer Tasse Cappuccino und einem Stück Kuchen vor sich.

„Olivia", dröhnt Elke. „Du siehst gut aus. Geht es dir besser?"

„Ja, danke", antworte ich und rühre in meinem Cappuccino, um sie nicht ansehen zu müssen.

„Gut, gut. Hilft der Stein?"

„Ich trinke jeden Morgen ein Glas Steinwasser." Ich sehe sie immer noch nicht an. Das liegt mit Sicherheit an meinem unguten Gefühl darüber, was Elke wohl von mir denken würde, wenn sie von der geplanten Schwangerschaft erfahren würde. Da Elke aber mit der Sonne im Rücken sitzt, ist es sowieso schwer in ihre Richtung zu schauen ohne geblendet zu werden – allerdings kann das auch an ihrem farbenfrohen Outfit liegen. Also krame ich in meiner Handtasche nach der Sonnenbrille und setze sie mir auf. Besser; jetzt sieht sie meine Augen nicht mehr.

Elke isst ihren Kuchen mit Genuss. Dann bestellt sie sich noch ein Stück. Ich weiß nicht, ob ich sie dafür bewundern soll, dass sie ungeachtet der Kalorienzufuhr und ihrer ohnehin schon ausladenden Figur eine solche Unbekümmertheit an den Tag legt. Neidisch bin ich auf jeden Fall; denn ich habe vorhin noch, um mir ein Stück Kuchen guten Gewissens leisten zu können, zusätzlich zu meinem morgendlichen Sportprogramm, noch ein paar Übungen in meiner Gymnastikecke gemacht „Sind deine Angstzustände besser geworden?", fragt Elke zwischen zwei Bissen Kuchen und einem Schluck Cappuccino.

„Auf jeden Fall." Ich lächle sie strahlend an.

Elke furcht die Stirn, sagt aber nichts, da sie den Mund voller Kuchen hat.

„Ich glaube, deine Klangschalentherapie hat einiges angestoßen in meinem inneren Kreislauf." Ich hoffe, dass das nicht zu übertrieben klingt.

Und schon sticht Elke auch mit ihrer Gabel in meine Richtung. „Du lügst, Olivia", klagt sie mich an. „Eine Klangschalentherapie mag kurz für Beruhigung sorgen, aber ohne weitere Veränderungen tritt keine nachhaltige Besserung ein. Was hast du denn verändert?"

‚Nichts', denke ich. ‚Außer, dass ich mich in der pränatalen Phase einer Wunschschwangerschaft befinde und mir das hilft, meinen Kopf über Wasser zu halten.'

Doch dann fällt mir doch noch eine weitere Entlastungssituation ein: „Ich habe ein paar Wochen unsere Azubis geschult. Das hat mir Spaß gemacht; außerdem ist im Sommer immer alles etwas ruhiger."

„Und das mit den Azubis hat dir Spaß gemacht?", hakt Elke noch mal nach.

„Ja, sehr, sogar", antworte ich wahrheitsgemäß.

Ein scharfer Blick von Elke trifft mich, doch sie zweifelt meine Worte nicht an.

„Warum?", fragt sie nur.

Wie? Warum? Ich bin etwas fassungslos. Warum? Ist das eine therapeutische Frage?

„Na ja, du musst deine Gefühlszustände hinterfragen, dich selber reflektieren, nur so kannst du herausfinden, was dich wirklich glücklich macht."

„Ah, okay. Na gut." Ich denke nach. „Ich habe festgestellt, dass mir das Zusammensein mit jungen Menschen Spaß macht. Ihnen etwas zu vermitteln, was ihnen auf ihrem Lebensweg weiterhilft, gibt mir das Gefühl etwas Sinnvolles zu tun."

„Selbstwirksam und sinnstiftend", murmelt Elke. „Das ist das, was du brauchst."

Ute hat uns mit großen Augen zugehört, sich aber ansonsten zurückgehalten. Jetzt fährt sie doch dazwischen. „Liv, erzähl Elke, was du sonst noch vorhast."

Oh, nein! Was sagt Ute denn da? Ich winde mich. Elke sieht mich abwartend an.

„Mensch, Ute. Das sollte doch unter uns bleiben", fahre ich sie schließlich an.

Ute schaut schuldbewusst. „Ich will ja nur helfen."

Elke wartet. Das Schweigen zwischen uns ist greifbar. Ich hole tief Luft. „Ich habe mir überlegt, schwanger zu werden."

Elke stutzt kurz, dann breitet sich ein erfreutes Lächeln auf ihrem Gesicht aus. Damit habe ich nun nicht gerechnet. „Aber das ist doch eine gute Idee", bestärkt sie mich.

Eine gute Idee? Ja, finde ich auch. Aber moralisch doch wohl kaum einwandfrei, wenn man nur deswegen ein Kind bekommt, um eine Ausrede zu haben, warum man beruflich kürzer tritt.

„Du findest das nicht verwerflich?", fragt Ute leicht irritiert.

Elke blickt Ute an. „Warum? Weil Olivia ein Kind als Ausweg aus ihrer Misere sieht? Ausgerechnet die kinderabgewandte Olivia, um nicht gleich kinderfeindlich zu sagen?"

„Äh ja", stottert Ute.

„Nein", sagt Elke und macht mit diesem einen Wort sowohl mich als auch Ute sprachlos. „Wenn Olivia sich nicht tief in ihrem Herzen ein Kind wünschen würde, wäre ihr diese Idee gar nicht gekommen. Wer weiß? Vielleicht hat sie sogar das Angstsyndrom nur entwickelt, damit es ihr als Ausrede vor sich selbst dient, um sich ihren unausgesprochenen Kinderwunsch zu erfüllen."

Na, da legt sich Elke ja mal wieder wunderbar etwas zurecht. Ein heimlicher Kinderwunsch? Haha, nichts läge mir ferner. – Hm, nichts hätte mir vor ein paar Monaten ferner gelegen. Mittlerweile habe ich mich mit dem Gedanken ja schon ganz gut angefreundet.

„Olivia ist von Kindern immer genervt", höre ich Ute sagen. „Am liebsten ergreift sie die Flucht, wenn sie ein Kind nur von weitem sieht."

Ich erhebe Einspruch. „So geht es mir hauptsächlich bei Benny."

Ute sieht mich leicht säuerlich an. „Kinder sind in manchen Phasen ihres Lebens eben nervtötend. Das ist bei jedem Kind so. Nicht nur bei Benny!!" Sie malt mehrere Ausrufungszeichen in die Luft.

„Vielleicht", wiegele ich ab. „Aber Benny ist besonders oft in einer nervigen Phase."

Ute zieht einen beleidigten Flunsch, obwohl sie ja weiß, dass ich recht habe.

„Immer mit der Ruhe", schaltet sich Elke vermittelnd ein. „Benny ist ein schwieriges Kind, aber dennoch sehr liebenswert." Sie sieht Ute aufmunternd an. „Darüber haben wir doch schon mehrmals gesprochen." Dann wendet sie sich wieder an mich. „Probierst du schon schwanger zu werden?"

„Ja, seit einigen Wochen. Aber es klappt nicht."

„Das kann dauern", meint Elke. „Besonders, wenn man schon etwas älter ist und jahrelang die Pille genommen hat. Versuche es weiter, lebe deinen Alltag, schalte ab. Je weniger du dich verkrampfst, desto besser. Ansonsten kenne ich da einen, der dir vielleicht helfen kann."

„Du meinst, künstliche Befruchtung?", frage ich und denke gleich, dass das nicht infrage kommt, da Lukas ja nichts wissen darf. Und wie soll ich ohne sein Wissen eine künstliche Befruchtung durchführen?

„Nein, nein, das nicht. Hans ist eher verbindend unterwegs. Er verbindet deine Wünsche mit dem allumfassenden Universum. Er hat gute Kontakte."

Jetzt verliert Elke wieder die Bodenhaftung und ist esoterisch unterwegs. Manchmal ist es so schlau, was sie sagt und dann kommt sie plötzlich mit dem Universum.

„Ja, danke", murmele ich. „Bei Bedarf werde ich darauf zurückkommen." Ansonsten ist die gute Luft und die Ruhe in unserem anstehenden Madeiraurlaub eher ein Hoffnungsschimmer in meiner Schwangerschaftsplanung.

Nach unserem Caféaufenthalt laufen wir noch ein bisschen am Neckar entlang, setzen uns auf eine Bank mit Blick auf das Schloss und schließen den Nachmittag damit einigermaßen friedvoll ab. Obwohl Ute mir die Bemerkung über Benny nicht wirklich zu verzeihen scheint; jedenfalls ist sie mir gegenüber reichlich zurückhaltend. Aber ich bin zuversichtlich, dass sie sich wieder einkriegt. Spätestens, wenn Benny seinen nächsten Wutanfall bekommt, weiß sie wieder, dass meine Bemerkungen ihre Berechtigung haben.

Doch es kommt anders. Ich werde eines besseren belehrt und stelle fest, dass ich doch nicht immer recht habe, auch wenn es sich oft so anfühlt. Im Laufe der nächsten Woche beschließe ich nämlich einen Abendspaziergang zu Ute zu unternehmen, um die leicht angespannte Stimmung zwischen uns wieder aufzulösen, die seit meiner negativen Bemerkung über Benny zwischen uns herrscht.

Mit eingefrorenem Gesicht öffnet sie mir die Tür. „Hallo Ute", begrüße ich sie. „Ich möchte mich entschuldigen."

„Wofür?", fragt Ute, aber natürlich weiß sie genau, was ich meine.

„Na ja, über meine abfällige Bemerkung zu Benny. Ich meine, dass er mich nervt und so."

„Aha, aber das tut er doch auch weiterhin; also wozu soll deine Entschuldigung dann gut sein?"

Okay, so habe ich das noch nicht gesehen. Stimmt eigentlich. Ich kann mich schlecht dafür entschuldigen, dass er mich nervt, denn das ist ja schließlich eine Tatsache, die auch nach einer Entschuldigung noch bestehen wird.

„Also, ich entschuldige mich, dass ich Benny keine Chance gebe. Bestimmt hat er auch gute Seiten", beeile ich mich zu versichern. Auch wenn das nicht ganz nach einer wirklich wohlmeinenden Entschuldigung klingt, scheint Ute sie anzunehmen, denn sie öffnet die Tür und bittet mich rein.

Es ist schon nach 9 Uhr abends; trotzdem ist Benny noch nicht im Bett, sondern sitzt am Esstisch und malt. Zum Glück jedoch auf einem Blatt Papier und nicht auf dem blanken Tisch. Das hätte ich ihm nämlich auch zugetraut.

„Hallo Tante Liv", begrüßt er mich, und es klingt sogar ganz manierlich. „Soll ich dir mal zeigen, was ich male?" Er wartet meine Antwort erst gar nicht ab, sondern hält mir das Blatt unter die Nase. „Ich stehe nämlich gerade auf Raumschiffe und das ist ein Raumschiff. Das werde ich ausschneiden und mir ein eigenes großes basteln."

„Ja, Benny. Sehr schön", sage ich, obwohl ich sein Gekritzel nicht als Raumschiff erkennen kann. Es sieht eher aus wie ein großer Topf. Doch Benny sieht ganz glücklich aus. Und zu meinem Erstaunen auch ganz entspannt.

„Er ist so begeistert von seiner Raumschiffidee, da wollte ich seinen Elan nicht dämpfen und ihn ins Bett schicken." Ute steht am Eingang zur Küche. „Möchtest du was trinken? Ein Glas Wein?"

Ich hebe abwehrend die Hand. „Ein Glas Wasser reicht mir. Vielen Dank. Ich versuche Alkohol zu vermeiden, wenn es geht."

Ute sagt nichts dazu, verschwindet aber in der Küche und kommt kurze Zeit später mit einem Glas Wasser wieder.

„So, junger Mann", wendet sie sich dann an Benny. „Jetzt wird es wirklich Zeit – ab ins Bett."

Benny schaut enttäuscht, steht aber zu meinem grenzenlosen Erstaunen widerspruchslos auf, wünscht uns eine gute Nacht und verschwindet in seinem Zimmer.

Erstaunt sehe ich Ute an. „Was ist passiert?" frage ich.

„Wie ich am Sonntag schon sagte, es gibt unterschiedliche Phasen und im Moment befinden wir uns wieder in einer guten Phase. Einer, in der ich erkennen kann, dass meine Erziehungsarbeit Früchte trägt."

„So scheint es", gebe ich zu und sehe ein, dass ich unrecht hatte. Zumindest temporär. Bis die nächste, schlechte Phase kommt.

„Mit Kindern ist es ein auf und ab. Mit dem einen mehr, mit dem anderen weniger. Sie entwickeln sich eben, machen auch negative Erfahrungen, die sie verarbeiten müssen. Da wird das eine oder andere schon auch mal zum Kotzbrocken." Ute lächelt.

Ich lächle zurück, obwohl ich mich bei Benny eigentlich nicht an Kotzbrockenphasen erinnern kann – er ist eher durchgehend schwer zu ertragen. Aber natürlich sollte man nie die Hoffnung auf eine positive Wende verlieren. Zumal auch mir indirekt damit geholfen ist, denn wenn sogar Bennys Verhalten sich zum Guten entwickeln kann, dann ist das, was den reinen Nervwert meines zukünftigen Kindes angeht, ja eine beruhigende Aussicht.

Ute und ich plaudern noch ein wenig, und ich trinke nebenher mein Glas Wasser. Dann mache ich mich auf den Rückweg. Es ist schon ziemlich dunkel geworden und Ute bietet an, mich zu fahren, doch das lehne ich ab. Ich fühle mich einfach noch nach ein bisschen Bewegung.

Es ist eine wunderschöne, laue Sommernacht. Der Mond steht hell am Himmel und leuchtet mir den Weg. Die Grillen zirpen, die Luft duftet nach – na gut – nach Gülle, aber trotzdem genieße ich den Spaziergang. Ich bleibe nah an der Straße, nur zur

Sicherheit. Nachts ist mir das menschenleere Feld mit den Waldabschnitten zu unheimlich. Doch es fährt so selten ein Auto vorbei, dass der Spaziergang dennoch von Ruhe, Frieden und Beschaulichkeit erfüllt ist. Irgendwann lasse ich die Straße hinter mir, und bevor ich in unser Stadtviertel einbiege, bleibe ich nochmal kurz stehen, atme tief die würzige, mittlerweile gülle-freie, Nachtluft und genieße den Anblick der mondbeschienenen, nächtlichen Landschaft. Frieden erfüllt mich und ich wünschte mir, ich könnte dieses Gefühl halten.

Leider wird es mir schon keine zehn Minuten später zerstört, als ich nach Hause komme und sich mir ein aufgebrachter Lukas in den Weg stellt. Er hält mir die Erziehungsratgeber und den zitronengelben Body entgegen und sieht mich fragend an. Aber nicht freundlich fragend, sondern brodelnd, jeden Augenblick überkochend.

„Also, äh", stottere ich und durchforste mein Gehirn nach einer glaubhaften Begründung.

„Was, äh?" schreit Lukas mich an. „Was geschieht hier hinter meinem Rücken?"

„Annette ist schwanger", greife ich die Ausrede auf, die ich auch Claudia gegenüber verwendet habe – wenn auch etwas vager, da ich nur von der schwangeren Freundin eines Kollegen sprach.

„Wie?", fragt Lukas und lässt seine anklagende Hand sinken.

„Wie das geht? Also das solltest du eigentlich ..."

Lukas unterbricht mich. „Sehr witzig, Liv. Ich meine, so schnell ist sie schon schwanger? Was sagt denn Hauke dazu?"

Der weiß es nicht, hätte ich beinahe gesagt, doch ich beiße mir schnell auf die Zunge. „Na ja, er freut sich – und ein bisschen überrumpelt ist er natürlich auch", schiebe ich noch schnell hinterher, da es dann glaubwürdiger klingt.

Lukas' Gefieder glättet sich wieder. Er sieht beruhigt aus, aber was genau hat ihn denn so beunruhigt?

„Was hast du denn gedacht?", frage ich ihn und tue ganz unschuldig.

„Na ja, du warst in letzter Zeit so seltsam und da dachte ich, du wärst vielleicht schwanger."

„Wäre das so schlimm?", hake ich nach, und ein schwerer Stein legt sich auf mein Herz.

„Ich weiß nicht, ja irgendwie schon. Kinder stehen eigentlich nicht auf unserer Agenda. Denk nur an Benny als abschreckendes Beispiel."

„So schlimm ist er gar nicht", wiegele ich ab. „Heute war er ganz manierlich."

„Mag sein, und oft genug ist er es nicht. Liv, ich bin ja nur erleichtert, dass du nicht schwanger bist. Irgendwie fühle ich mich auch einfach nicht reif genug für ein Kind."

Hä? Er ist anerkannter Radiologe, hat täglich mit schwerkranken Menschen zu tun und fühlt sich nicht reif genug für ein Kind? Manchmal verstehe ich die Männer nicht.

Genau das sage ich ihm auch und Lukas nickt.

„Vielleicht ist genau das der Grund. Dann geht der Stress zu Hause weiter."

„Aber ein Kind kann doch auch eine Bereicherung sein."

Lukas lächelt. „Richtig, aber hier liegt die Betonung auf kann."

Ich sage nichts mehr, sondern nehme Lukas die Bücher und den Body aus der Hand und verstaue sie wieder oben im Kleiderschrank. Lukas folgt mir.

„Wann ist es denn so weit?"

„Noch relativ früh", gebe ich mich vage.

„Und dann kaufst du schon ein Geschenk?" fragt Lukas erstaunt.

„Na ja, war Zufall. Und ich hatte gerade Zeit."

„Aha." Und dieses Aha klingt als würde er mir doch nicht so recht glauben. Dennoch lässt er das Thema ruhen und fängt an, an meinem Hals zu knabbern. „Gehen wir ins Bett?" fragt er.

Ich nicke. „Aber vorher muss ich noch ins Bad." Dort drücke ich eine weitere Pille aus dem Blisterstreifen und spüle sie die Toilette hinunter. So, denke ich. Jetzt erst recht. Nicht reif genug, dass ich nicht lache.

Nach dem Sex liegen wir nebeneinander im Bett, zufrieden und schlafmüde.

„Findest du es eigentlich nicht ein bisschen komisch, wenn du ausgerechnet Annette Erziehungsratgeber schenkst? Also, ich meine, aufgrund ihres Berufes ist sie doch sowieso Spezialistin auf diesem Gebiet." Lukas öffnet schlaftrunken ein Auge und sieht mich an.

Oh, Mann, ja, recht hat er. Hätte ich wirklich ein Geschenk für die schwangere Annette gesucht, wären Erziehungsratgeber meine letzte Wahl gewesen.

„Nun ja", fange ich an und suche fieberhaft nach einer guten Begründung. „Ich dachte, das gibt ihr vielleicht neue Impulse – also wenn sie die ganze Kleinkindpädagogik mal aus Sicht der normalen Mutter betrachtet und nicht aus Sicht der studierten Expertin."

„Ach so", antwortet Lukas und ist schon fast eingeschlafen, denn nur drei Sekunden später höre ich ihn leise vor sich hin schnarchen. Zum Glück, sonst hätte ich jetzt womöglich noch weiter über die Sinnhaftigkeit eines Erziehungsratgebers für eine studierte Sozialpädagogin diskutieren müssen. Besonders unsinnig wäre die Diskussion auch deshalb gewesen, da betreffende Pädagogin ja gar nicht schwanger ist.

11. Kapitel

Unser Urlaub auf Madeira rückt in greifbare Nähe. Zumindest so greifbar, dass ich eine Shoppingtour unternehme, um mich mit allem Notwendigen einzudecken. Also Shorts mit Gummibündchen – falls es im Urlaub mit dem schwanger werden klappen sollte, wäre mein Bauch dann nicht so eingezwängt. Ein Badeanzug mit Faltenwurf am Bauch, um einen leichten Bauchansatz zu kaschieren. Den brauche ich auch ohne Schwangerschaft, stelle ich morgens im Bad fest als ich meinen Unterbauch zwischen Daumen und Zeigefinger nehme und ich die sich bildende Fettwulst, obwohl ich eingecremt bin, locker halten kann. Aber trotz der kleinen Missstimmung, die sich bei dieser Erkenntnis einstellt, freue ich mich auf den Urlaub. Ich freue mich darauf, in kurzen Hosen mit Flip-Flops an den Füßen durch eine mediterrane Stadt zu schlurfen, abends mit einem Sonnenbrand auf der Nase ein Glas Wein zu trinken und strohige Haare wegen des Salzwassers zu bekommen.

Und bestimmt werde ich so unsäglich entspannt sein, dass es gar nicht anders sein kann, als dass sich ein befruchtetes Ei in meiner Gebärmutter einnistet. Bei dem Gedanken fällt mir ein, dass ich noch in die Apotheke muss, um einen Nachschub Folsäure-tabletten zu besorgen.

Am Wochenende vor unserem Abflug kommt Maximilian nochmal vorbei und jätet das Unkraut. Da Lukas diesmal auch da ist, sitzen wir gemeinsam in den

Beeten und rupfen. Natürlich tut mir danach wieder jeder Muskel weh, von Knieschmerzen erst gar nicht zu reden. Trotzdem hat es mir – und auch Lukas – viel Spaß gemacht und wir haben nach getaner Arbeit noch eine ganze Weile mit Maximilian auf der Terrasse gesessen und kühlen Eistee getrunken.

Das Leben kann schön sein, stelle ich fest, wenn man wegen seines Jobs kein Bauchweh und seine Arbeit wieder voll im Griff hat. Das habe ich unter anderem auch deshalb, weil ich aufgrund der Urlaubsvertretung einen Großteil meiner offenen Mandantentätigkeiten schon an Hauke und den Wichtigtuer Jens übergeben habe. Dieser hat sich natürlich alle offenen Punkte ganz genau erklären lassen; mit Sicherheit durchforstet er meine Akten ganz genau, während ich weg bin, um etwaige Fehler zu suchen und sich mit deren Findung zu profilieren. Merkwürdigerweise erschreckt dieser Gedanke mich nicht. Ich frage mich, ob das Fluorit schon Wirkung zeigt, denn eigentlich ist genau dies ein Gedanke, der mir den ganzen Urlaub vermiesen könnte. Vielleicht ist es aber auch nicht das Fluorit, sondern die Hoffnung, dass ich im Urlaub schwanger werde und mich damit elegant entziehen kann.

Wie auch immer: Ich begrüße diesen Zustand und nehme mir fest vor, ihn auch zu halten.

Bevor unser Urlaub beginnt, müssen aber noch die neuen Auszubildenden begrüßt werden. Hierfür gibt es eine kleine Zeremonie in der Kantine im Zuge dessen die Neuen auch gleich auf ihre Abteilungen verteilt werden. Die betroffenen Kollegen haben schon Berge von Papierunterlagen in ihren Büros stehen, die nur darauf warten von fleißigen Neu-Azubis geschreddert zu werden. Ebenso füllen unbeschriftete Ordner die Regale, bereit sich beschriften und bekleben zu lassen, da die digitale Mandantenakte bei uns noch keinen Einzug erhalten hat. Kurz: Die Beschäftigung für die ersten 4 Wochen der Ausbildung ist gesichert.

Bei einem Blick auf die Neulinge wage ich auch zu bezweifeln, ob sie je zu etwas anderem fähig sein werden. Ständig Kaugummi kauende Münder scheinen hier noch das kleinere Übel zu sein. Eine ordentliche Frisur und ein Hemd ohne Flecken sind hier schon eher auf der Wunschliste. Und, oh, mein Gott, sind das etwa pinkfarbene Strähnen? Ist das jetzt ein Ausdruck von Mode unter den Jungen oder muss man sich hier ernsthafte Sorgen um die Seriosität unseres Nachwuchses machen?

Auch Herr Steiner wirkt nicht sehr begeistert und wirft mir immer wieder fragende Blicke zu, die ich weder beantworten noch deuten kann – und noch viel weniger will. Ich will in den Urlaub fahren, schwanger werden und für ein paar Jahre ‚auf Wiedersehen' sagen.

Zumindest für meinen zweiwöchigen Urlaub Abschied zu nehmen, schaffe ich dann tatsächlich auch ohne weitere Zwischenfälle. Jens winkt mir nur kurz zu, während sein Azubi am Aktenvernichter steht, und beugt sich dann wieder über den Ordner einer meiner Mandanten, um sich auf Fehlersuche zu begeben.

Ganz anders bei Hauke; der hat die meisten meiner Akten noch gar nicht angerührt und sagt nur: „Wenn ich sicher sein kann, dass jemand seine Sache gut gemacht hat, dann du. Weshalb soll ich also meine Zeit verschwenden?"

Ich wünschte, Hauke würde meine komplette Vertretung machen.

Zu Hause erwartet mich dann erst mal das Chaos. Lukas findet seine Badehose nicht und hat deshalb seine komplette Seite des Kleiderschrankes ausgeräumt und wühlt sich leise fluchend durch einen Berg Klamotten. Schlussendlich hängt seine Badehose im Keller über einem der Heizungsrohre, weil er sie neulich im Pool anhatte.

„Warum hast du auch nur eine", maule ich und stecke die Badehose in die Waschmaschine, um sie noch im Expressgang zu waschen. Später hänge ich sie zum Trocknen sichtbar in den Hausflur, damit wir sie auch morgen bloß nicht vergessen. Dann helfe ich Lukas, seinen Kleiderschrank wieder einzuräumen. Nebenbei treffe ich die Auswahl, welche Anziehsachen er mitnimmt. Bis ich endlich dazu komme, mich um meinen eigenen Koffer zu kümmern, ist es schon fast neun Uhr und ich habe noch nichts gegessen. Also nehme ich mir noch etwas von dem von Anneliese zubereiteten Hähnchenbrustsalat und stelle mir für später ein Glas Wein auf den Esszimmertisch.

Dann packe ich zwei Stunden lang meinen Koffer, bis ich endlich mit meiner Auswahl zufrieden bin. Das Glas Wein hat mittlerweile Lukas getrunken, den ich selig schlafend auf dem Sofa finde. Also koche ich mir einen Tee – eine neue Flasche Wein möchte ich vor der Abreise nicht mehr aufmachen – und setze mich teetrinkend auf die Terrasse. Danach wecke ich Lukas und scheuche ihn mal wieder zwecks Rückenschonung nach oben. Er meckert zwar, schläft aber sofort weiter als er im Bett ist. Ich liege noch wach und starre unsere

Decke an – so ungefähr gefühlte fünf Stunden, bevor ich schließlich auch einschlafe.

Als dann endlich beim Blick aus dem Flieger Madeira wie eine felsige, aber grüne und farbenprächtige Wohlfühloase auftaucht, kann ich endlich entspannen. Urlaub beginnt im Kopf, und so schalte ich mein Kopfkino an und bin schon längst auf der Strandpromenade, bevor das Flugzeug überhaupt in Funchal landet.

Wenige Stunden später stehe ich dann tatsächlich auf dem Balkon unseres Hotels in Funchal und schaue auf das blaue Meer hinaus. Ein bisschen enttäuscht bin ich von der Tatsache, dass es keinen Sandstrand gibt; doch Lukas meint, etwas weiter an der Küste entlang gäbe es einen. Aber eigentlich spielt es auch keine Rolle, denn unser Hotel ist traumhaft schön und mit allem ausgestattet, was man sich so wünscht. Es gibt sogar einen Infinity-Pool, und da es erst Spätnachmittag ist, beschließe ich die Faszination eines solchen Pools mit eigener Erfahrung zu unterlegen.

Lukas liegt erschlagen auf unserem Doppelbett und schaut mit hinter seinem Kopf verschränkten Armen an die Hoteldecke, als ich vom Balkon wieder ins Zimmer trete.

„Was ist?", frage ich und wundere mich über seine Schlaffheit, denn er hat heute Nacht geschlafen – da bin ich mir ziemlich sicher. Schließlich hatte ich genügend wache Zeit, das zu beobachten.

„Ich gehe eine Runde schwimmen", informiere ich ihn.

„Hm", stimmt Lukas vom Bett aus zu und schaut weiter an die Decke.

„Weißt du Liv", fängt er plötzlich an. „Manchmal frage ich mich, ob wir auf dem richtigen Weg sind."

Wie meint er das denn jetzt? Geografisch oder philosophisch?

„Wir leben unser gutes Leben, unbeschwert und sorgenfrei, aber manchmal frage ich mich, was später einmal bleibt." Eindeutig philosophisch. „Da wird Haukes Annette schwanger und ausgerechnet Hauke soll Vater werden; dabei ist er doch wirklich noch nicht reif genug. Also ich meine, biologisch natürlich schon, aber geistig ist er doch irgendwie eher wie ein großes Kind. Und wir sind doch beide gestandene, reife und verantwortungsbewusste Erwachsene. Warum scheuen wir uns dann vor so einer Verantwortung?"

Er sieht mich blinzelnd an. „Stellst du dir nicht auch manchmal diese Frage?"

Na ja, denke ich. Diese Frage stelle ich mir zwar nicht, aber mein Empfinden hat eine ganze ähnliche Auswirkung. Möglichst ausdruckslos schaue ich zurück – ich weiß gar nicht, was ich sagen soll.

„Bist du denn wirklich glücklich so wie es ist? Fühlt es sich nicht manchmal leer an?"

„Doch manchmal schon", gebe ich zu. „Aber meistens habe ich dann doch genug zu tun." Mit einem Lachen versuche ich meiner Antwort einen leichten Klang zu geben.

„Das meine ich nicht. Ich habe auch genug zu tun." Lukas malt ein paar An- und Abführungszeichen in die Luft. „Aber der Lebenssinn fehlt mir manchmal. Früher dachte ich, dass ich ja schon einen sehr sinnvollen

Beruf habe. Ich meine, ich rette Menschenleben – versuche es zumindest. Aber ich bin ja nicht nur Arzt und Radiologe, sondern auch Lukas, der Mensch."

Eigentlich spielt mir der Inhalt des Gesprächs in die Hände, da ich Lukas' Lebenssinn nur zu gerne das Leben schenken würde – wenn auch aus anderen Motiven heraus, aber dennoch hinterlässt das Gespräch bei mir einen faden Geschmack. Einfach deshalb, weil ich Lukas so nicht kenne.

„Und was ist für dich die Lösung? Ein Kind?" Ich halte meine Stimme neutral.

„Ein Kind wäre ja erstmal ein Baby, das macht schon viel Arbeit, oder? Ich überlege eher, mich vielleicht in der Jugendhilfe zu engagieren."

Doch nicht meine Richtung. Jugendhilfe. Wann will er denn dafür Zeit haben?

„Was willst du denn machen? Und vor allem wann?", versuche ich herauszufinden.

„Ich weiß nicht. Vielleicht benachteiligten Kindern Tennisstunden geben? Auf dem Tennisplatz bin ich doch sowieso oft genug."

Das klingt – gut. Ja tatsächlich, überlegt und vernünftig und unglaublich sympathisch!

„Nun, warum nicht? Versuch es halt", ermuntere ich ihn und denke daran, wie viel Spaß es mir gemacht, hat mit unseren Azubis zu arbeiten. Dann lächle ich.

„Gehst du trotzdem mit schwimmen?"

„Ja." Lukas erhebt sich vom Bett und zieht seine Badehose an. Hand in Hand schlendern wir durch das Hotel zum Pool und schwimmen dann unsere Runden in einem Schwimmbecken mit Meerblick und dem Gefühl weit hinaus zu schwimmen, weil das Auge zwischen Pool und Meer keine Grenze ausmachen kann. Faszinierend. Eindeutig.

Abends im Restaurant lassen wir uns Fisch und einen kühlen Roséwein schmecken. Danach schlendern wir noch ein wenig durch die Stadt und genießen das sommerliche, mediterrane Flair.

Und so beginnt ein so unglaublich entspannter Urlaub, dass sich sowohl der noch verbliebene Restknoten in meinem Bauch auflöst als auch meine Gebärmutter völlig relaxt ihre neue Aufgabe erwartet – jedenfalls bilde ich mir das ein.

Ich hoffe so sehr, dass mich das Meer, die Luft, das gute Essen und die fast tägliche Massage für die Einnistung eines befruchteten Eis bereitmachen. Auch den Alkohol versuche ich trotz des Urlaubs weiterhin zu reduzieren. Damit Lukas nichts auffällt, mische ich den Wein mit reichlich Wasser.

Doch Lukas als passionierter Urlaubsalkoholiker merkt natürlich, dass mein Konsum nicht meinem normalem Urlaubskonsum entspricht und schaut mich so manches Mal fragend an. Wahrscheinlich rede ich nicht genug und laufe noch zu gerade.

„Was ist mit dem Wein?", fragt er eines Abends beim Essen und schnüffelt daran. „Also, ich finde ihn lecker." Ich auch, denke ich und verdünne schweren Herzens den guten Wein. „Vielleicht liegt es auch am Essen", winde ich mich. „Aber mir kommt es so vor, als ob ich den Wein hier nicht so gut vertrage."

Lukas zieht eine Augenbraue hoch. „Du kommst doch noch nicht in die Wechseljahre? Das wäre sehr früh", gibt er sein gynäkologisches Fachwissen zur Kenntnis.

Ich merke, dass ich blass werde. Wechseljahre? Oh Gott, das wäre ja schrecklich. Ich durchforste mein Gehirn nach Anhaltspunkten, aber so sehr ich auch überlege, mir fällt keine Unregelmäßigkeit oder Merkwürdigkeit ein, die auf die Wechseljahre schließen lassen könnten. Ich beruhige mich etwas.

„Nein, nein", beeile ich mich also, Lukas zu versichern. „Es liegt bestimmt am Essen."

Dieser runzelt zwar die Stirn und ich sehe ihm deutlich an, dass er meine Begründung bezweifelt und doch eher auf verfrüht einsetzende Wechseljahre tippt, aber letzten Endes ist das egal, weil der Grund schließlich noch mal ein ganz anderer ist.

Und es ist nur gut, dass er in dieser Hinsicht so gar keinen Verdacht hegt. Sicherheitshalber habe ich auch meine Pillenpackung mitgenommen und spüle meine tägliche Ration nach wie vor jeden Abend die Toilette runter. Oft scheinen Männer ja wochen- und monatelang nichts von dem, was man tut und treibt, zu merken und dann ganz plötzlich sprechen sie einen an und man stellt fest: Mist, er hat ja doch was mitbekommen! Aufgrund dieser Erfahrung bin ich lieber vorsichtig. Obwohl Lukas manchmal so verpeilt scheint, ist er innerlich hellwach.

Doch ansonsten trübt nichts unsere entspannte Urlaubsstimmung. Wir unternehmen mehrere Wanderungen in die blumenübersäten Berge, machen lange Strand- beziehungsweise Klippenspaziergänge und liegen viel am Pool. Obwohl wir ja auch einen zu Hause haben, macht das für uns Sinn. Denn erstens müssen wir unseren selbst putzen (den Pool säubert Anneliese aus Prinzip nicht) und zweitens fehlt zu oft das gute Wetter. Doch hier auf Madeira gibt es Sonne satt – und es ist trotzdem nicht zu heiß.

So liege ich am Pool, genieße die angenehme Wärme und warte auf meine Befruchtung. Währenddessen überlege ich mir schon Namen und lege im Kopf Listen mit Jungen- und Mädchennamen an. Bei den Jungs steht Jan bei mir an erster Stelle – das klingt so schön nordisch. Bei den Mädchen favorisiere ich Mia. Allerdings hat Lukas auch ein Mitspracherecht, wenn es denn mal so weit ist. Also ich denke, wenn ich ihn schon mit einem Baby überfalle, sollte er zumindest den Namen mit aussuchen dürfen. Das finde ich nur gerecht.

Eine frühere Arbeitskollegin hat ihrem Freund auch ein Kind untergeschoben (mein Gott, wie das klingt, irgendwie so nach früher), und er durfte weder den Namen auswählen noch durfte er das Kind sehen – nur zahlen. Irgendwie gemein, auch Väter haben schließlich Rechte. Und das Kind hat sie auch noch Tristan genannt. Vielleicht weil sie selbst Isolde hieß? Oder Isabel? So genau weiß ich das gar nicht mehr.

Am Abend sitzen wir wieder an unserem Lieblingstisch mit Blick aufs Meer und zählen die Schiffe im Hafen, während wir auf unsere Nudeln warten.

„Als Kind wollte ich Kapitän werden", erzählt Lukas und schaut sehnsüchtig auf die Schiffe.

„Ich weiß", antworte ich – schließlich sind wir schon 15 Jahre zusammen und haben uns schon fast alles erzählt.

„Wir können ja morgen eine Bootstour machen", schlägt Lukas vor.

„Gern", antworte ich, da wir das sowieso für den Urlaub geplant hatten.

„Vielleicht können wir auch eine Whale-Watching-Tour buchen?"

„Oh ja, das klingt toll. Ich habe im Reiseführer gelesen, dass es um Madeira herum Wale gibt."

Aber, denke ich weiter, das würde unseren Kleinen bestimmt auch interessieren. Vielleicht sollten wir dieses Erlebnis also aufschieben bis er alt genug ist.

Uuupps, was denkst du da, Olivia? Du weißt ja noch nicht einmal, ob es ein Junge wird. Ganz abgesehen davon, dass er oder sie noch nicht einmal gezeugt ist. Und außerdem kann man so eine Tour schließlich auch mehrmals in seinem Leben machen.

Lukas schaut mir forschend ins Gesicht. „Doch nicht so begeistert?", hakt er nach, während er offensichtlich versucht, meinen Gesichtsausdruck zu deuten.

„Doch, doch", versichere ich ihm. „Ich habe nur überlegt, was ich anziehen soll."

Lukas verdreht die Augen und über ihm sehe ich deutlich eine Denkblase in der „Frauen!" steht.

Oh, Mann, wenn der wüsste. Ein Glück kann man keine Gedanken lesen.

Dafür lesen wir nach dem Essen beim Spaziergang am Hafen die Angebote für Whale-Watching-Touren und entscheiden uns gleich für eine am nächsten Tag.

Das mit der Vorfreude wird einfach total über-bewertet, Lukas setzt lieber auf spontane Be-dürfnisbefriedigung. Aber mir soll es recht sein, da unser Urlaub sowieso in ein paar Tagen vorbei ist und wir eigentlich noch nichts unternommen haben außer baden, spazieren gehen, essen, trinken und ein bisschen Touristenshopping in Funchals Altstadt.

Am nächsten Tag ist es windig, so dass ich spontan noch eine Kapuzenjacke im maritimen Style mitnehme – ich finde das passt perfekt zu meiner „Was-soll-ich-bloß-anziehen"-Denktarnung, denn Lukas schüttelt nur den Kopf.

„Denkst du, dass du erfrierst?", fragt er auch gleich frotzelnd.

„Haha", antworte ich nur. „Auf dem Meer geht ein kühler Wind."

„Vielleicht willst du auch noch eine Heizung mitnehmen?", kann Lukas das Sticheln nicht lassen.

„Gute Idee", gebe ich mich gelassen. Blöde Männermarotte immer so zu tun als würden sie nicht frieren. Womöglich tun sie das tatsächlich nicht so schnell, aber früher oder später wird bei Wind und sinkenden Temperaturen jedem kalt.

Wir sind insgesamt eine Gruppe von vier Paaren und vier Mannschaftsmitgliedern. Der erste Offizier – wie Lukas ihn scherzhaft nennt, weil der junge Mann so maritim geschniegelt aussieht – verteilt Getränke. Wahlweise gibt es Kaffee oder Wasser. Ich entscheide mich für einen weiteren Kaffee, denn irgendwie komme ich so früh am Morgen noch nicht in die Gänge.

Wir sitzen alle auf einer langen Bank im Bug des Schiffes, und da es sich um ein Segelboot handelt, kommt dem Kapitän der Wind wohl ausgesprochen gelegen. Es ist ein warmer Wind, und trotz der frühen Stunde ist es nicht kalt. Ich ignoriere Lukas' wissendes Grinsen geflissentlich. Lieber studiere ich unsere Mitreisenden. Die beiden jüngeren Paare scheinen wohl befreundet zu sein, denn sie reden miteinander und die Art wie sie reden, lässt auf eine gewisse Vertrautheit schließen. Das andere Paar ist meiner Schätzung nach etwas älter als Lukas und ich, dunkelbraun gebrannt und so voller Schmuck behängt, dass ich vorurteilsbeladen, wie ich nun mal bin, auf ungebildete Neureiche tippe. Das dröhnende, joviale Lachen des Mannes zu einer Bemerkung des Skippers bestätigt mich in meiner Einschätzung. Ich frage mich, welche Nationalität die beiden wohl haben, da der Skipper portugiesisch sprach und der Mann ihn auf jeden Fall verstanden hat.

„Sind sie zum ersten Mal auf einer Whale-Watching-Tour?", spricht mich dessen blondierte Frau auf Deutsch an und ich denke, dass sich damit die Nationalität geklärt hat.

„Ja. Und Sie?", antworte und frage ich höflich.

„Ach, das ist bestimmt schon die fünfte. Jedes Mal, wenn wir auf Madeira sind, möchte mein Mann die Wale sehen. Es ist fast eine Sucht." Doch sie lächelt dabei nachsichtig. „Woher sind Sie in Deutschland?", führt die Frau die Konversation fort.

„Aus Heidelberg", antworte ich brav und frage mich, ob das jetzt ein Frage-Antwort-Spiel wird.

„Wir kommen aus Wuppertal", informiert die Frau mich ungefragt. „Wir haben dort ein Schmuckgeschäft."

Nun ja, das schien irgendwie naheliegend.

Sie fängt an, mir ihre Armbänder, Ketten und Ringe zu zeigen, die verarbeitenden Steine zu benennen und lässt mich ihren Verkaufspreis raten. Ich nicke höflich, höre ihr aber gar nicht zu und rate einfach so ins Blaue hinein. Hoffentlich geht das jetzt nicht den ganzen Tag so.

„In Heidelberg waren wir aber auch schon", wechselt meine Schiffsbekanntschaft das Thema. „Da haben wir uns das große Weinfass angeschaut. Vom Schloss war ich aber enttäuscht. Das ist ja nur noch eine Ruine. Aber der Ausblick über den Rhein war toll. Mein Heinz und ich haben dort auf einer Bank gesessen; das war wirklich romantisch."

Romantisch vielleicht schon, aber Heidelberg liegt leider nicht am Rhein, sondern am Neckar. Aber wer will sich schon mit solchen Kleinigkeiten aufhalten?

„Ja, Heidelberg ist sehr schön", gebe ich mich weiterhin höflich. Ich spüre Lukas' mitleidigen Blick, bevor er sich wieder dem glitzernden Meer zuwendet. Doch dann belegt ihn Heinz mit Beschlag und erzählt von seiner neuen, teuren Verkaufsvitrine mit indirekter Beleuchtung. Ich kann mir ein hämisches Grinsen nicht verkneifen. Warum soll es auch nur mir so gehen?

„Der Wind wird irgendwie kühl", meint Lukas irgendwann. „Sollen wir uns ein windgeschützteres Plätzchen suchen, Liv?"

Am liebsten wäre ich blöd und würde ihm antworten, dass er sich halt einen Pullover hätte mitnehmen sollen. Aber der tatsächlich kühler gewordene Wind ist ja nur eine Ausrede, um diesen beiden Quasselstrippen zu entkommen; also nicke ich, und gemeinsam suchen Lukas und ich das Weite.

Unsere windgeschützte Ecke entpuppt sich als ein besonders windiges Fleckchen, und so kuscheln wir uns gemeinsam in meine Jacke. Dabei enthalte ich mich jeglichen Kommentars, und das finde ich ausgesprochen nett und loyal von mir. Trotzdem genieße ich die Bootsfahrt jetzt, denn übereinstimmend schweigend sehen Lukas und ich aufs Meer hinaus, genießen das Schaukeln des Schiffes und warten geduldig auf die Wale.

Als schließlich Bewegung in die Mannschaft und die Besucher kommt, sehen auch Lukas und ich gespannt aufs Meer; das Handy für Erinnerungsfotos gezückt.

„Da", ruft die Schmuck-Frau aufgeregt. „Da ist einer."

Wir stürmen alle an die Reling und tatsächlich sprudelt etwas weiter entfernt auf dem Wasser eine Fontäne, gefolgt von einem großen grauen Rücken. Ein Wal! Dann ist er plötzlich wieder verschwunden, abgetaucht.

„Mist. Ich war zu langsam", klagt Lukas und sieht seine Fotos durch, die nur das Meer und eine gekräuselte Oberfläche zeigen. Ich bin vor lauter Staunen erst gar nicht zum Fotografieren gekommen.

„Das war bestimmt nicht der Letzte, den wir zu Gesicht bekommen", tröste ich uns beide.

Und tatsächlich, wenig später taucht der Koloss noch mal auf und hebt sich leicht aus dem Wasser – fast so, als würde er für ein Foto posieren. Wahllos knipse ich los. Plötzlich ist da noch einer, hoch spritzt seine Fontäne. Munter knipse ich weiter, auswählen kann ich später. Erstmal alles nehmen, was ich so kriegen kann.

Irgendwann höre ich auf. Der Anblick der Tiere ist so imposant, dass ich mir diese kostbaren Augenblicke mit der ganzen Knipserei nicht verderben möchte. Also schaue ich den Walen einfach nur noch zu. Das Boot schaukelt sanft im Wasser, und ich suche das Meer nach den Walen ab. In einiger Entfernung sehe ich sie. Anhand der Fontänen zähle ich mindestens fünf. Lukas ist auch ganz andächtig.

„Das ist einfach grandios", meint er und steckt sein Handy in die Hosentasche. Dann nimmt er meine Hand. Ich kann mir nicht helfen, dieser Augenblick ist einfach perfekt.

Nach dem Erlebnis mit den Walen haben wir an Bord noch ein Mittagessen bekommen und Heinz' und Brigittes (so heisst die Schmuck-Dame) Geschichten gelauscht. Zum Glück ging es nicht mehr um Schmuck, sondern um andere erlebte Whale-Watching-Touren.

Heinz hat einen Wal besonders gut erwischt und schickt mir das Foto, aber auch bei meinen eigenen Bildern finde ich das eine oder andere, auf denen man die Wale gut erkennen kann. Ein Bild schicke ich Hauke mit einem Wal- und einem Herz-Emoji.

Toller Urlaub, schreibe ich noch dazu und hoffe, dass er mir keine Kanzleibegebenheiten zurückschreibt. Kurz meldet sich mein Bauch mit einem ängstlichen Grummeln, aber das Gefühl verschwindet wieder.

Am Abend trinke ich meinen Wein unverdünnt. Dieser Tag war einfach zu schön, um ihn mit wässrigem Wein zu beenden. Auch Lukas ist noch ganz aufgekratzt und trinkt das erste Glas seines *vinho tinto* viel zu schnell, um es genießen zu können. Deshalb bestellt er gleich noch eins. Danach bleibt uns nur noch eins zum Spannungsabbau und deshalb verschwinden wir nach dem Essen gleich in unserem Zimmer.

„Ich wusste gar nicht, dass Wale mich so antörnen", sagt Lukas, während er mir den BH-Träger von den Schultern streift und dann an dem Verschluss scheitert. Sanft schiebe ich seine Hände weg, öffne den BH und werfe ihn in eine Ecke.

„Es ist wohl eher das komplett neue Erlebnis in einer Welt, in der man schon so viel gesehen hat", gebe ich mich weise und habe keine Ahnung, ob ich richtig liege. Ist auch egal, Hauptsache, ich habe meine Pille die Toilette runtergespült.

Habe ich doch, oder? Also genommen habe ich sie auf jeden Fall nicht, aber habe ich sie auch vernichtet? Nun ja, egal, denke ich und wende mich wieder Lukas zu.

Später schleiche ich ins Bad und sehe sicherheitshalber nach. Und tatsächlich, gestern und heute habe ich die Pille glatt in der Packung vergessen. Hastig drücke ich die runden Scheiben aus dem Blisterstreifen. Eine ist schon in der Toilette und die andere habe ich gerade in der Hand als Lukas ins Bad kommt.

„Was ist los?", fragt er und sieht auf die Pille in meiner Hand. Zwar versuche ich noch sie hinter dem Rücken zu verstecken, aber Lukas passt meine Hand ab.

„Ich habe heute vergessen sie zu nehmen", stoße ich atemlos hervor und versuche nicht auf die offene Toilette zu schauen, in der die andere noch schwimmt.

„Ach so", meint Lukas gelassen. „Das macht nichts. Du kannst sie auch jetzt noch nehmen." Er sieht mich auffordernd an. Oh mein Gott, und jetzt? Wartet er etwa, dass ich dieses Rosa-Dings vor seinen Augen schlucke? Ja, tatsächlich, das tut er – jedenfalls indirekt, da er auf die Toilette geht und auf die dort schwimmende Pille pinkelt. Doch zum Glück sieht er das nicht und pinkelt einfach munterdrauf, spült und enthebt mich damit zumindest eines Problems.

Da ich aber immer noch mit der Pille auf der Handfläche vor dem Spiegel stehe als er fertig ist, sieht er mich beim Händewaschen leicht irritiert an.

„Was ist? Worauf wartest du?"

Ja, worauf warte ich? Dass er geht und ich die Pille entsorgen kann?

„Auf gar nichts", antworte ich und schiebe mir die Tablette in den Mund, besser gesagt in die Backentasche, ein bisschen mit Wasser nachspülen, schlucken und – heureka, ich habe sie nicht mitgeschluckt. Sie ist immer noch heil in meiner Backe.

„Ich würde auch noch gerne auf die Toilette", sage ich und versuche Lukas damit aus dem Bad zu bekommen. Aber der steht platzeinnehmend vor dem Spiegel und fängt dann auch noch zu allem Überfluss an, sich die Zähne zu putzen. Mist!

Also setze ich mich ergeben auf die Toilette und warte. Zwar sieht Lukas mich seltsam an, aber zum Glück äußert er sich nicht, sondern verlässt irgendwann dann doch das Badezimmer. Erleichtert spucke ich die Pille in die Toilette und spüle. Das war anstrengend! Hoffentlich klappt es bald, diese Farce halte ich nicht länger durch.

Unsere letzten Urlaubstage verlaufen dann aber zum Glück ohne weitere Zwischenfälle. Hauke schreibt mir zwar eine Nachricht zurück, wünscht mir aber nur weiterhin einen schönen Urlaub. Unseren beiden Schmuckladenbesitzern begegnen wir auch nicht mehr, so dass mir weiterer Smalltalk erspart bleibt.

Lukas und ich unternehmen noch eine Wanderung in die Berge und unsere restliche Zeit verbringen wir entspannt am Strand.

An unserem letzten Tag auf Madeira sitze ich vor meinem Kalender und rechne den Tag meiner nächsten Periode aus.

Lukas sitzt auf dem Balkon und sieht aufs Meer hinaus.

„Was treibst du mit deinem Kalender?", fragt er und ich fahre schuldbewusst zusammen. „Checkst du für kommende Woche schon deine Termine?"

Ah, das denkt er. Gut so. „Ja, genau", antworte ich.

„Du Fleißige", meint Lukas nur, streckt sich auf dem Sonnenstuhl aus und schließt die Augen.

Ich setze meine Berechnungen fort und bin dann von dem Ergebnis ganz elektrisiert. Zwei Tage überfällig! Rasch rechne ich nochmal nach, komme aber wieder auf das gleiche Ergebnis. Ist das ein Zeichen für eine beginnende Schwangerschaft? Oder ist es nur die Luftveränderung, die Abweichung vom geregelten Alltag, der Urlaubsmodus?

Nun gut, beschließe ich. Heute ist Freitag. Ich warte noch bis Montag und dann kaufe ich mir einen Schwangerschaftstest.

12.Kapitel

Am Montag hat der Alltag mich wieder. Schon beim Aufstehen spüre ich ein vertrautes Ziehen im Bauch und als ich auf die Toilette gehe, sehe ich diesen verräterischen roten Fleck in meiner Schlafanzughose. Enttäuscht nehme ich Abschied von meinem Madeira-Urlaubs-Baby. Langsam frage ich mich, ob ich nicht doch schon zu alt bin. Aber andere Frauen bekommen doch auch mit Anfang Vierzig noch Kinder. Warum ich nicht?

Frustriert trinke ich meinen Kaffee und lasse das Fluoritwasser bewusst weg. Hilft ja eh nicht. Warum also die Mühe?

In der Kanzlei erwarten mich zwar zum Glück keine Katastrophen, aber dafür der Kollege Jens, der mir haarklein erläutert, welche Ungereimtheiten ihm bei meinen Mandanten während meiner Abwesenheit aufgefallen sind.

Ich tue so, als würde ich ihm zuhören. Mein Bauch grummelt zwar, aber nicht vor Angst, sondern eher aufgrund meiner Periode und der damit verbundenen Enttäuschung. Ansonsten bin ich von der Rückübergabe meiner Mandanten durch Jens eher genervt.

Doch dieser Umstand fällt mir erst auf, als ich Hauke an der Kaffeemaschine treffe und er mitfühlend meint: „Ich habe dich heute Vormittag lieber zufriedengelassen, damit du Jens erst mal verdauen kannst, bevor ich dir erzähle, was während deines Urlaubes bei deinen Mandanten passiert ist."

„Irgendeine Katastrophe?", frage ich und puste in meinen Kaffee.

„Nein. Nur das Übliche." Hauke schaufelt Zucker in seinen Kaffee und schaut mich gar nicht an.

In dem Moment wird mir meine Gelassenheit bewusst. Weder frage ich mich nervös, was während meiner Abwesenheit wohl passiert ist, noch lasse ich mich durch die Pseudo-Fehleranalyse von Kollege Jens aus dem Konzept bringen. Ich nehme es als das an, was es ist: der Versuch, sich auf meine Kosten zu profilieren. Zwar hat er tatsächlich ein paar kleinere Nachlässigkeiten gefunden, aber nichts wirklich Tragisches. Tatsächlich kann ich damit leben. Es lässt mich kalt. Ich bin nicht perfekt, na und?

Zwar bin ich selbst über diese Gemütslage erstaunt, aber auch nach längerem Suchen in meinem Inneren kann ich meine frühere Ängstlichkeit und Nervosität nicht mehr finden.

Am Nachmittag rufe ich Elke an, um einen weiteren Termin zu vereinbaren und ihr meine Fortschritte mitzuteilen. Mittwochnachmittag hat sie Zeit für mich.

„Wo ist eigentlich Herr Steiner?", frage ich Hauke, als wir etwas später wegen der Rückübergabe meiner Mandanten zusammensitzen.

„Der ist auf verschiedenen Vorträgen und kommt nächste Woche wieder. Warum?"

Ich zucke die Achseln. „Nur so. Ich habe mich nur gewundert, warum ich ihn noch nicht gesehen habe."

Okay, da war ein kurzes Aufflammen meiner alten Denkweise. Ich hatte Angst, er könnte mir vielleicht absichtlich aus dem Weg gehen, weil er mir was Unangenehmes sagen muss. Was eigentlich absurd ist, so ist Herr Steiner nicht. Erleichtert bin ich trotzdem über einen triftigen Grund für seine Abwesenheit.

Den restlichen Tag verbringe ich über ein paar Mandantenakten, führe Rückkehrtelefonate und schaue aus dem Fenster. Mein Büro liegt im dritten Stock und ich habe einen sehr schönen Blick über Heidelberg. Irgendwie ist mir das noch nie so richtig aufgefallen.

Lukas holt mich am frühen Abend von der Kanzlei ab, weil wir essen gehen wollen. Das machen wir nach einem Urlaub öfter, damit uns der Alltag nicht so schnell wieder im Griff hat. Also gehe ich noch auf die Toilette und mache mich dort vor dem Spiegel etwas frisch. Als ich gerade das Gebäude verlassen will, holt Hauke mich ein, der auch gerade Feierabend macht.

„Nanu, Liv. Du gehst am ersten Tag nach deinem Urlaub schon so früh?", fragt er, leicht scherzend, und zieht die Augenbrauen nach oben.

„So früh ist es doch gar nicht", sage ich erstaunt. „Es ist schon fast halb sieben."

„Für dich ist das doch gerade erst nach dem Mittagessen", lacht Hauke.

Tatsächlich? Bin ich sonst später gegangen?

„Du hast mich eben perfekt vertreten", schnappe ich und versuche erst gar nicht, in den Rechtfertigungsmodus zu rutschen.

Lukas wartet an sein Auto gelehnt auf mich. Nebenher scheint er Nachrichten auf seinem Smartphone zu checken. Sein Gesicht hellt sich auf, als er Hauke sieht.

„Ach, der werdende Vater", begrüßt er ihn. „Herzlichen Glückwunsch."

Sofort wünsche ich mir, der Boden würde sich auftun und mich verschlingen. Verdammt, an meine Lüge habe ich schon gar nicht mehr gedacht. Wie komme ich denn jetzt aus der Nummer wieder raus?

„Wieso Vater?", fragt Hauke auch gleich.

Lukas grinst nur blöd und ich stoße Hauke in die Seite und flüstere ihm ins Ohr, dass Lukas immer von meinen Mandanten als meine Kinder sprechen würde.

„Dumme Angewohnheit", füge ich noch achselzuckend hinzu.

„Ach so", meint Hauke. „Ja, danke", wendet er sich wieder an Lukas. „Aber ich glaube bei der Mutter sind sie besser aufgehoben." Hauke sieht mich grinsend an.

„Sie?", fragt Lukas irritiert. „Werden es denn Zwillinge?"

Jetzt ist es wieder an Hauke verwirrt zu schauen. Rasch versuche ich die beiden abzulenken, bevor sie merken, dass sie total aneinander vorbeireden.

„Irgendwie ist es warm heute, findet ihr nicht? Vielleicht sollten wir uns irgendwo raussetzen. Was meinst du, Luk?"

„Was?" Er beugt sich wieder mir zu. „Ja, es ist warm. Setzen wir uns raus. Beim Italiener? Bei *Da Daniele* haben sie eine schöne Terrasse."

„Klingt gut", sage ich. „Aber dann sollten wir jetzt los, sonst sind noch alle Plätze weg."

Entschlossen öffne ich die Beifahrertür von Lukas' Auto, verabschiede mich von Hauke und setze mich ins Auto, in der Hoffnung, dass Lukas mir sofort folgt. Das tut er auch, jedoch nicht ohne Hauke noch mal fragend anzuschauen. Doch der hat sich zum Glück auch schon abgewendet. Achselzuckend setzt Lukas sich ans Steuer.

„Freut Hauke sich nicht auf sein Kind? Oder werden es doch Kinder?", fragt er, während er den Wagen startet.

„Ich glaube, das ist noch nicht sicher", winde ich mich. „Und von zwei würde er sich wahrscheinlich doch überfordert fühlen."

„Kann ich verstehen", meint Lukas und fädelt sich geschickt auf die Hauptstraße ein. „Und du müsstest noch einen weiteren Strampler kaufen."

„Hmmm", mache ich nur und frage mich, wie ich aus der Nummer wieder rauskomme. Im Prinzip kann ich nur hoffen, baldmöglichst schwanger zu sein, um damit dieser Farce endlich ein Ende zu bereiten. Ich kann Annette schließlich keine Fehlgeburt zumuten.

Am Mittwochnachmittag bin ich pünktlich bei Elke, um meinen Termin wahrzunehmen. Natürlich gab es hinter meinem Rücken wieder Getuschel, als ich schon um vier die Kanzlei verlasse, aber es macht mir längst nicht mehr so zu schaffen wie noch vor einigen Wochen. Und außerdem woher sollen die Schnepfen wissen, ob ich nicht noch einen Auswärtstermin habe? Eben!

Elke ist heute wieder ausgesprochen farbenfroh in knalligem Grün gekleidet. Da es auch heute sehr warm ist, zeigt sie außerdem ihre fleischigen Winkearme. Kurz verschwinde ich zur Begrüßung in ihren ausufernden Fettmassen.

„Olivia", dröhnt sie. „Wie geht es dir?"

„Gut", strahle ich sie an. Elke sieht mich lange eindringlich an und sieht dann so aus, als würde sie mir glauben. Und es stimmt ja auch. Nachdem wir uns gesetzt haben und jeder ein Glas Steinwasser vor sich stehen hat, erkundigt sich Elke genauer nach meinem Befinden.

„Dir geht es also gut. Warum?"

Warum? Nun ja, weil ich Urlaub hatte und ohne Ängste ins Büro zurückgekehrt bin? Ist die Abwesenheit von negativen Gedanken schon ein Grund, dass es einem gut gehen darf?

„Ich denke nicht mehr ständig an meine Fehler", antworte ich schließlich.

„Das klingt doch gut. Sind deine Ängste noch da?"

„Unterschwellig, aber ich kann die einzelnen Situationen realistischer für mich beurteilen. Meine negativen Gedanken sozusagen besser zähmen."

„Hm, hm", macht Elke und klingt noch nicht ganz überzeugt. „Was meinst du? Woran könnten deine veränderten Emotionen liegen?"

„An unserem Urlaub?", rate ich munter drauf los. „Eine Auszeit tut immer gut."

„Und deine Pläne schwanger zu werden? Hast du die noch?"

„Aber natürlich", antworte ich inbrünstig. „Das ist doch das Ziel. Leider hat es auch im Urlaub nicht geklappt", füge ich traurig hinzu.

Elke macht sich die ganze Zeit Notizen, jetzt schaut sie ihre vorherigen Aufschriebe nochmal an. „Denkst du oft an deinen Plan schwanger zu werden?"

„Ständig. Ich esse schon schwangerschaftsgerecht, mache entsprechende Gymnastik, trinke wenig Alkohol und überlege mir Namen."

„Und deine Arbeit? Hast du viel zu tun?"

„Im Sommer ist es immer weniger. Und bis zum Winter hoffe ich schwanger zu sein."

„Und wenn nicht?"

Ich sehe sie nur an. Daran versuche ich einfach nicht zu denken. Es muss klappen.

„Aufgeben ist keine Option", bemühe ich mich schließlich, zielsicher zu wirken.

„Also, ich denke, du hast unbewusst einen Reframing-Prozess angestoßen." Elke hüstelt, trinkt einen Schluck Wasser und sieht mich dann abwartend an.

„Was ist Reframing?", lasse ich sie auf meine Nachfrage auch nicht lange warten.

„Das bedeutet im Prinzip, deinen Gefühlen einen neuen Rahmen zu geben. Also deine negativen Gedanken aus einem anderen Blickwinkel zu betrachten und damit neu zu bewerten. Deine Ängste haben in aller erster Linie in deinem Kopf stattgefunden. Durch die Beschäftigung mit einem anderen Thema – in dem Fall deinem Kinderwunsch – hast du deine Ängste und deren vermeintlich realistischen Grund unbewusst in einem anderen Kontext gesehen und ihnen damit den Schrecken genommen."

„Und was bedeutet das jetzt?", frage ich.

„Du musst versuchen diesen Reframing-Prozess weiterzuentwickeln. Dir bewusst werden, dass nur du Macht über deine Gedanken hast. Wenn die Angst wiederkommt, schicke sie weg und erlaube dir entspannt zu bleiben."

„Klingt einfach, aber wie soll das in der Praxis funktionieren? Die Angst ist doch keine Person, die ich einfach wegschicken kann."

„Doch", antwortet Elke. „Personifiziere sie und schicke sie weg. Du hat ein Recht darauf ohne Angst zu leben."

„Im Moment habe ich hauptsächlich Angst, dass es mit der Schwangerschaft nicht klappt", meine ich und Elke lacht.

„Olivia, diese Angst ist ein echter Fortschritt."

Dann zieht sie eine Schublade an ihrem Schreibtisch auf und kruschtelt ein bisschen darin herum.

„Ah, hier ist es." Sie hält einen Flyer hoch. „Hans hat für Freitag eine Sitzung organisiert. An dem Tag kann er besonders gute Schwingungen aus dem Universum empfangen, daran lässt er andere Interessierte teilhaben."

Sie sieht meinen skeptischen Blick und nimmt meine abwehrende Haltung wahr. Elke auf dem Esoteriktrip ist nicht gerade eine Inspiration für mich. Ich mag sie lieber, wenn sie ihre psychologischen, wissenschaftlich fundierten Kenntnisse zum Besten gibt. Damit kann ich mehr anfangen.

„Im Prinzip ist es eine Meditation", wiegelt Elke ab. „Und Hans legt dir die Hand auf, damit du seine Energie aufnehmen kannst. Womöglich hilft dir das, um schwanger zu werden."

Das ist ein ernstzunehmendes Argument. Und schließlich kann nicht mehr passieren, als dass es nicht klappt.

„Soll ich dich noch anmelden?", fragt Elke. „Hans nimmt 80 Euro."

„Er nimmt 80 Euro dafür, dass er mit ein paar Leuten zusammen meditiert?", frage ich ungläubig.

„Na ja", meint Elke. „Er hat ja auch Unkosten. Die Raummiete und so."

Ich lächle Elke maliziös an. „Und den Rest versteuert er bestimmt ganz brav", grinse ich und weise sie nicht darauf hin, dass es keine Unkosten gibt. Ganz ehrlich, was soll das sein?

Elke schaut mich entnervt an. „Schon gut", wiegele ich ab. „Ich werde das mit der Versteuerung nicht überprüfen. Wo soll die Veranstaltung denn sein?"

„In einem Hotel im Westen. Ich schreibe dir die Adresse auf. Also melde ich dich an?"

„Von mir aus", willige ich ein. „Es kann ja nicht schaden."

Wenig später stehe ich mit den Anmeldedaten wieder auf der Straße. Lukas wird mich kopfüber aufhängen, wenn er erfährt, dass ich zu so einer Geisterbe-schwörung gehe. Ich seufze. Also muss ich ihn wohl oder übel wieder anlügen. Irgendwann blicke ich durch meine Schwindeleien gar nicht mehr durch.

Als ich nach Hause komme, treffe ich auf Anneliese, die gerade das Badezimmer putzt.

„Hallo", sage ich. „Wir haben uns lange nicht gesehen."

Anneliese, die vor mir auf den Knien liegt und die Fliesen in der Dusche putzt, schaut völlig erhitzt auf.

„Olivia", ruft sie erfreut. „So früh schon Feierabend?"

„Ich hatte noch einen Termin", antworte ich und schaue möglichst ausdruckslos. Schließlich kenne ich Annelieses Einstellung zu Heilpraktikern; an potenzielle Geistheiler möchte ich erst gar nicht denken.

„Nun, ich bin gleich fertig, dann kannst du dich in Ruhe entspannen." Sie schrubbt die sauberen Fliesen weiter und beäugt dabei ihr Werk kritisch. Schließlich scheint sie zufrieden zu sein, auch wenn ich keinen Unterschied sehe. Aber als badische Hausfrau mit schwäbischen Wurzeln hat Anneliese sozusagen einen Laserblick, sie kann den Schmutz sogar noch unter der Oberfläche erkennen.

Ich gehe in die Küche und schaue interessiert in den Kühlschrank, um nachzusehen, was es zum Abendessen gibt. Nudelauflauf mit Speck. Lecker, wenn auch nicht das, was ich mir an diesem warmen Tag gewünscht hätte. Ich decke schon mal den Tisch auf der Terrasse, während Anneliese im oberen Stockwerk noch letzte Hand anlegt.

Als sie nach unten kommt, biete ich ihr noch einen Kaffee an, den sie aber dankend ablehnt. Dann hält sie mir was vor die Nase.

„Das habe ich im Schrank hinter dem Honig gefunden", meint sie. „Was ist das? Kann das weg oder brauchst du es noch?"

Ich sehe genauer hin. Bei dem Gegenstand handelt es sich um meinen Fluoritstein.

„Das ist Fluorit", kläre ich Anneliese auf.

„Ein Stein halt." Anneliese runzelt die Stirn. „Was macht der nur bei den Lebensmitteln?"

„Keine Ahnung", gebe ich mich unwissend. „Aber er ist das Geschenk einer Freundin." Ich strecke die Hand aus. „Ich würde ihn gerne behalten."

Anneliese reicht mir den Stein. „Komisches Geschenk", murmelt sie nur. „Oder ist der wertvoll?"

„Nicht besonders. Aber es ist eben ein Andenken."

„Na dann." Anneliese zuckt die Achseln. „Der Kurt und ich haben von unseren verschiedenen Reisen auch immer Andenken mitgebracht. Zinnteller oder Schnapsgläser mit dem Namen der jeweiligen Stadt drauf. Damit kann man wenigstens etwas anfangen." Sie schnupft leicht.

„Mit Steinen fängt man auch etwas an. Ich sammle sie in einem Glas und stelle das zur Deko auf." Die Idee ist mir gerade so spontan gekommen.

„Ach so. Wie viele Steine hast du denn schon?"

„Also, nun ja, das ist der erste."

Anneliese sieht mich seltsam an, sagt aber nichts mehr.

Schließlich geht sie, nicht ohne mir noch Instruktionen zum Aufwärmen des Auflaufs zu geben. Ich lasse mir meine leichte Gereiztheit nicht anmerken. Hält sie uns eigentlich für Idioten? Ich meine, ich mag Anneliese ja, aber ihre beschauliche, um nicht zu sagen beschränkte Sichtweise auf das Leben und dessen korrekte Führung kostet manchmal Nerven. Aber sie hat ein gutes Herz und kocht zudem phänomenal. Das gleicht es wieder aus.

Ich wundere mich über mich. Sonst lege ich doch auch keinen Wert darauf, als Hausfrau ernst genommen zu werden. Eigentlich war ich sogar immer ganz dankbar über Annelieses Anweisungen – ersparte ich mir doch dadurch das eigene Nachdenken in Bezug auf den Haushalt. Woher kommt also meine latent gereizte Stimmung?

Das Klingeln des Telefons reißt mich aus meinen Überlegungen. Es ist Claudia, die wissen möchte, wie der Urlaub war und darüber hinaus ein wenig über ihre letzte Shoppingtour plaudert.

„Ich habe mir ein so tolles Kleid gekauft. Es sieht etwas hippiemäßig aus, also nichts Elegantes, aber mit dem hole ich mir das Ibiza-Feeling nach Hause. Ich bin ja so glücklich damit", erzählt sie überschwänglich.

Claudia und Dominik fahren im Sommer selten weg, sondern verlegen ihren Jahresurlaub meist in den Winter und verbringen ihn dann auf der anderen Erdhalbkugel. Schließlich ist das Wetter im Sommer auch bei uns schön, argumentiert Dominik. Ich finde, dass er da durchaus recht hat. Der Nachteil ist allerdings, dass die Familie dadurch zwar viel von der Welt gesehen hat, aber Europa für sie wie ein dunkler Fleck auf der Landkarte ist.

Als ich jünger war, hat sich die ältere Generation darüber beschwert, dass wir Jungen Deutschland gar nicht mehr kennen würden, weil wir ständig ins Ausland führen. Mittlerweile kennen viele noch nicht mal mehr Europa. Und dann holt man sich das mediterrane Ibiza-Feeling eben mit einem Kleid nach Hause. Allerdings frage ich mich, wann Claudia wohl das letzte Mal auf Ibiza war, denn die Insel ist mittlerweile eher ein Treffpunkt der Reichen und Schönen und weniger der Hippies. Gibt es die überhaupt noch?

„Ich frage mich nur, bei welcher Gelegenheit ich es anziehen soll?", fährt Claudia fort. „Aber, na ja, egal, ich kann es ja auch im Garten tragen."

„Ja, sicher", meine ich. „Ein paar schöne Tage wird es schon noch geben."

„Und wie war es bei euch?"

„Sehr schön. Wir haben Wale gesehen", berichte von dem für mich einschneidensten Erlebnis.

„Wale", wiederholt Claudia als könnte sie sich nichts Langweiligeres vorstellen. „Und die Ausgehmeile in Funchal? Wie ist die so?"

„Keine Ahnung", antworte ich wahrheitsgemäß. „Wir waren nur auf der Strandpromenade."

Claudia schnaubt. „Gehörst du schon zum alten Eisen?", fragt sie. „Ihr habt doch keine Kinder, da könnt ihr doch ganz unbeschwert einen drauf machen."

Jetzt bin ich auch noch alt und langweilig. Wahrscheinlich bekommt man erst wieder Lust auf Partys und durchzechte Abende, wenn sie einem nicht mehr täglich zur Verfügung stehen, sondern durch die Kinder zu einem Event werden. Das würde im Umkehrschluss bedeuten, dass ich mir erst Kinder anschaffen muss, um wieder Lust darauf zu haben eine Nacht durchzufeiern. Klingt erstmal paradox, ist es aber bei näherem Hinsehen gar nicht.

„Wir wollten uns erholen", versuche ich das Thema Party machen im Urlaub für über Vierzigjährige abzuschließen.

„Übrigens", wechsle ich das Thema. „Ich habe da ein cooles Event für dich, um dein Kleid anzuziehen."

„Ach ja?", Claudia klingt interessiert.

„Ich gehe am Freitag zu einer Geistheilerrunde, um ..." Ich stocke kurz, denn die Wahrheit kann ich ja schlecht sagen. „Ja, um was gegen mein negatives Karma zu tun. Bestimmt ist dein Kleid für so einen Anlass genau richtig."

„Ein Geistheiler? Na gut, warum nicht? Man sollte für Neues immer offen sein", stimmt Claudia nach einigem Zögern zu.

Offen für Gelegenheiten, ein neues Kleid zu tragen, denke ich innerlich schmunzelnd. Aber auf die Weise muss ich wenigstens nicht alleine da hin. Und vielleicht können Claudia und ich danach ja noch was trinken gehen; dann ist der Abend nicht völlig verloren.

„Sehr schön. Ich melde dich dann noch an. Kostet übrigens 80 Euro", füge ich dann noch hinzu.

„Das ist ein teures Kleid", meint Claudia nur. Dann verabschieden wir uns, nachdem wir vereinbart haben, dass ich sie am Freitag um 18 Uhr abhole. Die Veranstaltung beginnt um 19 Uhr. Wie lange so was wohl geht? Vielleicht zwei Stunden? Da bekommen wir bestimmt auch noch irgendwo eine Kleinigkeit zu essen. Dann muss ich vorher nichts essen. Nur eine Runde joggen. Klingt irgendwie gut. Langsam fange ich an, mich tatsächlich auf den Abend zu freuen und ihn nicht nur als eine weitere Möglichkeit zu sehen, meinen Körper und Geist auf eine Schwangerschaft einzustimmen.

13. Kapitel

Am Freitag stehe ich pünktlich vor Claudias Haus, um sie zu unserem Event abzuholen. Ich bin ganz froh, dass Claudia mit von der Partie ist, denn so musste ich Lukas nicht anlügen, sondern habe ihm nur gesagt, dass ich mit Claudia verabredet bin. Das stimmt ja auch und was wir vorhaben, wollte er auch gar nicht wissen.

Als Claudia mir die Haustür öffnet, denke ich im ersten Moment, Elke steht vor mir. Das vielgelobte Kleid ist zwar nicht orange, sondern ein verwaschenes Grün, dennoch sieht es von Material und Schnitt aus wie eins von Elkes Gewändern.

Claudia dreht sich voller Stolz vor mir im Kreis und fragt lobheischend: „Und, wie findest du es?"

„Ja, sehr schön", bringe ich hervor. „Sehr hippie-mäßig", füge ich noch hinzu, damit mein Kompliment glaubwürdiger klingt.

„Ja, nicht?", sinniert sie und streicht selbstverliebt über den Leinenstoff. Dann sieht sie mich an und runzelt die Stirn.

„Jeans und T-Shirt, Liv? Also, ich hatte ja doch gehofft, du würdest mich in meinem Lässiglook etwas unterstützen." Sie klingt entrüstet und ich sehe ratlos an mir runter. Ich finde, es sieht lässig genug aus. Doch dieser Meinung ist Claudia nicht. Energisch nimmt sie meine Hand und bugsiert mich vor ihren Kleiderschrank.

Das kann doch wohl nicht ihr Ernst sein? Sie trägt mindestens zwei Kleidergrößen mehr als ich. Sie blickt eine Weile nachdenklich in ihren Schrank und zieht dann eine weiße Tunika raus.

„Die sitzt bei mir etwas eng. Also könnte sie dir passen. Und die sieht zumindest lässiger und hippiemäßiger aus als dein pinkfarbenes T-Shirt."

Ich seufze und bin mir sicher, dass Claudia letzte Woche pinkfarbene T-Shirts noch ganz super fand. Werde ich komisch oder werden die Leute um mich herum komisch, frage ich mich, während ich mein T-Shirt aus- und die Tunika anziehe.

Kritisch beäugt Claudia meinen Look. „Die Bluse ist etwas groß, aber oversized ist ja modern. Also denke ich, dass ich dich so springen lassen kann."

Sie zieht mich vor den großen Spiegel und ich besehe mich von allen Seiten. ‚Nicht schlecht', denke ich. ‚Verbirgt perfekt die Urlaubspfunde, und wenn oversized modern ist …

Ich behalte die Tunika an, stopfe mein T-Shirt in die Tasche, und endlich können wir los. Fast noch pünktlich kommen wir in dem Hotel an, in dem die Veranstaltung stattfinden soll. Dort werden wir von einer Mitarbeiterin von Hans begrüßt, und es wird uns mitgeteilt, dass der große Heiler sich noch in Meditation befindet. Dann führt sie uns zu unseren Sitzplätzen in einem Stuhlkreis. Die meisten anderen sitzen schon, viele in der traditionellen Meditationshaltung.

„Warum meditiert der Meister?", fragt Claudia irritiert. „Ich dachte, das tun wir gleich alle gemeinsam. Geht es nicht darum? Oder habe ich etwas falsch verstanden?"

„Ich glaube, ‚meditieren' klingt besser als ‚er zieht sich gerade noch eine Currywurst rein'", zweifle ich den Abwesenheitsgrund von Hans an.

„Ich habe auch Hunger", sagt Claudia. „Wie lange das hier wohl dauert?"

„Hoffentlich nicht zu lange", flüstere ich zurück, nachdem mich ein strafender Blick der Assistentin von Hans gestreift hat.

Wir verfallen in Schweigen. Ich versuche, auf dem unbequemen Stuhl eine angenehme Position zu finden. Das ist gar nicht so einfach und für den Meditationssitz, den hier so viele bevorzugen, fehlt mir die Beweglichkeit.

Schließlich geht eine Schale in unserem Stuhlkreis herum, in die wir unser Eintrittsgeld legen sollen. Claudia zieht ihren Geldbeutel und sagt laut: „Ich habe nur Hunderter. Ob ich mir wohl Wechselgeld rausnehmen darf?"

„Bestimmt", meine ich. „Was sollst du sonst machen?"

Umständlich nimmt Claudia sich aus ihrem Hunderterbündel einen Schein, nimmt sich ihr Wechselgeld und legt den Schein in die Schale. Unserer Mitstreiter sehen uns indigniert an. Auch ich frage mich, weshalb sie wohl so viel Geld mit sich herumträgt.

„Ich war doch shoppen", erklärt sie mir. „Und Kreditkarten kann ich nicht leiden."

Das ist ein Argument – wenn auch kein gutes.

Endlich erscheint Hans in unserer Mitte, gekleidet in eine bodenlange, weiße Jesus-Tunika, die Claudia vor Neid bestimmt erblassen lässt, weil sie so hippiemäßig aussieht. Er breitet seine Arme aus und segnet uns. Jedenfalls macht er diese Geste, die auch katholische

Priester drauf haben. Das kenne ich aus dem Fernsehen. Claudia kichert neben mir.

Nach seiner Segnung nimmt unser Heiler und Vormeditierer auf dem letzten freien Stuhl Platz und verkündet: „Nehmt eine bequeme Position ein, schließt die Augen und atmet. Wir fangen jetzt an zu meditieren. Dies gelingt in meiner Gegenwart besonders gut, da ich euch mit meiner energetischen Kraft versorge."

„Eher mit einem Hauch von Curry", kichert Claudia und von überall her zischt es, dass wir leise sein sollen. Okay, das sind wir jetzt. Und wie geht es nun weiter? Gar nicht, wie ich feststelle. Alle sitzen und atmen und das war's. Nach einer halben Stunde schläft mir das Bein ein. Ob das wohl die energetische Energie ist, von der Hans sprach? Eine weitere halbe Stunde vergeht. Mir knurrt der Magen. Versuchsweise öffne ich ein Auge und schaue mich um. Immer noch sitzen alle und atmen.

Claudia atmet auch, die Hände vor den Bauch gefaltet, sitzt sie da und atmet tief und gleichmäßig. Ich glaube, sie schläft. Die Glückliche. Mir ist es so unbequem, dass an ein erholsames Schläfchen nicht zu denken ist und so breitet sich die Langeweile in mir immer weiter aus.

Nach einer weiteren halben Stunde zähle ich schon die Abstände in denen mein Magen knurrt, um die Langeweile zu betäuben. Warum passiert nichts? Und wie lange dauert das wohl noch?

Plötzlich entfährt dem Meister ein lauter Seufzer. „Ich kann eure Energie spüren", höre ich ihn sagen. „Das werde ich jetzt noch verstärken." Er steht auf und beginnt jedem reihum die Hand aufzulegen. Erst auf den Kopf, dann auf die Knie.

Als er zu Claudia kommt, wird diese wach und ist erst mal völlig desorientiert. Verwirrt schaut sie den Meister an. Dieser legt nochmals die Hand auf ihren Kopf und sagt: „Ich kann deine Energie spüren, dein Blick ist nach innen gerichtet, es fließt in dir und du kannst deine Sorgen ziehen lassen."

Claudia schaut den Meister leer an. Dann gähnt sie. Ich beiße mir auf die Lippe, um nicht laut los zu prusten. Doch Hans geht weiter, Claudias Gähnen wohlweislich ignorierend.

Er sieht meinen amüsierten Blick und zieht seine Augenbrauen zusammen.

„Und du, mein Kind?" fragt er streng.

Oh, Mann, der hat tatsächlich zu viele Kirchen-Soaps geschaut. Was erwartet er jetzt? Soll ich beichten oder doch meine Verfehlung dem Universum melden? Hans scheint sich da auch nicht ganz sicher zu sein, denn er legt mir nur kurz die Hand auf den Kopf, sagt: „Schließ deine Augen." Dann geht er ungerührt zu meiner Stuhlnachbarin. Ganz ehrlich, ein so großer Heiler wie Hans lässt sich doch seine energetische Aura nicht von so zwei Ignorantinnen, wie Claudia und ich es sind, kaputtmachen.

Schließlich hat Hans seine Runde beendet und setzt sich wieder auf seinen Stuhl. „Und jetzt geht es weiter. Atmet und bleibt bei euch."

Oh, nein. Geht das jetzt nochmal so lange? Das halte ich nicht aus. Ich sehe Claudia an, auch sie schaut nicht gerade begeistert.

Sie stößt mich an. „Komm, lass uns gehen. Ich habe Hunger."

Das lasse ich mir nicht zwei Mal sagen. Wir warten noch, bis wir sicher sein können, dass die anderen wirklich ihre Augen geschlossen haben und entfernen uns, leise auf Zehenspitzen schleichend, aus dem Raum.

Draußen atmen wir erstmal tief ein. In der kühlen Abendluft liegt schon ein Hauch von Herbst, und ein paar Atemzüge dieser würzigen Luft geben mir ein größeres Ruhegefühl als die Hunderte von Atemzügen in der stickigen Luft bei Hans im Saal. Ob das wohl meine energetische Kraft ist?

Wider Willen muss ich wieder kichern. Claudia stimmt ein.

„Das war ein teurer Vorabendschlaf", gähnt sie schließlich. „Habe ich irgendwas verpasst?"

„Nicht wirklich", antworte ich. „Aber Hans ist wirklich ein cleveres Kerlchen. So einfach würde ich mein Geld auch gerne verdienen."

„Einfach mit ein paar Leuten im Kreis sitzen und sie an deiner Energie teilhaben lassen? Und das alles für 80 Euro. Unglaublich."

Claudia hakt sich bei mir unter.

„Weißt du was? Wir gehen jetzt zum gemütlichen Teil des Abends über und gönnen uns einen großen Teller Nudeln und ein Glas Wein."

„Erst mal brauche ich einen Schnaps", stöhne ich. „Aber sonst ist das ein guter Plan."

Es wird noch ein ausgesprochen schöner Abend. Um unsere Geistheilung zu überwinden, trinken wir ein paar Cocktails mehr als uns gut tut. Zwar schaffen wir uns in einem gemütlichen italienischen Restaurant zunächst eine Grundlage, aber dann wechseln wir in eine Bar und lassen jede Trinkhemmung fallen. Das Auto bleibt stehen, und gemeinschaftlich grölend nehmen Claudia und ich uns ein Taxi nach Hause.

Lukas ist mehr als entsetzt, als er mich in diesem Zustand mitten in der Nacht im Wohnzimmer stehen sieht. Natürlich ist er mal wieder vor dem Fernseher eingeschlafen, und ich war ja nicht da, um ihn ins Bett zu schicken.

„Mein Gott, Liv. Was ist mit dir passiert?", fragt er und betrachtet meine ramponierte Erscheinung von oben bis unten.

„Nur fünf Caipirinhas", lalle ich und falle in seine Arme. Angewidert hält er mich fest.

„Man riechts", meint er naserümpfend, und ich finde ihn in dem Moment ganz schön spießig.

„Verträgst du also wieder Alkohol?", fragt er und schaltet den Fernseher aus, um mit mir nach oben zu gehen.

Der Schreck durchzuckt mich wie ein Stromschlag. Oh nein, daran habe ich ja gar nicht mehr gedacht. Was ist, wenn es jetzt doch geklappt hat und ich dem Baby gerade seinen ersten Rausch verschafft habe? Aber gut, denke ich achselzuckend. Das lässt sich jetzt auch nicht mehr ändern.

„Nein, vertrage ich nicht", antworte ich Lukas. „Merkst du doch. Schon fünf Caipis hauen mich um."

„Oh, Liv", lacht Lukas jetzt doch und hält mich unter den Achseln fest, um mich besser die Treppe rauf zu bugsieren. Dabei stöhnt er theatralisch, was ich lächerlich finde, schließlich mache ich das mit ihm fast jede

Woche und stöhne nie so. Lukas sollte wirklich mehr Sport treiben.

Doch weiter denke ich nicht nach, da es all meine Konzentration erfordert, einen Fuß vor den anderen zu setzen und es unverletzt ins Bett zu schaffen.

Natürlich schaffe ich es am nächsten Morgen nicht, zu meiner üblichen Joggingrunde aufzubrechen. In meinem Kopf hämmert es viel zu sehr, und mein Mund ist trocken und pelzig. Lukas bringt mir mitfühlend eine Tasse Kaffee ans Bett, allerdings nicht ohne sich über meinen desolaten Zustand lustig zu machen. Ich trinke ein paar Schlucke Kaffee und ziehe mir dann wieder die Decke über den Kopf, um meine nervige Umwelt weiter auszublenden.

Erst am frühen Nachmittag verlasse ich den schützenden Kokon des Bettes. Ich bereite mir eine Schüssel Obst zu und setze mich dann an den Esstisch. Mir geht es beschissen. Also lege ich mich noch eine Runde aufs Sofa und schaue mir aufgenommene, alte Liebesfilme von unserer Festplatte an. Ein schiefes Lächeln huscht über mein Gesicht, als ich daran denke, dass ich eine solche Nachmittagsbeschäftigung vor ein paar Monaten noch für völlig sinnbefreit hielt. Doch jetzt erscheint sie mir sinnvoll und herrlich entspannend. Am Abend bin ich sogar in der Lage mit Lukas ganz normal zu essen. Nur den Wein lehne ich dankend ab.

Am Sonntag machen Lukas und ich einen ausgiebigen Spaziergang im Wald. Die Nachwirkungen meines freitäglichen Absturzes habe ich mittlerweile größtenteils überwunden und ich genieße die frische, würzige Luft.

Ausgeruht und entspannt sitze ich schließlich Montagmorgen an meinem Schreibtisch. Langsam beginne ich, mich wieder auf die Jahresabschlüsse vorzubereiten; lege Dateien an und führe über außergewöhnliche Geschäftsvorfälle bei meinen Mandanten Listen, die in diesem Jahr aufgetaucht sind. Das macht es mir bei Abschlusserstellung einfacher, die Zahlen zu interpretieren und entsprechend zu verbuchen.

Es geht mir einfach von der Hand, fast scheint es so zu sein wie immer. Vielleicht habe ich noch Restalkohol, vielleicht habe ich doch nur einen Urlaub nötig gehabt, vielleicht war es auch wichtig, einfach mal locker zu lassen. Ich sollte meine Schwangerschaftspläne unter diesen Gesichtspunkten ernsthaft überdenken.

Am späten Vormittag klingelt mein Telefon. Ein interner Anruf, von Herrn Steiner.

„Frau Westing, kommen Sie bitte sofort in mein Büro", höre ich seine Stimme durch den Hörer. Er klingt nicht freundlich und ein beklemmendes Gefühl macht sich in mir breit. Mit weichen Knien mache ich mich auf den Weg und hyperventiliere fast, bevor ich sein Büro erreiche. So viel zu meiner Überlegung, dass ich meine alte Entspannung wieder habe. Der kleinste Windstoß bringt mein Kartenhaus zum Einsturz.

Herr Steiner steht mit dem Rücken zu mir am Fenster als ich nach kurzem Klopfen sein Büro betrete.

„Ach, Frau Westing. Da sind Sie ja." Er dreht sich um. „Wie war Ihr Urlaub?"

Er fragt nur aus Höflichkeit, das merke ich sofort. Eigentlich hat er gerade was ganz anderes auf dem Herzen.

„Gut", antworte ich deshalb auch einsilbig. „Erholsam", füge ich noch hinzu und warte dann immer noch aufgeregt auf das, was kommt.

Herr Steiner betrachtet meine aufgesetzte aufmerksame Miene, die nur meine innere Unsicherheit verbergen soll. „Ich habe ein Problem", beginnt er dann. „Und ich hoffe, dass Sie mir helfen werden."

Mir purzeln ein paar Steine vom Herzen. Das klingt nicht so, als ob ich etwas verbockt hätte. Ich meine, ich hätte auch gar nicht so genau gewusst, was, aber diese souveräne Sicherheit über meine Fähigkeiten ist mir eben abhandengekommen; daran kann auch eine vorübergehend ruhigere Zeit nichts ändern.

„Ich helfe gerne, wenn Sie mir nur sagen, wie", ermuntere ich ihn seine Sorgen und Probleme mit mir zu teilen. Nur zu gern nehme ich ihm einen Teil ab, solange ich die Lösung bin und nicht das Problem.

„Es geht um unseren guten Ruf als Ausbildungs-betrieb", fängt Herr Steiner an. „Sie haben vor Ihrem Urlaub unsere neuen Azubis doch gesehen. Was denken Sie?"

Oje, was sage ich denn jetzt? Dass ich hoffte, dass unsere Mandanten von denen nie einen zu Gesicht bekommen? Oder dass ich im Internet nach Friseuren suchte, die sich darauf verstehen, pinkfarbene Strähnen wieder zu entfernen? Dass ich in Ver-handlung mit allen Supermärkten im Umkreis von fünf

Kilometern bin, damit sie keine Kaugummis mehr verkaufen?

Aber das sind ja nur Äußerlichkeiten. Womöglich verbirgt sich hinter den pinken, kaugummikauenden Fassaden ein wacher Verstand.

„Nun", suche ich nach den richtigen Worten. „Ich denke, an ihrem Äußeren können sie noch arbeiten. Über ihre sonstigen Fähigkeiten kann ich noch nichts sagen."

„Über deren Aussehen mache ich mir tatsächlich erstmal weniger Gedanken. Die Jungs und Mädels sind jung, ich denke, das sind Modeerscheinungen, die sich verwachsen werden. Und wir leben in einer anderen Zeit. Heute schließt ein Tattoo einen regen Verstand nicht aus."

Tattoo? Das habe ich tatsächlich übersehen. Und aufgrund der Äußerung von Herrn Steiner versuche ich den Schweregrad seiner Desillusionierung zu erkennen. Ich meine, der Mann hat einen ganz schönen Fundus Ersatzkrawatten in seiner Schublade; ein solcher Mann *kann* Tattoos nicht akzeptabel finden. Oder doch?

„Was ist dann Ihre Sorge?"

„Dass das die beste Auswahl ist, die wir aufgrund der eingegangenen Bewerbungen treffen konnten. Wir gelten nicht mehr als gute Ausbildungsstelle. Andere, bessere, modisch passendere Kandidaten gehen lieber zu anderen Kanzleien. Solchen, wo der Hauptbestandteil der Ausbildung nicht aus Schreddern und Akten sortieren besteht. Wenn man Glück hat, darf man mal eine Bilanz vorbereiten – aber das war's. Das ist einfach zu wenig, aber ich kann an die Kollegen und

Kolleginnen appellieren wie ich will – es ändert sich nichts, denn ihnen fehlt anscheinend einfach die Zeit. Wahrscheinlich aber auch die Lust oder die Bereitschaft und das pädagogische Know-how."

Herr Steiner klingt nach dieser Darstellung der Sachlage so frustriert, dass er mir fast leidtut.

„Wie kann ich da helfen?", frage ich, obwohl mir das bereits dämmert.

Er räuspert sich. „Nun, Sie haben das vor ein paar Wochen doch so gut gemacht mit den Azubis. Ich dachte, das könnten Sie jetzt öfter machen."

Nein. Nein, denke ich nochmal. Bloß nicht, dann habe ich wieder gar keinen Feierabend. Was denkt sich Herr Steiner eigentlich?

„Ich habe aber auch keine Zeit dafür", versuche ich es mit einem guten Argument. „Wenn die Jahresabschlussarbeiten wieder anfangen, werde ich damit voll ausgelastet sein."

Jetzt sag bloß nicht, dass ich ja mit den Azubis jede Menge Helfer hab, denn das ist Augenwischerei. Innerlich rase ich, doch nach außen zeige ich weiterhin eine ungerührte Miene. Denn darin, mir nicht anmerken zu lassen, wie es in mir drin aussieht, bin ich schließlich wirklich gut.

„Ich weiß, dass Sie auch keine Zeit haben, deshalb habe ich mir folgendes überlegt." Herr Steiner legt seine Fingerspitzen aneinander und blickt mich darüber hinweg aufmerksam an.

„Sie geben einen Teil Ihrer Mandanten ab. Die verteilen wir einfach an andere Kollegen. Dann haben Sie Luft."

Das macht mich sprachlos. Kurz stelle ich mir die Frustration der anderen vor, wenn sie durch meine Mandanten noch zusätzliche Arbeit aufgehalst bekommen. Das kann ja wohl auch kaum die Lösung sein.

Herr Steiner deutet meinen Gesichtsausdruck wohl richtig, denn er versichert mir sofort, dass die Mandantenverteilung nach dem Gießkannenprinzip nur eine vorübergehende Lösung sein kann. „Bis wir einen gut ausgebildeten Nachwuchs haben. Vielleicht in ein oder zwei Jahren. Dann können wir endlich auch wieder Auszubildende übernehmen, und die können dann wiederum den Kollegen Mandanten abnehmen."

Die Theorie klingt ja nicht schlecht. Aber will ich das? Möchte ich mich wirklich täglich mit diesem unfähigen Fußvolk rumschlagen?

Andererseits bleiben sie ja nicht unfähig, wenn ich meinen Job gut mache – ein Gedanke, den ich schnell wieder unterdrücke.

„Ich muss darüber nachdenken", verschaffe ich mir Aufschub.

„Sicher, Frau Westing. Sie sollten auch Freude daran haben, anderen etwas beizubringen. Und ich weiß ja auch, wie viel Freude es Ihnen macht, den Herausforderungen zu begegnen, die die Aufstellung von Jahresabschlüssen so mit sich bringt."

Entweder ist Herr Steiner ganz schlecht in der Beurteilung der Motivation seiner Mitarbeiter oder ich bin perfekt darin, meine wahren Befindlichkeiten zu verbergen. Ich tippe auf Letzteres.

Den Rest des Tages verbringe ich mehr mit Nachdenken als mit Arbeiten und da ich sowieso nichts zustande bringe, packe ich früh zusammen und gehe nach Hause. Durch eine Runde Laufen wird mein Kopf mit Sicherheit klarer.

Doch bei der eigentlichen Entscheidung hilft mir Lukas, indem er mich erinnert, wie viel Spaß mir die Arbeit mit den Azubis gemacht hat. Und ist es nicht einfach mal was anderes?

Ja, und wenn ich etwas anderes mache und (gemein wie ich bin) nur die schönen, unkomplizierten Mandanten behalte, dann habe ich doch erreicht, was ich wollte. Ich bin Verantwortung los, habe einen ruhigeren Alltag und kann nebenbei noch was Gutes tun und ein paar junge Menschen bei ihrem Start ins Berufsleben unterstützen. Und Herr Steiner wird mich dafür auch noch loben. Genau genommen ist das die Lösung meines Problems, und ich muss gar nicht mehr schwanger werden. Das ist doch fast wie ein Sechser im Lotto.

Es würde mir auch Spaß machen, da bin ich mir sicher. Es wäre eine schöne Herausforderung, aber irgendwie bleibt ein bitterer Nachgeschmack. Zuerst kann ich ihn nicht einordnen, doch dann wird mir klar, dass es die Enttäuschung darüber ist, dass es dann kein Baby geben wird. Einfach deshalb, weil es nicht mehr notwendig ist.

14. Kapitel

Ich nehme das Angebot an und teile Herrn Steiner dies auch gleich am nächsten Tag mit. Er sieht mich erleichtert an. Anscheinend hat ihm das Thema ziemlich schwer im Magen gelegen. Ich soll mich sofort an die Umsetzung machen, eine Liste erstellen, welche Mandanten ich abgeben möchte und ein Ausbildungsprogramm aufsetzen.

Zuerst erstelle ich die Mandantenliste, da ich zuerst Arbeit abgeben muss, bevor ich was anderes machen kann. Herr Steiner möchte im Laufe der Woche ein großes Kanzleimeeting einberufen und allen die Neuigkeit mitteilen.

Zum Mittag habe ich die Aufstellung gemacht. Ein paar einfache Buchhaltungen habe ich als Übungsfeld für die Auszubildenden behalten, ansonsten nur die Mandanten, die wirklich Spaß bringen. So einigermaßen jedenfalls. Zumindest solche, die ohne größere Komplikationen abgewickelt werden können. Ich habe mir – falls Herr Steiner meine Auswahl hinterfragt – auch ein gutes Argument zurechtgelegt: Alle Mandate sollen den Azubis die Steuerberatung näher bringen, also dürfen es keine allzu schwierigen Mandanten mit komplexen Geschäftsverflechtungen sein.

Hauke kommt ins Zimmer geschlendert. „Mittag", ruft er und schaut mir über die Schulter.

„Was ist denn das?", fragt er als er die Liste sieht. Hinter die Mandanten habe ich notiert, welcher

Kollege oder Kollegin den entsprechenden Mandanten übernehmen könnte.

„Ich gebe einen Teil meiner Mandanten ab", kläre ich ihn auf und kann die leise Freude darüber nicht aus meiner Stimme halten.

„Im Ernst?", fragt Hauke und lässt den Blick über meine Liste schweifen. „Warum?"

Ich setze ihn kurz über die Idee von Herrn Steiner ins Bild. „Im Laufe der Woche wird er es noch allen mitteilen", füge ich noch hinzu.

Hauke sieht mich an als wäre ich ein seltenes Exemplar aus dem Tierreich. „Und das findest du gut?"

‚Und wie!', würde ich ihm am liebsten entgegen jubeln, doch dann müsste ich ja auch den Grund meiner Freude offenlegen, und das möchte ich selbst Hauke gegenüber nicht.

„Es ist mal was anderes", entgegne ich schließlich würdevoll.

„Wenn du meinst", gibt Hauke sich nach wie vor nicht überzeugt. „Auf jeden Fall solltest du dem Kollegen Jens ein paar deiner blöderen Mandanten aufs Auge drücken, und ich sage dir, welche ich gerne hätte. Lass mich mal sehen."

Er überfliegt die Liste und streicht seine Wunsch-kandidaten an.

Ich grinse ihn an. „Dem Kollegen Jens habe ich schon ein paar ganz besondere Leckerbissen gegeben."

Auch Hauke grinst. Gemeinsam gehen wir in den obersten Stock zur Kantine.

„Eigentlich ist die Idee gar nicht schlecht", nimmt Hauke zwischen zwei Bissen den Faden wieder auf. „Du hast das mit den Azubis vor ein paar Wochen echt super hingekriegt. Du bist genau die richtige Person. Ich kann den Steiner schon verstehen." Nachdenklich kaut er weiter. „Aber warum du das gut findest, ist mir schleierhaft."

„Nun, es ist eben eine ganz neue Herausforderung", versuche ich Hauke eine fadenscheinige Erklärung zu geben.

„Nun ja, wenn du meinst", wiederholt er, scheint aber nach wie vor nicht überzeugt zu sein.

Im Laufe des Nachmittags kommen mir noch einige Ideen zu dem Azubiprogramm, und als ich Herrn Steiner meine Ergebnisse am frühen Abend präsentiere, ist er ganz angetan. Und ich bin es auch, da macht mir sogar das längere Arbeiten nichts mehr aus. Es ist fast wie früher.

In den folgenden Wochen wickle ich meine Aufgaben immer weiter ab und übergebe sie den erwählten Kollegen. Natürlich zieht Jens einen Flunsch, sucht ein klärendes Gespräch mit Herrn Steiner, in dem er darlegt, warum er keine weiteren Mandate (und hauptsächlich nicht diese) übernehmen kann – und zieht den Kürzeren! Ich grinse triumphierend vor mich hin. Dieser blöde Lackaffe! Ha! Das hat er jetzt davon.

Dann beginne ich meine eigentliche Ausbildungsarbeit. Ich führe mit jedem ein Gespräch über seine angestrebten Ziele, setze ihn über meine in Bezug auf den jeweiligen Ausbildungsstand in Kenntnis und versuche auf diese Art meine Schützlinge besser kennenzulernen. Es gibt Fachliteratur zum Lesen, und jeder hat eine Hausarbeit zu einem steuerlichen Thema zu erstellen. Damit sind sie erstmal beschäftigt und ich habe genügend Zeit für jedes Ausbildungsjahr gesondert Workshops vorzubereiten.

Kurz gesagt: Ich bin beschäftigt und merke gar nicht wie die Zeit vergeht.

An einem regnerischen Abend Mitte Oktober ruft Ute mich an.

„Was ist los, Liv?", fragt sie anstelle einer Begrüßung. „Von dir hört und sieht man ja gar nichts mehr."

„Ute, alles ist nochmal anders", versuche ich sie an meiner Freude teilhaben zu lassen und erzähle ihr von meiner neuen Aufgabe. Doch anstelle eines „Wow! Super, Liv!" schweigt es mir aus der Leitung nur entgegen.

„Ute?", frage ich zaghaft.

„Was ist mit deinen anderen Plänen?", fragt sie und klingt irgendwie sauer. Aber warum?

„Nun, das war eine Lösungsidee, die ich ja jetzt nicht mehr brauche", argumentiere ich. „Und wahrscheinlich war es sowieso eine blöde Idee. So ist es doch viel eleganter."

„Eleganter? Du meinst, einfacher für dich. Keine Windeln wechseln, keine durchwachten Nächte und keinen Brei an der frisch gestrichenen Wand."

„Äh? Ja, vielleicht." Ich weiß gar nicht, was ich sagen soll. Der unvermutete Angriff von Ute macht mich sprachlos. Es schien mir doch immer so, als hätte sie Zweifel an der Richtigkeit meiner Kind-statt-Karriereüberforderungs-Idee.

„Also doch lieber Karriere als Kind. Und ich dachte schon, in dir hätte sich was geändert."

Oh, nein. Ute ist enttäuscht. Von mir etwa?

„Ein wenig enttäuscht war ich anfangs auch", versuche ich Verständnis für Ute zu zeigen. „Ich hatte mich mit dem Gedanken schon so gut angefreundet, aber ehrlich, Ute, eigentlich bin ich zu alt für ein Kind. Und das ist doch jetzt die optimale Lösung."

„Ein Kind ist doch mehr als eine optimale Lösung." Ute klingt frustriert und traurig.

„Mensch, Ute, dich betrifft es doch gar nicht", platzt mir schließlich der Kragen.

„Doch", heult sie. „Ich bin schwanger und habe gehofft, wir könnten diesmal unsere Kinder gemeinsam großziehen."

Jetzt bin ich platt. Da liegt also der Hase im Pfeffer begraben. Aber wie nur konnte Ute schwanger werden? Sie hat keinen Freund.

„Wer ist denn der Vater? Hast du mit dem jetzt eine Beziehung? Weiß er Bescheid?" bombardiere ich sie mit meinen Fragen.

„Nein, er weiß es nicht", antwortet Ute leise. „Es ist der Freund von einem Kollegen. Wir waren vor ein paar Wochen zusammen weg und da ist es halt passiert."

Da ist es halt passiert. Ich fasse es nicht. Monatelang habe ich versucht, schwanger zu werden, und nichts ist passiert. Und Ute hat einmal einen Ausrutscher und schon ist ein zweiter Benny unterwegs. Ich könnte glatt neidisch werden, sofern ich noch den Wunsch gehabt hätte, schwanger werden zu wollen.

„Du musst es ihm sagen", fordere ich sie auf. „Er muss zumindest zahlen. Und als Babysitter stehe ich dir in jedem Fall zur Verfügung."

Ute schnieft. „Danke."

Wir überlegen noch ein bisschen wie es jetzt weitergeht und dann legen wir auf. Zumindest habe ich die Ratgeber und den Body doch nicht umsonst gekauft. Einen kleinen Vorteil muss die Sache ja haben. Trotzdem geht mir Utes ungewollte Schwangerschaft die nächsten Tage nicht mehr aus dem Kopf. Immer wieder kehren meine Gedanken dahin zurück. Und immer wieder stelle ich mir erneut die Frage: Habe ich Mitleid mit ihr oder beneide ich sie? Ich finde, meine Gefühle dahingehend zu analysieren ist nicht unerheblich, und zu gerne hätte ich eine Antwort gefunden.

Und während ich noch grüble, wirft sich mir eine ganz andere Frage auf, auf die ich gerne eine Antwort hätte: Wann sollte ich eigentlich meine Periode bekommen?

Ich renne ins Bad und betrachte den Blisterstreifen in meiner Hand. Zwar habe ich die Pille wieder angefangen zu nehmen, nachdem ich mich entschieden hatte, das Angebot von Herrn Steiner anzunehmen. Aber ich habe sie so unregelmäßig eingenommen, dass ich jetzt gar nicht sagen kann, wo ich mich in meinem Zyklus befinde. Also rechne ich nach, die letzte Periode hatte ich nach Madeira. Das war Mitte September. Jetzt ist es fast Ende Oktober. Ein bisschen verspätet, aber noch nicht bedenklich, beruhige ich mich. In ein paar Tagen wird sie schon kommen.

Jedes Mal, wenn ich auf der Toilette bin, inspiziere ich jetzt meine Unterhose. Doch nichts. Sie bleibt weiß, schwarz oder blau, welche Farbe sie eben auch immer hat. Nach einer weiteren Woche wird mir mulmig zumute. Ich muss mir einen Schwangerschaftstest kaufen. Nur so kann ich mir Gewissheit verschaffen.

Schließlich kann die Periode sich auch mal aus anderen Gründen verspäten, zum Beispiel wegen Stress (den ich nicht mehr habe) oder Beziehungsproblemen (von denen ich nichts weiß). Wie auch immer. Ein Test bringt Klarheit.

Also fahre ich nach Feierabend noch bei einer Apotheke vorbei, kaufe einen Schwangerschaftstest und hoffe inständig, dass Lukas noch nicht zu Hause ist. Gerade als ich die Haustür aufschließe, erreicht mich die Nachricht von ihm, dass er später kommt. Was für ein Glück. Eilig streife ich mir die Schuhe im Flur von den Füßen und sprinte immer zwei Stufen auf einmal nehmend ins Bad.

Okay, erstmal die Gebrauchsanweisung lesen. Bloß nichts falsch machen. Über den Streifen pinkeln, steht hier, mit dem mittleren Urinstrahl. Das krieg' ich hin. Vorsichtig ziele ich auf den Streifen. Jetzt heißt es warten. Währenddessen ziehe ich mir einen bequemen Hausanzug an und versuche mich abzulenken. Nach einer gewissen Zeit haste ich ins Bad zurück und starre auf den Streifen, beziehungsweise auf die zwei Streifen, die mir sagen, dass ich schwanger bin.

Das kann nicht sein. Irgendwas habe ich bestimmt falsch gemacht. Wann und wo soll das denn passiert sein? Schließlich hatten Lukas und ich in der letzten Zeit gar nicht so oft Sex, weil ich so eingespannt mit meiner neuen Aufgabe war. Es reicht auch einmal Sex, um schwanger zu werden, sagt eine Stimme in mir – siehe Ute.

Gut, also jetzt heißt es, Ruhe bewahren. Ich muss meine Frauenärztin Dr. Lehmann anrufen und mir die

Schwangerschaft bestätigen lassen. So ein Test kann ja auch schließlich irren.

Am Ende der Leitung schallt mir die gelangweilte Stimme ihrer Praxishelferin entgegen. Nachdem ich ihr meine Notlage klargemacht habe, bekomme ich für den nächsten Nachmittag einen Termin. Bestimmt stellt sich dann alles als Irrtum heraus. Schnell entsorge ich noch den Test im Mülleimer vor der Haustür, der Abfalleimer im Bad erscheint mir nicht sicher genug.

Was für eine Aufregung! Jetzt brauche ich erstmal einen Schnaps.

Die Aufregung geht am nächsten Tag in der Kanzlei gleich weiter. Jens ist mit seinen zugeordneten Mandanten weiterhin nicht zufrieden und tut seinen Ärger lauthals kund. Kein Wunder, schließlich habe ich ihm meine schwierigsten Mandanten gegeben. Bei ein paar hatte er mich schon während des Urlaubes vertreten, das waren die mit den vielen angestrichenen Bemerkungen. Jetzt soll er halt zusehen, dass er es besser macht. Doch das will er ja gar nicht. Lieber Kollegen hinhängen, so tun als hätte man es besser gekonnt und den Beweis schuldig bleiben. Zum Glück hört ihm beim Meckern keiner so richtig zu.

Hauke hingegen ist hochzufrieden mit seinen neuen Mandaten, besonders weil er ein paar von seinen eigenen schwierigen Mandaten abgeben konnte. Einer landet auch bei Jens, was diesen wieder Sturm laufen lässt. Alles in allem ist es kein entspannter Vormittag.

Zumal mir auch immer wieder das Ergebnis meines Tests im Kopf herum geht. Hat die Geistheilung doch solche Wunder bewirkt? Haben Claudia und ich uns ganz umsonst lustig gemacht? Oder war es vielmehr der entspannende Teil danach?

Endlich kann ich zu meinem Arzttermin losgehen. Nur noch eine halbe Stunde, dann weiß ich Bescheid. Ungeduldig und unruhig sitze ich im Wartezimmer und warte sehnsüchtig auf meinen Aufruf. Endlich ist es so weit, ich höre meinen Namen und kurze Zeit später sitze ich meiner Ärztin gegenüber und erkläre ihr die Sachlage.

„Haben Sie denn regelmäßig die Pille genommen?" fragt sie während sie nebenher in ihren Rechner tippt.

Ich winde mich, ich kann ihr ja schlecht die Wahrheit sagen, aber lügen möchte ich auch nicht. Schließlich entscheide ich mich für eine Notlüge.

„Im Urlaub bin ich mit den Zeiten irgendwie durcheinander gekommen."

„Wann hatten Sie denn Ihre letzte Periode?"

„In der Woche nach dem Urlaub", antworte ich wahrheitsgemäß, schließlich erinnere ich mich noch genau an meine Enttäuschung als ich die Blutflecken in der Unterhose sah. Und keine sechs Wochen später das. Gerade als alles wieder auch so gut wird.

„Na, jetzt schauen wir erstmal", meint Frau Lehmann munter und ich setze mich auf den Behandlungsstuhl. Sie untersucht mich akribisch und verkündet fünf Minuten später: „Gratulation, Frau Westing. Sie sind in der zehnten Woche schwanger."

Um mich herum fängt alles an sich zu drehen, so tief sitzt der erneute Schock. Jetzt ist es amtlich. Ich öffne den Mund, japse aber nur wie ein Fisch auf dem Trockenen.

Frau Lehmann bemerkt meine Reaktion und sagt mitfühlend: „Jetzt ziehen Sie sich erstmal wieder an. Dann könne wir darüber reden, wie es weitergeht."

Wie soll es schon weitergehen? In ein paar Monaten werde ich Mutter, so geht es weiter.

Dennoch sitze ich ihr wenig später gegenüber. Sie fragt mich nach meinem Beruf, meiner finanziellen Absicherung und einem Partner. Meine Antworten scheinen sie zufriedenzustellen. Es ist alles da, was man braucht, um in Ruhe und Geborgenheit ein Kind zu bekommen. Ich merke, dass sie mein Entsetzen nicht versteht.

„Heutzutage ist es auch in Ihrem Alter kein Problem mehr, ein gesundes Kind auf die Welt zu bringen", interpretiert sie meine Reaktion völlig falsch.

Sie erklärt mir, was ich jetzt beachten soll, verschreibt mir Folsäuretabletten und stellt mir einen Mutterpass aus. Ich verkneife mir die Bemerkung, dass ich noch genügend Folsäure habe. Sie würde nur nachfragen, und ich käme wieder in Erklärungsnot.

„Kann man schon sagen, was es wird? Ein Junge oder ein Mädchen?"

„Nein, noch nicht", lächelt Frau Lehmann. „Kommen Sie in vier Wochen wieder. Vielleicht kann man dann schon mehr sehen."

Auf wackligen Beinen verlasse ich schließlich die Praxis – mit einem Baby im Bauch und einem Mutterpass in der Hand. Ich überlege, was ich jetzt tun soll. Ich muss Lukas erzählen, dass er Vater wird, ich muss Herrn Steiner sagen, dass ich in ein paar Monaten ausfallen werde und danach nur noch Teilzeit arbeiten kann. Meine Eltern werden Großeltern. Ob sie dafür wohl aus Spanien anreisen?

Ich bin so verwirrt, dass ich erst mal zum Neckar spaziere, mich dort auf eine Bank setze und auf den Fluss schaue, in der Hoffnung, dass ich meine Gedanken wieder klarbekomme und sich alles sortiert.

Nach einer Stunde ist mir zwar immer noch vieles unklar, aber zumindest kenne ich meinen nächsten Schritt: Ich muss mit Lukas reden. Er hat ein Recht darauf, als erstes zu erfahren, dass er Vater wird.

Während ich nach Hause fahre, fällt mir auf, dass das Baby ja nicht erst nach der Geistheilung gezeugt worden sein kann, da ich schon in der 10. Woche bin. Es ist doch ein Madeira-Baby! Zwar habe ich danach nochmal geblutet, aber wenn ich mich jetzt erinnere, waren die Blutungen gar nicht so stark wie sonst und ich habe mal gehört, dass es öfters vorkommt, dass man noch seine Periode bekommt, wenn man schon schwanger ist. Wenigstens das, denke ich. Das ist doch wenigstens romantisch.

Lukas ist schon zu Hause und zappt gerade durch die Fernsehprogramme, um sich von seinem Tag zu erholen.

„Was ist los, Liv?", fragt er als ich blass und angespannt vor ihm stehe.

Ich hole tief Luft. Besser es kurz machen. Kurz und schmerzlos.

„Ich bin schwanger."

Lukas lässt vor Schreck die Fernbedienung fallen und starrt mich an.

„Darüber macht man keine Scherze", würgt er hervor und ich sehe ihm an, dass er das gerade Gehörte versucht zu negieren.

„Ich scherze auch nicht." Ich hebe die Fernbedienung auf, schalte den Fernseher aus und setze mich auf den Sessel. „Ich bin in der zehnten Woche. Wahrscheinlich ist es auf Madeira passiert – rein rechnerisch würde das zumindest passen."

„Oh, Gott", stöhnt Lukas und rauft sich die Haare. „Was machen wir denn jetzt?"

Ich zucke die Achseln. „Ein Kinderzimmer einrichten?"

„Na, du scheinst es ja gelassen zu nehmen. Aber ein Kind – wir wollten doch nie eins. Und dann jetzt – in unserem Alter." Lukas ist immer noch fassungslos und ich bin froh, dass er mir wenigstens keine Abtreibung vorschlägt. Denn auch, wenn es mir gerade nicht mehr passt ein Baby zu bekommen, würde das niemals infrage kommen.

Er kaut ein bisschen auf seiner Unterlippe herum. „Ist es für dich gefährlich?", fragt er dann und sieht kurz besorgt aus.

„Nein, ich bin gesund."

„Gott sei Dank. Wenigstens das." Mit abstehenden Haaren schaut er vor sich auf den Boden. „Ein Baby", murmelt er. Dann starrt er wieder vor sich hin. Ich sitze ruhig da und unterbreche ihn nicht. Schließlich hatte ich einen Nachmittag Vorlauf, um mich mit dem Gedanken anzufreunden. Genau genommen hatte ich mehrere Monate, um einen solchen Gedanken überhaupt zuzulassen.

„Wie konnte das denn passieren?", bäumt er sich nochmal gegen das Unabwendbare auf. „Du hast doch immer die Pille genommen."

„Schon, aber einen hundertprozentigen Schutz gibt es nicht und vielleicht war es auch die Luftveränderung."

„Von einer Luftveränderung wird man nicht schwanger", klärt Lukas mich auf.

„Spielt es denn eine Rolle wie es passieren konnte?", frage ich schließlich leise. „Es ist eben passiert."

Lukas nickt. So ganz annehmen kann er die Veränderung noch immer nicht.

„Wo soll das Kind denn wohnen?", fragt er schließlich.

„Unser Haus ist doch eher nach dem offenen Konzept gebaut, wir haben gar kein freies Zimmer."

Da hat er recht, aber jetzt zeigt sich, was meine monatelange Planung ausmacht. „Wir könnten das Arbeitszimmer freiräumen", schlage ich deshalb vorsichtig vor.

„Und wo sollen wir dann unsere Büroarbeit erledigen?", wehrt er sofort ab.

„Wir haben doch die große, kaum genutzte Empore. Es ist dann zwar offen, aber wäre das so schlimm?"

Lukas sieht nachdenklich aus. „Nein, das wäre nicht schlimm", räumt er schließlich ein. „Und das Arbeitszimmer hätte die optimale Größe. Ich denke, darin könnte ein Kind sich wohlfühlen."

Ich erlaube mir, eine kleine Erleichterung zu empfinden. Er freundet sich mit dem Gedanken an. Eine Weile schweigen wir noch und ich sehe die Gedanken hinter Lukas' Stirn kommen und gehen.

Plötzlich lächelt er.

„Dann kann ich dem Kind ja später auch Tennisstunden geben", plant er schließlich seine Zukunft. „Wissen wir denn schon, was es wird?"

„Nein", lächle ich. „Noch nicht."

„Egal", meint Lukas und nimmt mich endlich in den Arm. „Hauptsache es ist gesund."

Epilog

Lächelnd streiche ich über meinen gewölbten Bauch und schaue auf die Menschen, die sich zu meinem Abschied in der großen Halle unserer Kanzlei versammelt haben. Alle Reden sind gehalten und es wird zum feuchtfröhlichen Teil übergegangen.

Die letzten Monate waren turbulent und gleichzeitig voll von ruhiger Gewissheit. Natürlich hatte niemand in der Kanzlei vermutet: Ausgerechnet Olivia Westing wird Mutter. Und das in ihrem Alter. Doch selbst Herr Steiner hat sich nach dem ersten Schock gefreut, und gemeinsam haben wir einen Abwesenheitsplan erarbeitet. Zwar werde ich in Elternzeit gehen, aber trotz allem stundenweise die Azubibetreuung übernehmen – sozusagen auf geringfügiger Basis. Nicht dass ich auf das Geld angewiesen wäre, aber die Ausbildung unseres Nachwuchses liegt mir eben am Herzen.

Auch Lukas wird beruflich etwas kürzer treten, um seine Vaterfreuden genießen zu können. Nach der ersten Verunsicherung kann er jetzt sein Glück gar nicht fassen. Anneliese wird unsere Ersatzoma und freut sich darauf schon so sehr, dass sie kaum mehr von etwas anderem redet. Lukas' und meine Eltern werden zur Geburt kommen und auch noch eine Weile bleiben, aber danach kehren sie dann wieder in ihr eigenes Leben nach Kiel und Spanien zurück. Doch für unseren ersten Urlaub mit Kind sind wir schon eingeladen. Wir haben sozusagen die Wahl, ob wir den lieber am Mittelmeer oder an der Ostsee verbringen möchten. Wir haben uns noch nicht entschieden.

Ute ist auch überglücklich. Nachdem sie dem Vater ihres Kindes von ihrer Schwangerschaft erzählt hat, hat sich dieser komplett seiner Verantwortung gestellt. Er ist nicht nur bereit, für das Kind zu zahlen, sondern möchte seine Vaterrolle leben und ist deshalb ohne Umschweife bei ihr eingezogen. Jetzt begleitet er sie zu den Geburtsvorbereitungskursen und lernt das Atmen Diesmal ist sie durch die Unterstützung des Vaters auch finanziell in der Lage Schwangerschaft und Elternzeit zu genießen.

Die Herausforderung Lukas von Annettes erfundener Schwangerschaft zu beichten, erübrigte sich übrigens, da Hauke nur wenige Wochen nach meinem Schwangerschaftsbericht, die frohe Botschaft verkündete, dass auch Annette schwanger sei.

Damit sind wir auf einmal ein Trio und Ute plant schon unsere gemeinsamen Ausflüge mit den Kindern. Ich freue mich darüber, Gesellschaft in meinem jungen Mutterglück zu haben. Doch bevor ich zu gönnerhaft werden kann und sage: Tja, es ist eben alles nur eine Frage des richtigen Timings! erinnere ich mich daran, dass nichts perfekt ist und Annette mir mit ihren Expertenkenntnissen als Pädagogin und Ute mit ihren bereits vorhandenen Erfahrungen als Mutter, schon noch früh genug auf die Nerven gehen werden.

Kurz: Es waren ereignisreichende Monate voller neuer Erfahrungen. Da war die große Shoppingtour von Umstandsmode mit Claudia, die regelmäßige Aquagymnastik statt der Joggingrunden und die erste Bewegung des Babys in meinem Bauch. Die vielen schlaflosen Nächte, in denen ich nicht mehr wusste, wie ich liegen sollte, die Verwandlung des Arbeitszimmers in ein Kinderzimmer, bei welcher ich nur Anweisungen an Lukas gab und sonst dick und zufrieden in einem Korbstuhl saß. Schließlich nach Beendigung der Renovierungsarbeiten die vielen Besuche in Möbelhäusern bis wir die passende Einrichtung gefunden hatten. Eine schöne Zeit, die von einer noch schöneren abgelöst wird.

Ach ja, es wird übrigens eine Mia.

Ende

Danksagung

Ein Buch zu schreiben und zu veröffentlichen ist ein Gemeinschaftsprojekt. Ohne die Unterstützung von anderen schafft man es nicht. Deshalb möchte ich mich bei allen bedanken, die mir bei der Entstehung dieses Buches zur Seite standen, besonders meiner Lektorin Beate-M. Dapper für ihre großartige Unterstützung und ihre nicht versiegenden Ratschläge.

Die Autorin

Maren Sobottka ist gelernte Steuerfachgehilfin und hat jahrelang als Buchhalterin in verschiedenen Werbeagenturen gearbeitet. Sie lebt mit ihrer Familie in der Nähe von Stuttgart.

„Perfekt war ich gestern" ist ihr zweiter Roman und der zweite Band der Perfekt-Reihe. Der erste Band „Perfekt werde ich morgen" ist 2020 erschienen.

Perfekt werde ich morgen

Roman von Maren Sobottka

Laura Hardenberg ist Art-Directorin in einer Werbeagentur mit viel zu vielen Arbeitsstunden zu jeder Tages- und Nachtzeit, viel zu wenig Geld und jeder Menge Druck. Klar, dass sie ihren Mann Jakob und ihre beiden Kinder Talisha und Hannes kaum noch zu Gesicht bekommt. Doch von einem Tag auf den anderen wird Laura arbeitslos und hat plötzlich mehr Zeit als ihr lieb ist. Zudem steht sie plötzlich vor familiären Herausforderungen, die ihr mittlerweile völlig unbekannt sind ...